Robert Masello

THE EINSTEIN PROPHECY

爱因斯坦的预言

【美】罗伯特·马斯洛 著
史 笑 译
蔡君梅 校译

上海文艺出版社

"我不知道第三次世界大战将会如何进行,但我确信第四次世界大战中人们的武器会是——石头。"[1]

——阿尔伯特·爱因斯坦

---

[1] 收录于《自由犹太主义》(1949)爱因斯坦与阿尔弗雷德·维尔纳的谈话。

第一章

斯特拉斯堡[①]*西部*
阿尔萨斯-洛林[②]
1944年8月4日

  一个十二岁左右的金发男孩小心翼翼地踩在满是碎石砾、焦黑的木头和玻璃渣的坡面，向废墟的顶端爬去，他身上那件褐色T恤破旧不堪，脚上那双没有鞋带的鞋子好像随时会掉下来似的，但他却像山羊般敏捷地攀上了石堆的顶端，伸出纤瘦的胳膊，拿到了他的战利品，得意地在头顶上挥舞着。

  男孩将闪闪发光的金属片绕到了自己的脖子上，开始下坡。在弹坑遍地的街道一旁，其他更小的胆怯的孩子们——或者不是那么鲁莽的孩子们——艳羡地望着他。

[①] 斯特拉斯堡：法国东北部城市，阿尔萨斯大区的首府和下莱茵省的省会。
[②] 阿尔萨斯-洛林：阿尔萨斯大区位于法国东北部地区名，隔莱茵河与德国相望；洛林大区位于法国东北部，与比利时、卢森堡、德国接壤。阿尔萨斯-洛林两个大区在普法战争后于1871年割让给德国。1919年第一次世界大战后，这块土地归还法国。第二次世界大战期间，被德国占领，后又归还法国。

"他们什么都收集，"特迪·图森特下士坐在吉普车的驾驶座上，边观察边说道，"我小时候就喜欢收集瓶盖。"

"我收集的是棒球卡，不过都已经是过去的事了。"卢卡斯·安森中尉说道，那段时光对卢卡斯来说恍如隔世，遥不可及。

"是啊，你说的没错，"图森特懒洋洋地说，"毕竟当时没有人端着枪要射杀我。"他从前侧口袋里摸出一包"红人"牌口嚼烟草，咬下一大块，问道："中尉，来点吗？"说着把剩下的沾有他口水的香烟递到中尉面前。

"不用了，谢谢。"卢卡斯看着那个男孩跳下废墟并向伙伴们展示手中的锡箔纸，这个男孩让他想到了幼时的玩伴保利，也曾炫耀过他在学校郊游时发现的箭镞。除此以外，炸毁的房屋和贫瘠的树木上到处挂落着这种锡箔碎片，德国的飞机像撒纸屑一样向地面投射薄金属片来扰乱同盟国的无线电通信。纳粹除了聪明，真是一无是处。即使在这一片他们目前已经荒弃的土地上，或许也在某处布下了地雷或在某个废弃的钟楼里安排着一个枪手。

图森特坚信嚼烟草叶可以让他的感觉变得更为敏锐，昨天的经历足以证明这一点。他们的队伍在检查教堂的唱诗台时，他就发现了藏匿其中的狙击手，只用了一枪就使那德国人翻出栏杆掉了下去。"我曾连续三年在巴吞鲁日①射击大赛夺冠。"图森特洋洋自得道。

作为秘密先遣部队，他们的行动不受保护，格外危险。有图森特的掩护，卢卡斯感到格外安心。下士图森特天生就是当兵的料，但是卢卡斯不是，他是从步兵团转到文物复原委员会的，文物委员会是一支由艺术和建筑学方面的专家组成的小分队，他们被征募并派遣去寻

---

① 巴吞鲁日：美国路易斯安那州首府、第二大城市和现时人口最多的城市。

找、维护和保卫目前为止纳粹在欧洲的侵略中所劫掠的财宝。

在战争以外的生活中，文物复原委员会的应征者可能曾经是博物馆馆长、艺术品商人或是像卢卡斯一样的教授，但他们现在面临的是一个巨大的任务。德国军队已经从意大利、法国、比利时、波兰和荷兰那里掠夺了近两百万件珍贵画作、雕像和其他艺术品——而且它的胃口好像依旧没有得到满足。那些战利品都被藏在秘密的仓库里，计划在战争胜利后安置到元首博物馆——这个结果，纳粹从来就没有质疑过。

直到诺曼底战役，德军惨败。

即便如此，此后的两个月，同盟军还是遭到了他们顽强的抵抗，付出了巨大代价才夺回了战争伊始失去的土地。即便在法国西南部的一个圣罗德小镇，战斗都很惨烈，而且持续数周，导致了一万一千人的伤亡。卢卡斯和图森特目前的任务所在地，阿尔萨斯—洛林，虽然离前线很远，但却异常危险。当地居民在1939年就已被德军驱散，这里则在次年被德国并吞，并只允许德国血统的阿尔萨斯人重新入住。斯特拉斯堡著名的、有着五十四米高的圆顶古罗马式犹太教会堂，被当时的政权付之一炬。

卢卡斯的任务令人捉摸不定，更让他费解的是，指令并不是文物复原委员会下达的，而是直接来自战略服务局的长官。这个任务的目标一定至关重要。

在他的战斗夹克内侧口袋里塞着一个信封，信封里折放着一张通往当地一处铁矿井的大致路线图。据说，那里藏着许多偷来的艺术品。信封里还有一张最优先保护文物的模糊照片——隆美尔[1]的非洲

---

[1] 埃尔温·约翰尼斯·尤根·隆美尔：纳粹德国的陆军元帅，著名的军事家、战术家、理论家，绰号"沙漠之狐"、"帝国之鹰"。隆美尔与曼施坦因和古德里安，被后人并称为第二次世界大战期间纳粹德国的三大名将。

军队从开罗博物馆掠劫的石棺。卢卡斯完全不明白这个特殊的石棺为什么对战争这么重要,但因为他在古典艺术和雕像艺术的深刻造诣,使他成为了这个任务的不二人选。

"中尉,"图森特说着,走出了吉普车,"看上去迎宾队伍已经来了。"当一位老人挥着系有白色手帕的扫帚,蹒跚着向他们走来时,图森特紧紧地握着他的M1卡宾枪,但保持着枪口向下。

"Ich bin der Buergermeister."老人用德语说道——我是这里的市长——也不问他们是否会德语。

幸亏在出任务前军队的情报人员曾经给卢卡斯上过一节速成课,卢卡斯支支吾吾地回答道"Ja ich kann das."——是的,我可以。——在他表明他是美国第九部队的中尉前。

老人点点头,"德国士兵已经走了,"他说着指向市里被毁坏的商店和房子,似乎想要证明所说的话一样。"他们两天前就离开了,这里只有平民了。"

卢卡斯想让自己相信老人的话,但自己的经历使他时刻保持着警惕。狡诈伎俩和真枪实弹都是战争的一部分,这是他之前得到的教训。一次,他正试图从一堆乱石瓦砾下救出一个年轻的敌方士兵,但那人临终却拼尽最后一口气力用一个断裂的刺刀猛击他。

"我在找一个铁矿井,"卢卡斯说道,市长的脸上露出了一副警惕的表情。"你可以带我们去那里吗?"卢卡斯希望自己的语气听起来更像是一个命令。

市长停顿了一下,立刻倚在扫帚柄上问:"你不会伤害那里的人吧?"

废弃的矿井变成防空洞并不奇怪。"我在找被偷走的艺术品,"卢卡斯解释道,"仅此而已。"

市长看着他的脸,像是要从中找出是否有一些恶意企图的迹象,接着叹了一口气。他转过身,示意这俩美国人跟着他。这儿一时半会儿看起来不会有其他的车通过,于是他俩将吉普车留在了路上,跟着市长踏过弹坑和碎石,沿着炸毁的街道往前走。图森特一路仔细检查着每个空着的门和窗户。他们身后跟着一帮孩子,为首的是刚才那个穿着破旧褐色T恤的金发男孩,孩子们边走边搜集属于自己的金属片。

卢卡斯觉得他们很像哈梅林——一座仅仅离这里几百里的城市——的吹笛手,带领着一群孩子走进村庄周围的黑色森林中。云杉和榆树耸立在头顶,较高的树枝上缠金属片,就像圣诞树一样;地上铺了一层厚厚的颓败的树叶和长满青苔的树枝,这里的气温比外面低了十来度,阴暗天空中仅存的几丝阳光也几乎被树冠完全遮挡。他从腰间拿出手电筒,照亮这条小路。

"我不大喜欢这里,"图森特举起他的来福枪并且做好射击准备,"觉得像个陷阱。"

卢卡斯也觉得不安全,但他有什么办法呢?他有他的任务,而且他的指挥官明确地表明他不可以空手回来。

老市长用扫帚拨开灌木丛,带他们来到一条半埋在地下的、生锈的铁轨前。他们沿着这条铁路走了四分之一英里,树木开始逐渐变得稀疏,两扇本不应该出现在山坡上的巨大铁门暴露在眼前,就像一些宏伟的教堂的入口。现在这感觉更像是一个童话了,不过不是幸福的那种——更像是那些黑暗的日耳曼故事之一。这群带领他们穿过森林的衣衫褴褛的小孩很有可能是在这里长大的。市长用扫帚柄在铁门上敲了三下,接着停顿了一会儿又敲了三下。

卢卡斯听到他对另一边的某个人咕哝了些什么——听起来像是在

说"是我，开门。"——一秒钟后他就听见笨重的铁栓被移开的声音。伴着未上油的滑轮、轮子和链条发出的刺耳声音，门慢慢地向外打开了，一条人工砍凿而成的、平坦的拱形隧道展现在他们面前，生锈的铁轨也逐渐消失在了隧道中。

一个裹着海狸毛外套的男人站在那里，他目瞪口呆地看着枪口正对着他的卢卡斯和图森特。

"他们是谁？"守门人脱口而出，"你为什么把他们带到这里来？"

"他们只想要艺术品。"

"艺术品是要给元首的！如果丢了我们是要负责的。"

"我来承担，埃米尔。"

埃米尔沉着脸说："好的，那就用你自己的脑袋负责吧。"

市长转向卢卡斯，低下头朝着隧道中说道："来吧——我带你去看看。"

在老人的带领下，他们绕开了阴森森的埃米尔进入隧道，空气变得阴冷而又潮湿，唯一的光源是一排并联在天花板电线上发出微弱光线的电灯泡。黑暗中某处的发电机在嗡嗡作响，卢卡斯至少用了一到两分钟才意识到他正从许多人身边走过，他们静静地蜷缩在墙边，害怕地互相紧贴在一起。他打开手电筒照向一对白发夫妇，他们正跪在破旧的毯子上画"十"字祈祷着。

"美国人！"他听见隧道远远近近的窃窃私语和喘息声。

"搞什么鬼？"图森特说道，"他们是不是以为我们会射杀他们？"

"可能吧，"卢卡斯回应道。他们有什么理由不这么想呢？战争的恐惧从未终止。他已经见过许多他以前从不可能想象的事情了：顽抗的俘虏士兵被绞死在树上，整个镇子的人被赶进谷仓，再一把火全部烧掉。那些蜷缩着的人们完全有理由相信同盟国会像纳粹一样犯下同等的暴行。终有一天，卢卡斯想，他们会了解到真相然后羞愧地低下头。

他始终直视着前方，跟随市长走向矿井的深处。他们经过了一间凹室，在那里许多矿车都被转移到了一个独立的轨道上。周围没有人，隧道的两侧都排放着木头箱子和盒子。许多箱子靠近他们的一侧上留有字迹——卢卡斯看到博物馆、教堂和私人收藏家的名字，估计是箱中被掠物品的来源——还有注明它们将被运送至何处的标签纸。把这些留给德国人去整理吧，他想，即使它们是被偷来的。在众多的标签中他注意到了一个词，卡琳宫——赫尔曼·戈林，这是在柏林城外，弗黑德森林的豪华别墅。

但到目前为止，卢卡斯还没有看到任何一件东西像他被派遣去寻找的石棺。他抓住老人的手肘——那就像一块僵硬的木头疙瘩——停下来，从他的内侧口袋里翻出照片。

"你有没有见过这样的东西？"

市长仔细研究了一下照片，在石棺的盖子上模糊地雕着一个有胡子的牧羊人的画像，他描述道："一个牧羊人。"

"这是一个石棺。"卢卡斯用德语说道，伸出手臂比划着它大概五六英尺长，几英尺高。

老人持续数十秒都没有抬头，卢卡斯可以感觉到他的内心正在进行激烈的斗争。

"你知道这个石棺，对吗？"

他没有回应。

卢卡斯又问了一遍。

"有什么问题吗，中尉？"图森特向地上淬了一口烟沫，问道。他举起了他的卡宾枪的枪管，"你需要我让他尝尝敬畏上帝的滋味吗？"

THE EINSTEIN PROPHECY　007

卢卡斯摇摇头并用一只手将枪管推向另一边,"带我去找它。"他对市长说道。

老人从他的口袋中掏出一块肮脏的红色破布,擦了擦嘴唇。然后,顺从地点了点头,转身继续向矿井深处走去。随着他们的深入,空气变得更加寒冷,隧道也越来越阴暗,石墙上布满了几十年来镐头砍凿和炸药爆破过的痕迹,地面也越来越倾斜、越来越不平坦,就连电灯泡也排列得更加稀疏了。因此当他们走到隧道的一个拐角时,卢卡斯感觉像马上要拐到地狱里一般。

甚至有一刻,他觉得就在地狱里。乌黑一片的空地展现在他面前,即使手电筒的光也无法照到另一端。老人突然不见了,在卢卡斯想要警告图森特前,他听见了开关控制杆被拉起的声音还看见了一阵蓝色火花。他向后跳了一步,本能地拨出枪,但在他开枪之前——向哪儿瞄准呢?——头顶的一排灯突然亮了,几乎灼瞎他的双眼。

当眼睛适应了这突然的强光后,他看见老人倚在墙上,手中还抓着开关控制杆。他们面前出现了一间很大的房间,明亮,并且大得像个铁路站台,它的天花板高得几乎看不到。地上有许多交叉的轨道、固定住的独轮推车和废弃的传送带。

正中央,至少有一千幅华丽装裱的油画像薪柴一样堆积着,周围是上百座雕像,一些裹着稻草,就像为运送而打好了包装。卢卡斯听说在布克斯海姆和海尔布隆也有着相似的仓库,但和这个相比,必定会相形见绌。

"天呢!"图森特说道。

"这些是什么时候运到这里的?"卢卡斯问道,市长只是耸了耸肩。

"卡车来来回回,这些工作都是士兵做的,"他说,"我们从不追问。"

"我们从不追问"真是德国的圣歌,卢卡斯走近时想道。他看着这些,绘画大都是荷兰和比利时风景,雕像多是古典风格的。这些都是他的专长——古希腊和古罗马艺术,即使不看底部或底座上的标签,他也能在第一眼认出其中许多作品。他在四年前攻读博士学位时,在课本中看过它们的图片。

走到它们的中间就像步入一场梦——每一个作品他都想仔细欣赏并由衷称赞。当战争结束时,把所有的艺术品都运出洞穴并送回它们原本的国家一定会非常费力。这一定是一个不朽的任务,他不知道自己会不会愿意带头做这样的事情,即使需要延长军队服役时间也在所不惜——还有比这更令人激动、更有意义的事呢?

"你怎么才能在这一片混乱中找到那该死的盒子?"图森特在卢卡斯背后问道,始终保持枪口指向市长那边。

卢卡斯依旧握着照片,沿着走道扫视着雕像、神龛和黏土酒罐。在这里找任何东西都需要耗费很长时间。转向市长,他再次挥舞着照片。"它在哪儿?"

直到图森特用来福枪示意,老人才用发抖的手指指向前方,身体却纹丝不动。卢卡斯继续寻找着,偶尔感觉到木箱和基架有些动静。

"看到了吗?"他紧张地问道。但图森特说:"看到什么?"他想可能是自己神经过于紧张或者到处是影子的缘故。

当他们走到洞穴的最深处,看见一个由矿车围成的二十码左右的圈,像是用来划分出一个独立的区域,卢卡斯停下脚步,问道:"是不是在那里?"

市长点了点头,却不愿再往前走。

"你确定吗?"

"是的，是的。"

"我去看看，"卢卡斯对图森特说道，"你待在这里看着这老头儿。"

他逐渐远离了木箱，失去了隐蔽，于是拔出枪，慢慢靠近那圈矿车。在其中一辆矿车上悬挂着一张印有黑色纳粹标志的招贴纸。当他走近后，看见招贴纸上用德文写着——目的地：贝希特斯加登[1]/鹰巢[2]。

希特勒的私人山庄。

怪不得老人不愿意再向前走了，毕竟背叛元首，并将他亲自挑选的喜爱物品移交他人，这个后果非常令人生畏。如果他因此受到惩罚，那就只能祈求上帝保佑他了。

卢卡斯走到两辆矿车旁，它们的摆放像是用来保护没有护具的人免受爆炸伤害的。他侧身从这两辆矿车中挤过去，吃惊地发现，这个被围成羽毛球场大小的空地中央，呈现出一幅可怕的画面。

起初他以为是个稻草人四肢张开被摆放在地。细看，那人的袖口和裤腿中像是填充着稻草而不是鲜活的血肉，面向下的脑袋看起来像一个腐坏的南瓜——肿胀且呈现令人作呕的橙色，露出的皮肤上都是不正常的凹痕和斑点。卢卡斯好奇这具尸体在那里躺了多久，而且到底是谁杀了他？

他四下张望，尸体不远处的上方有个东西吸引了他的视线。在四个锯木架上安置着一具石棺，看起来像圣台似的。卢卡斯不用走近都知道那就是他的目标——即使隔着这么远，他也可以认出山型的盖子和那尖锐的棱角，石棺被铁链紧紧拴着。但因为头顶灯光的缘故，他很难看清更多的细节，整个石棺看起来就像罩在一层阴影里。

---

[1] 贝希特斯加登：位于德国巴伐利亚州东南部的阿尔卑斯山脚下。
[2] 鹰巢：位于德国南部巴伐利亚州贝希特斯加登附近的阿尔卑斯山脉，海拔1881米，是1938年马丁·鲍曼下令建造，作为希特勒50岁生日贺礼的一座别墅。

接着他又瞥见有什么东西快速地冲向他的右侧。

"Halt! Hände hoch!"——停下！举起手来——他叫道，环视一周，举起了手枪。

他听见地上的碎石嘎吱作响。

"Komm raus, ode rich schiesse!"出来，不然我要开枪了。

"别，请别开枪。"是一个孩子的声音，用德语颤抖着说。

"怎么了？"图森特问道。

那个收集锡箔纸的金发男孩把双手举过头顶，从一个矿车后走了出来。卢卡斯又想到了保利，举着他的箭镞展示给所有人看。

"中尉？"图森特喊道，举着他的卡宾枪大步向这里跑来，"你还好吗？"

卢卡斯放下了手枪，说道："没事！"

图森特在矿车间左右晃动，用他的来福枪扫视着四周，"天哪，"当他看到那个男孩时叫道，"我差点杀了这孩子。"

"你在那里做什么，汉塞尔？"市长依旧站在这圈矿车外问道，"我难道没有警告过你不要到矿井的深处来吗？"

卢卡斯差点笑出来。汉塞尔，是不是格莱特①也在不远处？他或许已经误入了一则格林童话中。

男孩看见了那具尸体，惊恐地瞪圆了双眼。

"我只是想要一些巧克力而已。"他抽噎道。

即使是德国的小孩也知道美国兵有好时巧克力条。卢卡斯的上衣口袋里正好就有一条，他本来想留到晚餐时吃的，但是看起来汉塞尔

---

① 《汉赛尔与格莱特》：收录于《格林童话》中的一则童话寓言故事。由格林兄弟搜集编撰。

THE EINSTEIN PROPHECY 011

比他更需要它。为了让男孩不要再盯着那可怕的尸体，卢卡斯从口袋里掏出巧克力并递给了男孩。

"来吧，"卢卡斯说道，"你该得的。"

"别奖给他，"老人喊道，"他不听话。"

卢卡斯正为自己找到了石棺同时还没在过程中丧命而高兴，他很乐意分享一些喜悦给旁人。可以给文物复原委员会复命是一方面，另一方面他还同时完成了战略情报局的顶级秘密任务。男孩紧紧盯着那块巧克力，在他伸出一只手去拿的时候，突然被藏在地下的某个东西绊倒了。

孩子的那双鞋需要穿鞋带，卢卡斯心里想着——紧接着整片矿地爆炸了，巨大的冲击波把他抛向了空中，狠狠地摔在了一辆矿车上，只听见他后背的骨头咔嚓一声，他的眼前一片火星。之后一切都变黑了，就像在童话中森林深处的午夜一般。

第二章

1944年9月2日

  人们都很友善，非常友善。

  因为他不再是卢卡斯·安森中尉，而变回了一个大学教授，他所想要的就只是悄悄地回归平凡的生活。

  然而即使他不穿制服，穿着凌乱的灯芯绒套装，拎着破旧的公文包，他在人群中也惹人注目。怎么可能不惹人注目呢？左眼戴着的眼罩、一小块弹片在前额留下的伤疤，都明确地昭示着他是一个尽到了国家责任并且已经光荣退伍的士兵。

  每个遇到他的人都想对他所做出的牺牲表示尊重。

  在餐馆，大家都乐意为他结账；在公交车上，年轻人都为他让座；有一次在中央公园，一个带着小礼帽的男人握着他的手说，他让他想到了自己在奥马哈海滩[①]牺牲的儿子，并表示如果卢卡斯想要看

[①] 奥马哈海滩：是第二次世界大战的诺曼底战役中，盟军四个主要登陆地点之一的代号；位于法国北部海岸，直接面对着英吉利海峡的滩头；全长有8公里，东起圣奥诺里讷-德佩尔泰，西至滨海维耶维尔。

百老汇的演出,一定要找他。"无论是什么演出,只要你告诉我名字,预定窗口就一定会为你留两张票。"那个男人边说,边把他的名片塞进了卢卡斯的上衣口袋。后来卢卡斯拿出名片看了一眼,发现那个男人竟是一家著名的电影院老总。

但他从未接受过他们的馈赠。

在纽约医院做完手术后的几周里,他都和父母住在一起,就在皇后区奥林匹斯市他家开的小餐馆上面。这是一座典型的希腊餐馆,是由他的父亲——丝塔夫罗斯·阿塔纳西亚迪斯,一点一点从头张罗起来的。和所有的移民一样,他的父亲将家族的名字缩减了。"我们是美国人,"在卢卡斯小时候父亲经常这么说,"现在我们要用一个新的美国名字重新开始了。"

但是卢卡斯不用为获得博士学位而费尽周折,因此他住在餐馆里就好。他甚至可以明确地感觉到——在他近乎完整地回到家后,他父亲最强烈的愿望就是让他接管这个餐馆。而且说实话,还有什么比一个受伤的士兵站在收银机前做生意更可靠的呢?

只是这不是卢卡斯想要的生活。

就在他刚刚开始思考下一步该做什么时,他突然收到一封普林斯顿大学的来信,信中表示如果他愿意在秋季开学伊始继续任教的话,他们将非常欢迎他回来执教——正如你所知道的,学校的校训是"服务国家"。所以只要为国效力的人,全体教职员工和理事都将非常骄傲地为他们提供机会。院长还热心地提及他在城里的老房子,欢迎他来住。

这封信的到来,就像是他的祈祷获得了回应一般。

在位于学校脚下的一座小火车站中,他下了火车。将行李装进一辆出租车的后备箱后,车子驶向莫色尔大街上的一处维多利亚风格的公寓，在入伍前他一直住在那里。一辆黑色豪华轿车停在路边，在这片绿树成阴的静谧街区里，这种车并不常见。但在他对这辆车产生一些疑问前，卡普托太太已经匆匆穿过前廊，在围裙上擦了擦手便冲下了楼梯来拥抱他。托尼·卡普托还在太平洋中的什么地方当兵，卢卡斯知道，这个拥抱和泛滥的眼泪不仅是给他的，也是给她丈夫的。尽管她只比卢卡斯大几岁，可能是三十三岁，也可能是三十四岁，她依旧像母亲一样对待他，为他的晚归而担心，为他年纪这么大仍然单身而着急。偶尔他们公寓餐桌边会出现一些单身女性，卢卡斯猜测她们是被邀请来和他相亲的。

"你的屋子已经收拾好了，"她揉了揉自己的眼睛说，"我要去烤只全鸡。艾米已经满九岁了，她从学校里回来一定会跟你说这件事的。"

他们俩都笑了起来，卡普托太太帮忙把他的行李沿着嘎吱作响的木头楼梯搬上了顶层，那里的门已经打开了。时间就像停止了一样，他在国外的那些恐怖经历就像未曾发生过一样。单人床支在角落里，上面依旧铺着那张他记忆中的拼布床单，电炉和收音机在书架上，桌子依旧摆在天窗前。窗外，老橡树枝干上的树叶刚刚开始变色，他甚至可以听见淋浴头的滴水声，那是托尼·卡普托在屋檐下的小浴室里临时装的，如果卢卡斯想要洗头的话必须要把身体弯成一个难以想象的角度才行。

"你自己收拾一下，"卡普托太太说，"五点半吃晚餐。你回家了可真好！"她补充了一句，就像这些天他遇到的人说的一样，这个"家"并不是指一个特定的地方，而是美国。

"希望托尼也能很快回来。"

"希望他们都能早点回来。"

关上门，卢卡斯站在窗边，凝视着树木和脏乱的庭院，还有庭院中摇晃的秋千和防风栅栏，在他去进行基础训练前，也曾站在这里。也许就像最新的科学理论提出的那样，时间不过是一场错觉，可能他从未离开过这间屋子，可能他会重新变得健康无恙。但当他瞥见玻璃中自己的映像时，那块黑色的眼罩将他拉回到了现实中。

他打开自己的行李包，把多余的裤子和夹克挂进壁橱，并将一瓶苏格兰酒藏在了衣橱最下面的抽屉中，接着吞了两片阿司匹林，然后躺上了床。因为背行李的缘故，他的肩膀开始疼了起来。他的前额也受伤了，医生说疼痛可能会随着时间逐渐减轻，但也有可能会变得更糟糕，他们还告诉他要适应独眼视角，但他发现自己还是会撞到他盲区一侧的东西。他的眼罩下其实装了一只玻璃眼珠，但人们总被假眼球弄得心神不宁，而且人们在和他说话时也不知道该看向哪里，因此，对这些人而言，戴个眼罩，事情就简单多了。

他逐渐有了一些睡意，周围只剩下抚慰人心的声音——窗外树叶的瑟瑟声、水管发出的嘎嘎声和所有木屋、尤其是这种老旧的木屋都会发出的嘎吱嘎吱的声响——它们混合在一起就变成了强效催眠曲，熟悉而柔软的床和初秋昏暗的光线也同样催眠。当他睡了几小时后，刚醒来的一刻并不确定是什么叫醒了他，楼下飘来了烤鸡的香味，暖气片发出噼啪声，还有楼梯上不一会儿传来的砰砰作响的脚步声。他刚从羽毛枕头中抬起头来，房间门就砰的打开了，一个穿着红色外套的小女孩，叫着他的名字跳上了床。

"艾米，我告诉过你不要吵醒他！"卡普托太太在楼下喊道，但已经来不及了。艾米像一只小狗一样扭动着身体，用尽全身力气去拥抱他。

"噢！"他说道，"你可得悠着点，我现在可是个老人了。"

"你才不老呢！但我已经——已经九岁啦！"她说道，转过头看着他又问："你的眼睛怎么了？"

"我在那里发生了一点小意外。"

"什么样的意外？"

他可以想象她的内心有两种想法正在打架——她想要知道他怎么了，同时又担心她的父亲会发生同样的意外，不论她的父亲现在身在何处。

"不知道什么东西飞进了我的眼睛里，"他安慰道，"所以现在我需要带着这块眼罩，就像海盗一样。"

"它会疼吗？"

"一点都不疼。"没有必要告诉她这个空空的凹穴有时就像埋在他脑袋深处的雪球一样刺痛。

"晚餐准备好了，"卡普托太太对他们喊道，"快来趁热吃。"

"妈妈做了你最爱的甜点，"艾米透露道，"冰淇淋蛋糕。"

"真是太麻烦她了，"说着，他把腿甩下来，用脚试探着寻找刚才被踢飞的鞋子。

"我让她做的，我喜欢冰淇淋蛋糕。"

还是那个用尽一切办法达到目的的样子。"告诉你妈妈我一会儿就下去。"

"他来了！"艾米跳着离开了房间并大叫道。"而且我告诉你噢，我今天还在拼字比赛中获胜了！"噔噔跑下楼时她补充道，声音大到所有人都能听见。

尽管只有他们三个人一起吃晚餐，卡普托太太还是做了十个人的分量。不知道在配给券不多的情况下，她是如何做到的，真是个奇迹。她一定为了某种原因在积攒这些券，卢卡斯有些愧疚地想道。他

THE EINSTEIN PROPHECY 017

并不是很饿,但他尽全力去假装自己很饿。

  这个房间也完全是他记忆中的样子,有着许多刮痕的木椅,餐桌中央的塑料花,餐柜上褪色的庄严圣母的画像:这是一张经过装裱的仿制品,模仿的是挂在佛罗伦萨皮蒂宫①的拉斐尔②画作。

  也许那也不是真品?就他所知,拉斐尔的作品也被藏在某处的仓库里,等待着第三帝国的胜利。

  卢卡斯指向另一把椅子,那里曾经是另一位二楼房客的座位,一位上了年纪的老寡妇,问道:"休伊特夫人怎么样了?"

  "二楼对她来说太高了,"卡普托太太说,推了推艾米让她把土豆泥递给卢卡斯,"她现在和她姐姐一起住在帕塞伊克③,那座房子里有电梯。"

  卢卡斯舀了一勺土豆,看见卡普托太太露出了会心的微笑。

  "抹些黄油吧,"她说道,"你太瘦了。"

  "你真是个好厨师。"他知道他得为秘密的冰淇淋蛋糕留些胃口。"你有重新把房间租出去吗?"

  "是的,"艾米接过话,"新房客叫泰勒,但他从不住在这里。"卢卡斯可以感觉到她并不喜欢泰勒先生。

  "他不住这里?"卢卡斯问道,"那他住在哪里?"

  卡普托太太耸了耸肩说:"他说他在特伦顿④得到了一份工作,和造飞机有关。"

  那些从事关系到战势关键工作的人可以延期入伍。

---

 ① 皮蒂宫:佛罗伦萨最宏伟的建筑之一,原为美弟奇家族的住家。
 ② 拉斐尔:意大利著名画家,也是"文艺复兴后三杰"中最年轻的一位,代表了文艺复兴时期艺术家从事理想美的事业所能达到的巅峰,代表作《西斯廷圣母》。
 ③ 帕塞伊克:美国新泽西州东北部,临帕塞伊克河,距纽约市曼哈顿区16公里。
 ④ 特伦顿:美国新泽西州首府、工业城市、州的文化中心。

"但他安静得像只耗子,从不麻烦人,"她补充道。看上去卡普托太太真的不大喜欢他,"租金交得倒很准时。"

这些天大家都在努力地做着各类修复工作——无论是经济上,还是情感上。卢卡斯知道卡普托太太的希望,那就是她的托尼能够毫发无损地回来,然后他们一起把房子改造下,过过自己的小日子。然而大家每天都只能勉强维持生计,做不得不做的事情,甚至许多人都入不敷出。

卡普托太太端出了冰淇淋蛋糕,尽管艾米抱怨蛋糕上没有加打发的奶油,但无论如何,他还是禁不住表现出一副惊喜和势要饱餐一顿的样子。

"奶油怎么也弄不到,"卡普托太太说道,"现在去杂货店完全是碰运气。"

吃罢晚餐收拾好后,艾米上楼做她的家庭作业了,卢卡斯踱步到走廊里,点上一支"骆驼"牌香烟。停在路边的豪华轿车不见了,但那座带整洁前院的精致两层洋房却亮着灯,弦乐四重奏的旋律透过开着的那扇窗户传到卢卡斯的耳朵里。有那么一秒钟,他以为是留声机的声音,但当他下台阶走到人行道上时,他才意识到那是有人在那所房子的客厅里练习演奏。在普林斯顿这样的大学城,这种事倒见怪不怪。接着他听见了笑声和推杯碰盏声,还有某个人故意拨弄大提琴发出的刺耳声音,随后传来一位老者的声音,带着些许德国口音说了一些类似于开始之类的话,随后演奏声响起,和谐一致。

传来了更多的笑声,还有刺耳的口音。

他听了一下音乐——如果他没记错的话,是莫扎特的曲子——这也让他想起那个老市长让自己不要伤害藏在矿井中的村民。尽管悲剧还是发生了,但他并不是埋下那颗将小男孩炸死、让图森特只剩下一条腿、让他自己也只剩下一只眼睛的地雷的罪魁祸首。当香烟快要燃到滤嘴时，他在人行道上把烟踩灭，转身回了公寓。卡普托太太在厨房里边哼着曲子边洗着碗碟。

"需要我帮你洗那些吗？"

"噢，不用了，"她回头说，"我已经快要洗完了。"

"听声音，难道现在你公寓对面住了一个弦乐四重奏的演奏团吗？"

"什么？"她关掉水龙头，用抹布擦了擦手，问道。

"我听见了街对面的音乐声，是一群音乐家吗？"

"噢，天呐！当然不是了，"她回答道，"就是那个教授，我记得好像是在你参军后不久他才搬来的。"

"什么教授？"

"爱因斯坦。"

和所有人一样，卢卡斯突然手足无措起来，他知道阿尔伯特·爱因斯坦从纳粹手中逃了出来，并在 1933 年从柏林移居到普林斯顿，还担任了理论物理学的教授。卢卡斯也在校园里见过他几次，但当时他还没有住到莫色尔街道，住到卡普托太太家对面。

"他人很好，"她说道，"有一次，他看见艾米背着小提琴包从学校回来，他们非常愉快地讨论了音乐。"

所以那个指挥音乐家演奏的愉快的声音就是爱因斯坦的声音。为什么外面总停了一辆加长的黑色轿车也有了答案。卢卡斯开始好奇到底是哪位要人、或政府高官过来拜访这位大人物呢。

"夏天的时候，我有时会坐在前廊听他们演奏。如果托尼回来，"她的声音中透着一些坚定说道，"他一定会喜欢的。"

"是的，一定会的。"卢卡斯欣然赞同。

他们都知道刚刚的对话是一种无言的祈祷。

"晚安了！"卢卡斯走向楼梯，"还有，谢谢你的冰淇淋蛋糕。"

"你想睡到什么时候都可以，现在是劳动节的周末。"

楼上，他的房间里又热又闷，他把窗户完全打开，探身出去，他还可以听见弦乐演奏的旋律。等等，他想，有机会还得告诉他的家人。当他回到普林斯顿的工作时，他们就很激动——那么如果他们知道了世界上最有名的人物之一，爱因斯坦，是他的邻居时，他们又会激动成什么样子呢？

第三章

她知道她不应该到甲板上来的,更不用说现在还在公海领域,但是底下的空气实在是臭得让她无法忍受了。

苏华德号美国军舰里挤满了受伤的美国士兵,它的舷墙上涂着一个巨大的红十字标志,还在主甲板上也特别加放了一个红十字标志,就为了让那些经过的纳粹空军看得更清楚些。《日内瓦公约》禁止双方攻击带有红十字标志的船只,但是没有明确具体应该遵守哪条禁令,什么时候遵守。因此,为安全起见,有两艘海军护航舰护送着这艘船。在北大西洋有很多潜水艇——这正是纳粹的"狼群"战术——已经击沉过不少英美的军舰了。即使是现在,纳粹的指挥塔也有可能正牢牢盯着这个向纽约码头进发的舰队,而某个德国指挥官可能正向他的属下下达启动鱼雷发射装置的命令。

西蒙·拉希德穿着雨衣,把雨帽盖在头上,她抓着栏杆凝视着翻滚的灰色海浪。这战争法则真是荒诞,她想。人们以一种前所未见的规模,用他们能想到的最巧妙的方法相互残杀,但同时他们又坚持建立交战规则来维系表面的文明和道德。他们就像小孩玩游戏一样,但这场游戏的结果却非常可怕。她在开罗长大,她记得她哥哥和一群来自福阿德国王英文学校的朋友一起成立了一个秘密的社团,他们也建立了一长串的规章、条例和章程,引起最多人不满的就是第一条——禁止女生加入社团。她整个一生都在和那一条禁令作斗争,在预科学校、牛津大学,还有埃及文化局,她都不得不努力证明自己的资质,以获得一次又一次的机会,尽管拥有优等生奖学金,她依然需要通过努力来赢得人们对她的尊重。

她的年轻和美貌对此也毫无助益——她二十七岁,但看起来甚至更年轻一些。她的母亲是名英国外交官的女儿,活跃而叛逆,她备受争议的行为和她那一头乌黑亮丽的秀发一样出名。西蒙遗传了母亲的美貌和性格,还有父亲作为阿拉伯人的橄榄色皮肤和深棕色的瞳孔。她喜欢穿暗色宽松的衣服来减少自己容貌所带来的影响,但她发现大部分男人总能看穿她的伪装,现实依旧浪蝶狂蜂不绝。

"你不应该在甲板上的,小姐。"她身后传来微弱的声音,在狂风中几乎听不到。

她转身看见一个身着绿色雨衣的年轻水手正在卷一圈潮湿的绳子,"这里不安全。"他说道。

她拍了拍套在雨衣外的救生衣示意她听见了,但是他依然摇着头,"等你落水时就为时已晚了,他们可能压根就不知道,"接着他向她靠近了些,像怕别人听见似地补充了一句,"甚至就算他们知道了也不会调头救你的。"

西蒙笑了出来,她知道他是对的。任何事情都不会耽误苏华德号的行程以及送船上的伤员回到美国那个避风港的。一个年轻的女学者和她年老的阿拉伯父亲,对于船长和船员来说本身就是一个谜,也不会有多重要。对他们父女俩来说,最好的情况是被容忍,最坏的情况则是被怀疑。

一位经过的少尉怀疑地打量着她，又瞪了眼水手，接着厉声喝道："平民应该待在船舱内。"

水手低着头假装自己在专心地收装着绳子。

"他已经警告过我了，"西蒙向他保证，"而且我不会落水的。"她的英语继承她过世的母亲的上流社会口音，只是稍稍带了些阿拉伯语的语法变位特征，但这一次她的回答并不够好。

少尉在摇摆的甲板上将两脚使劲岔开以保持平衡，"这是指挥舱的命令，现在就下去！"

西蒙挺直了腰板；她不喜欢听从命令，她回呛道："为什么？"但船体突然的一阵晃动让她不得不用两只手抓住栏杆，这使她回应的气势瞬间削弱了许多。

少尉假笑了一声，"我们侦测到了敌军的活动，这就是原因。"

尽管不愿承认自己的挫败，她还是抓着手边光滑的扶手向舱口走了过去。她可不能再制造任何麻烦了，她能够出现在船上完全是靠骗，她的父亲也一样，那些让他们登船的公函和工作签证都是她在埃及文化局的办公室里伪造的，因此，为她自身引来过多的关注是非常危险的。

直到跑进屋，关上她的舱门，说实话她才舒了一口气，反正外面又冷又湿，她也待不下去了。她摘下雨衣的帽子，几滴冰凉的海水滑进她的领口，她不禁打了个冷颤。

那个少尉说的敌军活动是真的吗？不管怎样，还是不要用这件事去吓唬她的父亲了。当她爬下楼梯时，病员舱的气味变得越来越糟糕，事实上这整艘船都已经成了一座漂浮的医院。医护人员抱着血浆袋和外科手术器械从她身边急匆匆地走过，把她挤到了一边。水手们毫不掩饰地打量着她，即使难看的雨衣和救生衣也没办法阻隔他们炽热的目光。

按海军标准来说,西蒙和她的父亲分到的船舱并不算差,因为它远远高于吃水线,所以它还有一个舷窗,偶尔还能打开来,透透气。悄悄溜回房间,她发现她的父亲还是她离开时的样子:胡子拉碴的,穿着那件褪了色的丝绸便袍,坐在床边钻研着破烂的手稿。他甚至看都没看她一眼,就问:"还安全吗?"

"我猜是安全的。"她一边说一边把救生衣脱到地上。

"那你看见那东西了吗?"

"当然没有,货舱是禁止进入的,我去甲板上了。"她跨过一摞书和资料撬开了舷窗。一阵湿冷的空气吹进了船舱内,把纸张吹得一团糟。

"你在干嘛!"她的父亲惊呼道,急忙用手护住膝盖上的资料,"把那扇窗户关起来!"

"如果你再不透透气的话,会憋死的。"

"但这样会毁了我的作品!"

他的作品,西蒙的父亲每天都跟她提他的作品,他为此而活,也是它让他声名大噪。他不仅是开罗大学国家事务部主席,还是世界首屈一指的埃及文物专家,就因为这样,他比在世的任何人写了更多的书、论文和专著。但他和大多数教授不一样的是,他从来不满足于待在图书馆的档案室或是艺术博物馆。和她女儿一样,阿卜杜勒·拉希德博士也是毕业于牛津大学的博士,他发掘了许多埋在撒哈拉沙漠中的国家遗产。放置在床边的胶头手杖正是他进行最后一次考察的证明,他和西蒙就是在这次考察中发现了合葬石瓮,而他们现在就是在追踪它将被它现在的主人——美国军事力量中的一个分支——运送到哪里去。

"你想去上面的餐厅吃午饭吗?"她问。

"不想,"他回答道,继而又把目光转回用象形文字写的资料上,"给我带点回来就好。"

"跟我一起去吧,"她恳求着,"你不能整个旅途都猫在船舱里吧。"

但他已经不再理睬她了,而是专注地用笔头在纸边做着注释。

尽管他的态度既粗鲁又疏离,西蒙也不会生气,因为她知道他们之间有着不可分割的联结。他曾经希望有个儿子,不过哪个埃及男人不希望呢?但后来他就爱上了他的女儿,并按他本打算栽培儿子的方法培养了她。她的母亲如果在世的话,恐怕是不同意的,但是她的离世使她对女儿无法再产生任何影响,她在西蒙十岁时因为癌症失去了生命,因此她喜爱的社交宴会和打情骂俏没能影响到女儿,而西蒙则被父亲所喜爱的历史和艺术所吸引。父女俩在一起时,就会愉悦地回顾起法老时代的故事。

"无论他们提供什么水果,我都会给你带些回来的,"西蒙轻轻地碰了一下他便袍的肩膀说道,"还有一杯热咖啡。"

"茶。"

"如果我能找到的话。"她的父亲好像忘记了他们现在是在一艘美国船上,这里的首选是咖啡而不是茶。"顺便帮我个忙,刮下胡子吧,你不刮的时候看起来像个流氓。"

他咕哝着表示知道了,接着西蒙又套上那件雨衣离开了船舱。她突然想绕道去货舱看看,但即使她能说服守卫让她进去,她又能看到什么呢?一个带着铁扣的巨大木箱、三个拳头大小的挂锁,还有要眼睛非常尖锐才能辨认出字迹的海运提单?这些早在几天前它被装上船的时候她就已经看到了。

"小心点,小姐。"一个水手警告着她,抱着一堆松软的叠好的白色被子咔哒咔哒地走下铁锈的楼梯。"借过!"

西蒙紧贴着墙壁靠在那里,直到另外两名抱着寝具的水手也跟着他跑下了楼。透过铁墙,她感觉到隆隆作响的引擎带来的震动感,尽管苏华德号离开勒阿弗尔才两天,但她好像已经习惯了这种声音,如果它有一天停了的话,她甚至可能会想念它。

当她确定海岸线已经清晰可见时,她开始继续爬楼,穿过为手术治疗留出的区域,在那里她可以听见从手术室中进进出出的士兵们痛苦的哭喊声。她继续上到餐厅,整个走廊上都飘着豌豆汤和腊肠三明治的味道,她已经饿到觉得仅仅这些气味就足够诱人了。

就在她刚刚装了些食物到托盘上,并准备在餐厅里寻找热茶时,警报声响起。喇叭在一阵噼啪声后发出了刺耳的声音:"全体船员到甲板上集合!这不是演习!"

那该死的少尉说的是实话。她将托盘扔进了垃圾箱,绕了一圈向船舱走去。

"全体船员到甲板上集合!"

因为不间断的警报声太响了,她用双手捂住耳朵。灯光闪烁不定,甲板上回响着几千个人逃窜的踩踏声。西蒙突然觉得,整个船像是猛地被一棍子击中了的蜂巢似的。

阻止船员们涌上楼梯几乎不可能了。当她到达船舱时,就连她的父亲都已经脱去便袍,匆匆穿上了衣服,胳膊下还夹着一只塞满了书和论文的快要炸开的小皮箱,靠在他的乌木拐杖上。

"我们现在要干什么?"他在警笛的尖叫声中问。

"首先,"她说着,从墙边的床下抽出一件救生衣,"你可以穿上这个!"除此以外,她对接下来该做什么也毫无头绪——即使她曾经有过一闪而过的灵感"除非接到命令,否则别离开船舱,我等会儿就回来！"

"别去！"他抓住她雨衣的袖子，他总是能猜出她心里在想什么，"你现在不能下去，如果我们遭遇了鱼雷攻击，怎么办？"

如果真的发生了，她想在哪里都是一样的，船都会沉，"我不会在那儿逗留很久的。"

万幸的是船上的人都在战斗位置就位时，苏华德号甲板上的警报声停止了。骚乱中每个人都朝反方向涌去，她却逆向冲向货舱，奔跑中途经过长官房间时，她还镇定自若地从挂钩上抓了一个塞满纸的写字板。但是途中她两次被误认成了护士，医生想要强制她帮助病者逃生，但她每次都溜脱了并继续向下走去。"我会记住你的，"戴着标有"贾米森医生　外科主任"徽章的第二个医生对她吼着，"当袭击结束以后，我保证你会被开除军籍！"

当西蒙终于下到船的内部时，那里只留了一个紧张的年轻守卫还在货舱外徘徊。

"你是谁？"当西蒙从灯光灰暗的走廊中出现时，他问。

"你可以解脱了。"

"什么解脱？"

"现在由我来掌管货舱。"她轻轻地敲了敲手中撑满的写字板并说道，"每个水手都要上去，到病房去。"

"我可以离开了？"

她伸出手来要钥匙，并用最具权威的声音说："你需要向外科的贾米森主任报到。"

当他没办法很快解下钥匙环时，西蒙冲他吼道："快点，伙计！"

把钥匙扔到了她伸出的手中，水手紧握着他的帽子跑上了楼梯。

船开始加速并采用曲折航线来躲避鱼雷的攻击。甲板下的空气又热又闷，引擎以最大功率工作着，发出震耳欲聋的轰鸣声，当她向货舱走去时，裸露的灯泡透过细网丝孔在她的头顶发出闪烁不定的灯光。医疗床板和罐装货品的箱子被细密的编织线圈捆牢，一直堆到了低矮的天花板。

她知道船上还有其他的战利品，有从纳粹那缴获用来研究和分析的武器、从被侵占的不同地方搜出的大量德国官员的信件，当然，还有她和她父亲从撒哈拉沙漠中一个遥不可及的地区发现的石棺。当德国坦克部队扫荡北非时，他们抢夺了埃及的艺术品并挑选其中最上乘的运送回国。美国军队用了某些方法拦截了这座石棺——她本该对此心怀感激的——但他们将它装上了运往纽约港的船只，而不是为了它的安全考虑，将它最终归还到开罗博物馆的合适位置。

这是西蒙不理解的地方。难道同盟国知道了它的秘密？

就是估计到那点，她才在途中无时无刻不在追踪着这具古老的埃及石棺的动向。作为一名埃及文化部的官员，她能够接触所有的内部公报和转让凭单，最重要的是能接触途中每个艺术品停靠站里工资微薄的中层公务员——那些可能会被说动出卖重要消息的官员，或者为了微薄的酬金、或者为了一个浪漫的交往承诺，会与一位和一个古老的石盒有着说不清关系的迷人的年轻女士交往。

如果他们知道了那是什么，如果他们能够猜到它的重要性和威力，他们一定不会这么糊涂，但西蒙不会告诉他们这些。她父亲毕生的最大成就就是发现了这个石棺。而这些官员所知道的，不过就是又一个注定要在博物馆里积灰的旧石盒子而已。

现在她还不知道的只有一件事：到美国后这个盒子又会被送到哪里去？为了不冒一丁点跟丢的风险，她设法为自己和父亲订了两张这艘船的票。只要这艘船不在接下来几分钟内沉没,现在就是她找出答案的最好时机。

但是湍急的海浪把船冲击得歪向了一边,或者是水底爆炸的深水炸弹的冲击造成了船体的摇晃?将写字板丢在一边,她腾出一只手来支撑自己并沿着摆满供应品和物资的狭窄通道向下移动,检查着它们侧边的防水塑料袋中的编号和运送指令。不一会儿她便走到了货舱尽头,在折返的途中,她注意到墙边有一处壁龛上盖着油布,油布的一端还露出了盒子的一角——标记着"无菌:美国海军",要不是这油布引起了她的注意,她差点就错过了。船又开始变换方向地倾倒,使得她失去了平衡,幸好她抓住了油布的边缘并把它折了起来。但为什么里面好像有层薄冰噼啪作响?

油布下是一辆固定在地板上的平板手推车,上面用铁链锁着一个矩形的木头盒子,体积比行李箱还大一些。这个盒子被完好地保护着,但不幸的是,没有附上任何航运说明袋,是故意的吗?她很好奇。掀开油布后她绕着盒子晃了一圈,看见了一个袋子,但被固定在靠近墙的那一侧。

远远地传来一阵深水炸弹爆炸的低沉冲击声,之后又传来一阵更大声的爆炸声,像是不远处的鱼雷击中了目标,她不由得感到恐慌,一定是他们的一艘护航舰被击中了。

那潜水艇会放过有红十字标志的苏华德号吗?说到这点,他们到底有没有看到那个标志?

没有时间了。在又一次急转弯后,西蒙挤进了墙和木盒的空隙之间。在她的职业生涯中她看过许多货物袋,但即使在货舱微弱的灯光下,她都能感觉到这个袋子的与众不同,它上面盖着华盛顿战略服务局的邮戳,还用红色大写字体印刷了一句警告——这个板条箱是 A—I

优先级的物品,应当"极其小心、谨慎和慎重地"搬运。

更棘手的是这个小包被胶布和钉子封在了板条箱上,如果她想要打开且不被任何人发现的话,她需要用指甲揭开布条,并祈祷她可以完美地将它重新封装起来。她正专心于撕扯胶带的一端,这个过程已经弄伤她两块指甲了,船突然颠簸了起来,船体就像被击了一拳般倾向了一边。那些没有什么保护的盒子砸了下来,里面的玻璃烧杯发出了叮当的破裂声。

西蒙被夹在了墙壁和这个板条箱之间,她感觉下一秒这箱子就会滑离原处撞向她了,墙壁发凉,但奇怪的是这个箱子好像更为冰冷。当它逐渐逼近她时,她可以看见自己呼出的气体形成了一团热雾,同时她还能听见一阵不祥的声音——湍急的水流涌进船内的声响。

红十字的守护就此为止了。

她想,鱼雷到底击中了船的哪里呢?这样的船只还能幸存吗?被夹在墙和板条箱之间,她可以闻见空气中浓烈的咸味。当她努力想要挣脱出来时,那该死的箱子却像是拼命抓住了她似的,她借箱子的一角撕开了自己的雨衣,才终于逃了出来。踉跄地走向货舱的铁门时,她听见了下到引擎室的水手们的喊叫声和抽水机工作的巨大轰鸣声。她将身后的货舱锁了起来并将钥匙挂在了把手上,之后便跑向楼梯去找父亲,这时她发现自己正在涉过一片不算深的积水,水花四溅。

但是每走一步,水就变得更深一些,到达楼梯时积水甚至漫过了她的脚踝。

她气喘吁吁地挣扎到了船舱,这时水已没过膝盖,却发现门已大开。

她的父亲不在舱内。

他只可能往上去了,否则在她从货舱回来的路上一定会碰见他。

THE EINSTEIN PROPHECY　031

她快速地跑向楼梯，向上爬到舱口，拉开门，迈了一小步到甲板上。

午后的阳光藏在了一堆乌云后面，一团浓黑的烟雾向苏华德号飘来。她眯起眼睛，发现那团浓烟是从半英里外、护航舰之一的范布伦号上升起的，橘红色的大火正卷噬着它的一座炮台，灰色的漩涡中漂浮着一层闪光的东西，风中也飘散着燃油的气味。

但依旧不见她父亲的踪影。

苏华德号在汹涌的海浪中艰难地前行着，因此她不得不用双手抓住扶拦来稳住自己，浓烟和水雾把她的眼睛熏得生疼。之前她在甲板上遇见的少尉跑过她身边，但在看见她之前他就咒骂道："快他妈的离开甲板！"

她喊道："你有没有见过我的父亲？"

少尉已经向着驾驶舱的方向走远了，这时船遭遇了巨浪的浪峰，突然摇晃了起来，船头向下栽了下去。西蒙看见少尉摔倒在地，头朝前滑下了甲板。她一只手松开扶手，伸出去抓住了他挣扎的手臂，防止他坠落。突然，船像一块石头一样掉入一个巨大的灰色海槽，嘎吱嘎吱地倾向了右舷，寒冷的潮水涌过舷墙。她感觉手臂就要脱臼断开了，但她依旧坚持着，同时一直祈祷着自己的父亲能够安然无恙，还有这艘船能够坚持漂浮到某个可以停靠的港口。

几秒钟后，苏华德号因为受到船下某样东西爆炸的力量冲击而摇晃了起来，整艘船就像被海神抬起来似的，驶进了充满泡沫的海水，和一股令人窒息的浓烟中。

第四章

因为劳动节的缘故，卢卡斯可以周二才去大学报到。离开公寓时，他经过了爱因斯坦的房子，那里的前门敞开着，微风从纱门中吹进来，同时他能听见打字机按键噼啪作响的声音，还有一个女人在用德语和某人说话。不知道他此生还有没有可能再听见那种语言时，皮肤会像现在一样不再出现那股刺痛感呢？

今天天气很好，正值夏末秋初，但散步时，他需要护住一只眼睛以防太阳光的刺激。他散步的那条路，还有纳苏街上的大多数店面都还是老样子，白墙中夹杂着褐色木头的伪都铎风格建筑，大学城常见的大部分商店都在这里了——报亭、餐馆、杂货铺、收音机维修店和冰淇淋店。那些和他相识的店主纷纷冲出来拥抱他，并表示愿意随时为他提供免费的报纸和早餐，卢卡斯一一感谢了他们，举起公文包表示自己得去上课了。

"我们随时都为你提供这些，"一个小饭馆的店主格斯向他保证道，"现在你去教那些孩子们吧，我们正是为了他们战斗啊。"

卢卡斯想道，即使是在希腊和罗马艺术这样的课堂上，也会有人提出"同盟国正是为了人民而奋斗"这样的观点。"一定的。"他回答道。

尽管小镇非常古朴可爱,但还是无法和大学校园的宏伟相提并论。卢卡斯穿过一道华丽的黑色铁门——费兹兰道夫门,在一条通向纳索堂的石子路前停留了片刻。普林斯顿大学于1756年在纳索堂成立,它的墙壁由淡黄色的砂岩砌成,上面还有独立战争时留下的代表光荣的弹坑,门的两边守着两只青铜老虎,是学校的吉祥物。白色的穹顶下有一座钟,按照惯例,新生每年在开课时都会把钟锤偷走。学校的管理者一直都装作看不到,而钟锤也总会按时归还原处。

一个身着泡泡纱夹克的学生走了过来,递给他一张团结会的传单,"老师,如果您不介意我这么说的话,您似乎已经完成您的职责了。"

卢卡斯瞥了一眼传单,便将它塞进西装外套胸前的口袋里。与那个学生相比,他的衣着既不轻便也不考究,即使是卡普托太太也没办法熨平他外套上所有的褶皱,至于他的鞋子,无论他多细心地为这双褐色布洛克皮鞋上油,刮痕和磨损的鞋跟依旧很明显。

脚下的碎石嘎吱作响,他沿着小路来到了礼堂的一侧,进入了校园中一处更清净的地方——一片被精心修剪过的宽阔的草坪、古老的树木和一座有着竖窗、回廊和拱门的哥特式建筑。卢卡斯曾听说过这里的建筑模仿的是英国的剑桥大学,不难想象那里的另一座建筑的模样。隔着威瑟斯彭宿舍——一座以十八世纪末管理学校的一位苏格兰神学家的名字命名的简陋宿舍——的窗户,收音机里传出一阵不和谐的音乐声,是伍迪·赫尔曼的曲子《It must be jelly》,音乐伴着九月的微风,拂过每个年轻男生的脑畔——因为只有男生才可以进入大学学习,他们都把袖子挽到手肘、把笔记本夹在腋下匆忙地寻找着第一节课的教室。

尽管和他们相比,他不过大了十来岁,但对现在的卢卡斯而言,他们是多么的年轻啊。

他先去了系办公室向克拉克夫人作自我介绍。那位管理日常事务的中年女士就是克拉克夫人,她非常忙碌,甚至在将一捆试卷塞到他手中并祝他好运前,都没有时间抬头向他问好。

直到他到达麦考密克艺术博物馆的主报告厅——一个空旷宽敞的分层阶梯教室,在那里他可以看见所有的学生,学生们也可以看见他——他才意识到很多东西已经改变了。战争前,这个教室是坐满了人的,而现在两百个座位中只有四五十个是有人的。大部分学生看起来都是低年级的,如果这里有高年级学生的话,他们应该大都因为哮喘、扁平足之类的原因而免服兵役了。而即便有这样的高年级学生,如果他们的专业是土木工程,也应该被招募走了,因为部队需要这样的专业队伍。剩下的这些学生,几乎所有人都戴着眼镜,其中一些人的镜片都有可乐瓶底那么厚了,大部分不是骨瘦如柴就是肥胖不堪,而且看上去身体都不是很好。卢卡斯可以想象,如果在迪克斯堡①的新兵训练营,他的军士长将如何对待和塑造他们。

将一盒幻灯片交给那个一早就坐在放映室角落里的老人后,他走到讲台前进行了自我介绍,宣布道:"这是《艺术史:古典艺术和建筑》课程的第一节课,如果谁走错了教室,现在还可以离开。"

他听见一个学生小声嘀咕了一句"靠!"接着收起他的书沿着走道跑了出去。每个学期的开学都至少有一个学生会走错教室。

改变的除了学生的比例外,还有他的心态,他再也不是以前那个

---

① 迪克斯堡:美国陆军军事基地之一,位于新泽西州特伦顿市东南27公里处,紧靠麦圭尔空军基地。

每次走上讲台或面临一个新的班级就会紧张的他了。一旦你经历过空袭、迎面而来的坦克和无处不在的中弹威胁，任何公开演讲的恐惧都会很快消失。

他给学生分发了课程大纲，这是刚从油印机中拿出来的，还有些温热呢；点了次名并且努力地将每个人的脸和他喊出的名字对上号，里面相当多的名字出自显赫的美国家庭，大都是来自纽约派克大街和费城大街的东海岸精英，还有南方的贵族，许多名字都在学校的礼堂、宿舍、体育场或操场上的表扬榜上出现过。当他点完名后，其中一名学生举起手问道："冒昧地问一下，老师，请问您是在哪里服役的？"

卢卡斯没有想到会有这一出，但为了继续下面的课程，他依旧回答了："西欧。"

"是陆军还是海军部队？"

"陆军。"他不愿再继续这个问题了。他并不打算深入探讨他为文物复原委员会的贡献，他知道如果任由学生们的性子，他们可能会带着他在花园的小路上度过这节课剩下的时间。"现在靠近窗户的同学可以把百叶窗降下来，我们要开始上课了。"

当教室的光线暗了一些后，卢卡斯示意放映员将剩余的灯光调暗，降下教室前的屏幕并放出第一张幻灯片。灯光又暗了些，讲台的右侧出现了一张古典时期最著名的雕像之一——《掷铁饼者》的图片。

"当我们讨论古典艺术时，"卢卡斯讲道，"我们就是在谈论一个黄金时期，从公元前480年雅典崛起、希腊帝国扩张，一直到公元前320年亚历山大大帝在巴比伦的尼布甲尼撒宫殿逝世——这是一个转折点——这时候艺术家们已经掌握了在大理石上雕刻的工艺并创造了大量精致描刻的雕刻品。最有名的雕刻品之一就是这个——掷铁饼者。这是雕刻家们第一次学会捕捉运动中的人们的形态，他们的雕像再也不呆板僵硬、固定在一个正式的姿势上了，相反的，它们变得像三维空间的实体一样鲜活、自由、毫无束缚甚至有时充满情感。"

昏暗的教室里，他可以听见笔尖划过笔记本的声音，他一帧一帧地放映着幻灯片继续着自己的课程，简略地补充着希腊雕塑的七个繁盛时期，从公元前1550年的边锡尼文明到几百年后在大陆兴起的古希腊文化。幸运的是他几乎不需要他的笔记了，他对这些材料把握十足，但他没有考虑到在昏暗的环境下用一只眼睛阅读有多么艰难。他需要把头低到讲台才能看见下一个话题，还需要反复侧身才能看见屏幕上呈现的图像。他想，下节课也许该随身带一只手电筒。

当学校礼堂整点的钟声响彻校园，放映员打开了灯，升起屏幕，靠窗的学生们拉起了百叶窗，卢卡斯眯着眼睛抬起了头。某个穿着海蓝色防风夹克和肥大的裤子的学生匆忙离开了最后一排冲出大厅。这节课有那么无聊吗？

"我猜你们都有课程大纲了，"他喊道，"在下节课前阅读一下前两章——古希腊和罗马时期的内容。我的研究室就在楼下，艺术博物馆里，今天下午我会把时间表贴在我研究室的门上。"在普林斯顿，办公室都被称为研究室，就像把讨论会称为训诫一样。

班级里一半的人都已涌到了走道上。

"还有，学期结束前一定要记得，至少报名参加一次私人座谈会。"

随后学生们便走光了，放映室的灯光也黯了，（那位老人有没有出来透过气？卢卡斯很好奇。）他在空荡的教室里收拾自己的笔记。不知怎的这一切似乎都不太真实，即使他现在确实又站上了讲台，但依旧很难想象几个星期前他还在躲避着子弹、在饱受战争摧残的城镇废墟中挖掘、寻找着铁矿井以及藏匿其中的战利品。

一旦他忘记了,他头部弹片的伤口就会产生钝痛感,更不用说藏在黑色眼罩下的那颗玻璃眼珠了,它们无时无刻不提醒着他。

穿过艺术博物馆的大厅时,他向正在拖地的清洁工沃利挥了挥手。

"欢迎回来,教授。"沃利叫道,"很高兴你毫发无损地回来了。"

应该说差不多毫发无损,卢卡斯想。但就这一点,他并不打算同他争论。

痛苦的回忆远不止这些——卢卡斯永远不会忘记那个德国男孩——汉塞尔,在他的脚踩到地雷的几秒前,他正准备拿走一块巧克力条。文字根本无法描述出那种恐怖,以及他目睹的上千个类似的场景。如果你从未近距离目睹过战争,自作无畏,向战争叫嚣并非难事,但如果你经历过的话,很难不感到绝望。人类打着国家、信仰和思想的旗帜对彼此所做的这一切是难以想象的。

学生们在外面的庭院里闲晃,用抽烟、聊天来消磨下一堂课前的时光。一些低年级的学生聚在一棵树下,呆呆地盯着法恩大楼的一扇窗户,数学系正是在这栋庄严的大楼中。卢卡斯好奇是什么这么有趣,于是追随着他们的目光看去,是一扇装饰着数学符号的彩色玻璃窗,窗后的座位上有一个模糊的轮廓,是一个男人,他似乎正专注地在膝盖上的便笺簿上写着什么。

他脑袋周围扬着一圈随性的白发,这时他举起一只手,心不在焉地摸了摸自己浓密的胡子。

"我看见他在帕默尔广场买了一只冰淇淋甜筒。"一个学生说。

"我在华盛顿路上和他打招呼。"

"他和你打招呼了吗？"第三个人问道。

"我不确定他有没有听见，我都不确定他有没有看见我，因为他不一会儿就消失了。"

尽管卢卡斯已经见过阿尔伯特·爱因斯坦——某次看见他在风雪中漫步到他在高等研究院的独立办公室，但再次看见这么一个用方程式挑战并颠覆了长期以来的时空观、且革新了物理学科的人物还是令人激动的。他已经成为一个和乔·路易斯[1]、朱迪·嘉兰[2]、吉恩·凯利[3]比肩的伟人了，谁能想到一个科学家竟能如此有名，而且他的研究在大多数人眼中还是很难理解的。

在畅斯乐·格林图书馆[4]的教师休息室，卢卡斯从前厅标有他名字的信箱中取出自己的信件，似乎是一些亟待完成的文书任务。接着他向休息室走去，突然一声嘹亮的"欢迎英雄凯旋！"响起，帕特里克·德兰尼像个小孩一样从皮椅上蹦了起来，给了他一个熊抱。德兰尼所在的矿物和地球物理学系只有他一个人，他所研究的放射性同位素与爱因斯坦的研究比起来不过是门外汉水平，尽管在这大厅之外他根本就没什么名气，但卢卡斯总觉得德兰尼的研究背后有政府资金的秘密支持。注意到卢卡斯的眼罩，德兰尼安慰地拍了拍他的肩膀说道："你知道的吧？女士们都会喜欢这个眼罩的，太时髦了！"

"我给你演示一下这眼罩是用来干嘛的。"

"不必了。"

"为什么？"

---

[1] 乔·路易斯（1914.5.13～1981.4.12）：美国职业拳击手。
[2] 朱迪·加兰（1922.6.10～1969.6.22）：美国女演员及歌唱家。
[3] 吉恩·凯利（1912.8.23～1996.2.2）：美国著名男演员。
[4] 普林斯读大学的第一个专业图书馆，建于1873年，维多利亚时期哥特式建筑风格，内饰豪华，主体为八边形的穹顶建筑。

"你难道忘了你现在是在普林斯顿,地球上唯一一个消息传播速度堪比光速的地方。"

"说到这儿,我刚刚看见那个人了。"

"那位教授?"

"我在法恩大楼的塔楼上看见学校宣传他的那些事迹了。"

"何乐而不为呢?他确实值得。"德兰尼说着,便走向餐柜并从过滤器的凹槽那倒了两杯咖啡。"奶油还是糖精?"

"不用,黑咖啡就好,谢谢。"

"那就好,我这里正巧也没有奶油和糖精了。"

他们都笑了起来,卢卡斯打趣道:"看来某人没小心节省自己的配给券呀。"

"是啊,依我看主要责任都在希特勒那个王八蛋身上。"

大厅中间的桌子上杂乱地摆着满是烟头的烟灰缸,还有一些沾着咖啡渍的报纸。这里的一切都没有变,卢卡斯想着,倒向德兰尼对面的一个旧皮椅里问:"大家都去哪儿了?"

"所有人都变了。"德兰尼挠了挠自己修得参差不齐的胡子,他的头发也是自己剪的,谁都能看出这点。"现在学生少了,教职工也削减得只剩下骨干了,你能回来任教,的确是对你的付出最好的回报。"

"我付出了什么?"

"你是我们学校英勇作战的战士代表。"

"不再是了,我可算不上。"

德兰尼耸了耸肩表示,"可能他们认为需要一个人来铭记那些被彻底摧毁的文化成果,反正不管怎样,你现在回来了。"

直到这一刻卢卡斯才意识到自己能够这么迅速地被重新聘用有多么的奇怪,难道信中引用的那句校训——"普林斯顿是为国家服务的"，就是1902年到1910年担任校长的伍德罗·威尔逊[1]所述的赠言，并不是原因吗？

"埃德·兰德尔还在这里，而且他叫我提醒你，你还欠他5美元呢。"在德兰尼陷入谈论还有谁在任职的陈词滥调前他这么说道。大多数留下的都是老人，他们中许多人都参加过一战，他还向卢卡斯介绍了一下市里的变化："花园剧院终于有了供应充足爆米花的小卖部，卖特大号三明治的店铺关门了。哦对了，原来是修鞋铺的地方现在变成了一家中国洗衣店。"生活的发展可真是有趣。

瞥了一眼桌上的报纸，卢卡斯看见《纽瓦克明星纪事报》上赫然醒目的大标题——"远洋护航舰在北大西洋遭鱼雷袭击"，下面是一行副标题"美国范布伦号军舰被潜水艇击沉"。他拿起报纸浏览了一下头版，那里附着一张船侧有红十字标志的美国苏华德号军舰安全抵达港口的照片。

"这可真是今天的坏消息，"德兰尼说，"你听说那次水下袭击了吗？"

"没有，我今天才看见报道。"他快速地浏览着。

"德军击沉了一艘护航舰，但神奇的是，载着伤员的那艘船虽然也遭受了袭击，还是成功到达了港口。"

文章中还提到了纳粹的潜水艇被深海炸弹袭击后就在苏华德号下爆炸了，在船头炸出了一个缺口导致船身进水了。卢卡斯把报纸翻到内页读完剩下的报道，他看见两张伤员被担架抬出船的照片，和一张船体的破洞处杂乱地钉着金属片的照片。文中引用了苏华德号船长的一句话："抽水机竟然能跟上水涌进来的速度，简直就是一个奇迹，

---

[1] 托马斯·伍德罗·威尔逊：(1856.12.28~1924.2.3)：美国第二十八任总统。

就像上帝的手托着我们前行，让我们不至于沉入海底。"

"《日内瓦公约》的效力也不过如此，"德兰尼抿了一口咖啡，"苏华德号摆明了是一艘红十字会的船只。"

在简短的补充报道中提及了港口发生的一桩离奇意外，导致了又一个人的死亡，一个被层层保护的板条箱从货舱升起时突然松动，砸落在码头上。在卢卡斯看来，有时你看得见或看不见的东西都会威胁你的生命，他不知道他那次的死里逃生是不是已经使他对死亡免疫了，真是痴心妄想！但在战争时期，有时希望便是你能拥有的全部了。

第五章

  多亏了研究室响起的敲门声,最终把他拉回到现实中。

  爱因斯坦知道,坐在窗台上并不是个好主意,窗台太硬了,而他又喜欢长时间保持一种姿势坐着。但他喜欢看着阳光透过彩色玻璃窗上投映出的除法符号,把斑斓的颜色映射到他膝上的笔记本上。这让他想到了自己在 14 岁时做的一个思维实验,想象自己骑在光束上,即使是他提出的最复杂深奥的定理也是源于这种天马行空的幻想。

  敲门声停止了,但他已经猜到门口是谁了。他曾和他的同事库尔特·哥德尔[①]——一个来自澳大利亚的数学家——有一个约定:他们都知道他们俩思考得入神时,一丁点儿的打扰都会让之前的一切毁于一旦。如果在敲门打扰时,没有得到及时回应的话,那么最好先离开,另找时间再过来。

  "来了。"爱因斯坦应道,小心地放下僵麻的双腿,关节不时发出"咔咔"的声响。他赤脚蹬进壁炉前的拖鞋,那里的台子上还贴心地

[①] 库尔特·哥德尔(1906.4.28~1978.1.14):数学家、逻辑学家和哲学家,其最杰出的贡献是哥德尔不完全性定理。

刻着一句他常引用的箴言。他提出的相对论曾受到过一位物理学同行的质疑,这位质疑者的理论在爱因斯坦看来大都建立在随机事件或巧合的基础上,对此爱因斯坦引用了上面那番话作为回应:"上帝虽难以捉摸,但并未心怀恶意。"他到现在依旧坚信这一点,宇宙万物都有着既定法则,而人类所能达到的最高成就就是解读其中奥秘。他拖着步子走过书房,嘴里重复着:"来了。"

但当他打开门时,哥德尔已经准备离开了。他透过他的黑色圆框眼镜看向爱因斯坦,像一只猫头鹰似的,问道:"我没有打扰你吧?"

"你确实打扰了,"爱因斯坦说,"不过要不是你敲门,我现在就该成一块僵硬的木头了。"

"我在散步。"哥德尔说。

"等一下,"爱因斯坦走到他桌后的黑板前,用他凌乱的T恤袖口擦掉了几个不太满意的数字,然后跟着哥德尔一起走下台阶。当他们走出法恩大楼的暗处时,两人都被秋天的强光刺得眯起了眼睛,"我们活得就像两只鼹鼠,是吧?"爱因斯坦这样评价。

"我很佩服鼹鼠这种生物,"在哥德尔列举从勤勉到持之以恒这样大段大段鼹鼠的显著优点前,他这样说道,"而且它不需要别人的关注,只是自己默默地工作,即便是那样,也很值得敬佩。"

面对哥德尔为鼹鼠所作的这番辩驳,爱因斯坦只好笑了笑。在和哥德尔聊天时,你永远不知道你引出的会是什么话题,这也正是和他相处极大的乐趣之一。在爱因斯坦看来,和哥德尔一起在校园里散步,或是在高等研究院附近走走是清空大脑最好的方法,如果他愿意的话,还可以交流一些未成型的推论和想法。就全世界那么多卓越的科学家和学者而言,即使这些人中很大一部分都在这所大学城中避难,哥德尔也能脱颖而出。比他大了近三十岁的爱因斯坦看他,就像一个父亲看待自己天资聪颖但有些古怪的儿子一样。

除此以外,他们还可以就着几盘腊肠和几杯杜松子酒,分享自己在战前欧洲的快乐回忆,那时的他们可以随意讨论自己支持的理论,尤其是在曾经被称为思想者天堂的柏林。但现在令爱因斯坦乃至整个文明世界恐惧的是——整个德国变成了一个充斥着自以为是的无知和前所未有的暴行的地方,这样的转变真是惊人。

"我一直在思考,"当他们在校园里的一处林阴小道漫步时,哥德尔摸着自己的褐色平头说道。

爱因斯坦轻笑了一声,每次都是这句开场白,作为世界杰出的数学逻辑学家,库尔特简直是个思考机器,他的头脑从来不会休息。他总能让爱因斯坦想到自己,他也曾仅靠着咖啡和渴望支撑自己稍稍解开宇宙之谜的热情,让大脑通宵工作了无数个小时。"所以你这次在思考什么?"

"宪法。"

这确实令爱因斯坦很惊讶,他本以为自己会听见的是一些未成型的理论或是他朋友关于上帝真实存在的最新证据。"美国的宪法吗?"

"是的。"

这可不是一个好兆头。

"美国宪法的逻辑中有一个小缺陷,"哥德尔说,"如果这点一直得不到改正的话,会导致专政。"

这正是爱因斯坦所担心的,哥德尔在准备公民考试时研究了美国的历史结构,在当中寻找问题完全是他的风格,而且他也不会轻易放过这个问题。作为他的担保人,爱因斯坦最不愿意看到的,就是哥德尔的申请因为他提出的一些令人费解的难题而被搞砸。他的问题除了高等研究院中的人,没人会欣赏的。

"这已经发生了吗?"爱因斯坦问,"你现在已经发现它就要发生了吗?其实我不认为这样的事情会发生,我倒觉得你的申请还在复审中,这时候提到这个是不明智的。"

"但我必须这么做,"哥德尔回道,"这样的缺陷绝不能存在太久。"他说得就像他新找到的避难处正面临着一场政变的危机似的。

"在你的申请通过后,你也许可以给法官写一封信,"爱因斯坦和他商量道,"警告他有这么一种危险的存在。"

哥德尔神经紧张地又摸了摸自己的头发,理了理双排扣夹克的领口,他总是对自己的仪表一丝不苟,爱因斯坦就邋遢多了。他又问:"如果真的发生些什么怎么办呢?"

"美国的问题已经够多了,"爱因斯坦回答说,"这个世界的问题也够多了,这个问题可以先放放。"接着为了把谈话引到安全一些的内容上,他问候了一下哥德尔的妻子——她比哥德尔大六岁,以前是维也纳卡巴莱歌舞剧舞者,也是最不可能成为这个敏感的天才另一半的人选,但这段婚姻却一直维持到现在。爱因斯坦想,相对论和性的奥秘相比简直不值一提,于是又问:"她的新花园搞得怎么样了?"

幸好,哥德尔上钩了,他愉快地谈论起他的妻子,于是他们没有继续深入宪法危机的讨论,一路走到了爱因斯坦的家。爱因斯坦邀请哥德尔到家中一起喝杯杜松子酒,但他拒绝了,爱因斯坦也明白个中原因——无论是谁提供的食物和酒水,如果没有他的妻子为他试尝,他都认为它们可能是有毒的,在那点上他就像那"疯帽子"① 一样偏执。那个和善的、总是笑盈盈地将所有食物都先尝一口后再摆到他面

---

① 疯帽子:《爱丽丝梦游仙境》中的人物。

前的女人叫阿黛尔,她曾经对爱因斯坦说:"你知道库尔特多爱我吗?即使从考虑食物中或许有毒的可能性出发,他也希望我先他而死。"

在他回屋前,哥德尔坚定而郑重地握了握爱因斯坦的手,就差立正敬礼了。接着爱因斯坦打开大门迈上前廊的台阶,虽然他也有会被别人嘲笑的怪癖,但至少他可以毫无畏惧且津津有味地吃东西。

"是你吗,教授?"跟随他多年的秘书海伦在大厅旁边的一个小办公室里喊道。

"是,"他边锁上身后的门边说,"是我。"

"有个人要见你。"楼梯边摆着一个行李箱。

如果海伦——他喜欢叫她刻耳柏洛斯[1]——让这个客人进来了,说明这件事真得很重要。

一位狼獾般警觉且纤瘦的年轻男士走进大厅,手中紧攥着他褐色平顶帽的边缘。

"你这么大老远怎么来了?"爱因斯坦立刻认出了他以前的同事,"那么事情一定很紧急了。"

"没有比这更紧急的了!"罗伯特·奥本海默[2]回答道,"哪里方便讨论?"

爱因斯坦带他上了楼。

"我需要布置一下客房吗?"海伦大声问道。

"要的,谢谢。"奥本海默抢在主人前回答了她。

当奥本海默像赶赴绞刑般沉重缓慢地走上楼梯时,爱因斯坦就已

---

[1] 刻耳柏洛斯:把守冥府的三头犬。
[2] 罗伯特·奥本海默(1904.4.22~1967.2.18):美国犹太人物理学家,曼哈顿计划的领导者,美国加州大学伯克利分校物理学教授。

经可以断定他带来的一定不是什么好消息了。如果奥本海默——这个掌控着制造原子弹绝密计划的人——愿意从他这些天隐匿的地方跋涉至此来商讨问题，那么就意味着一定有什么可怕的事情即将发生。

可怕到只有爱因斯坦才能解决。

第六章

1944 年 9 月 8 日

从纽约港到中央车站,再坐火车到普林斯顿站,西蒙和她的父亲辗转多次后坐上了一辆支线短途轨道车,终点是普林斯顿大学,整个路程不超过两英里。车上其他的乘客分别是——三名散着领带刚刚下班准备回家的商人和一群吵闹的学生,大概是刚结束野外旅行回到城市来的。

"去哪儿?"一辆亮黄色出租车司机把他们的行李堆在后备箱后问道。

西蒙不知道该如何回答,他们还没想好晚上住哪儿,于是便回道:"带我们去个旅馆吧。"司机回了句"没问题"便离开了车站。

西蒙对新泽西的第一印象就是树,高耸入云的树木随处可见,树枝在头顶上交错成了一个篷盖,为路侧的石墙和校园建筑遮挡着阳光。西斜的太阳从叶缝中挤出一丝金红色的光,她可以想见接下来的几周里这些景色将会变得多么美妙——当然,如果她和父亲还有机会看见它们的话。

因为发生了太多的事情,她还没来得及计划行程。在港口,受伤的战士首先下船,有些依靠意志跛着脚走下舷梯,有些被担架抬向码头,那里的救护车、公交车和出租车排成一排等待着他们。直到车队逐渐散尽,西蒙才搀扶着父亲的胳膊肘走下舷梯,身后跟着的是那个爱管闲事的少尉,自从在甲板上救了他以后,他便成了她的头号仰慕者,并总是追问她会在这里待多久。

"我可以上岸休息一周。"他主动说道。

"我们的计划还没定。"在他们的行李从船上卸下前,她并不想打击他。

他在一张纸片上抄了一串电话号码,并向她保证接电话的女人并不是他的妻子。"那是我妈妈家的电话。"他说。

西蒙看见船头堆着小山似的箱子和物资,再抬头一看,正在卸货的绞车的绿色网袋中还有更多。将父亲和行李都安置在出租车上后,她告诉司机在她回来前他都可以计时打表,接着她便悄悄地走向货舱卸货区域了。她躲在两堆木箱后面等待绞车放下更多的货物,她想,究竟有多少货要卸呢?如果她再在那里待着一定会被发现的:最后一辆车也离开码头开往市内的医院了,一直约她出去的少尉也被强制要求去搬运那些还没卸完的货物,一两分钟前他刚推着空空的手推车从她身边经过。

绞车又向下倾斜了一下,接着嘎吱一声向外摆动了一下,它的网袋中装着一个木头箱子。即使隔这么远,她也能看见箱子一侧标有红色字体的小袋,里面是一些难懂的运输指令。一个带着扩音器的海军军官挥动着手臂为上面的搬运工指挥着方向,但那网像是被突然刮来的风困住了似的,电缆在风中颤抖着,网袋在空中打着旋,就像是,箱子里有什么东西想要挣脱出来一样。

"不对,放慢速度!"军官咆哮着,"这样它会掉下来的!"

但网袋依旧在风中旋转着,接着绞车突然吱嘎一声倒向舷墙。

电缆断成了两截,网袋像钟摆似的划过码头,直直地向正好转身回头的少尉胸口砸去,他就像一个被击中的保龄球一样倒下了,手中的推车滑过了水泥地面,在网袋再次往回摆动时,被一辆卡车的前盖弹了回去,在一阵可怕的刮擦声后,停在了距离少尉的尸体几英尺远的地方。

霎时间码头陷入了一片震惊的沉寂中,接着西蒙和几个装卸工反应过来,立刻向少尉身边跑去,但已经于事无补了。少尉的胸口就像是被压扁的李子似的,有个军官跪在他的身边,白色制服上溅满了鲜血,一遍又一遍地说着:"上帝啊……上帝啊!"

她不知道自己如何做到在这样一场悲剧外还能注意其他东西的。但她转过了头,在板条箱的一侧,封住货物带的胶布松开了,露出了里面的纸条。风过,纸条就像是盘旋在空中的蝴蝶似的飞散开来,她伸出手捏住了其中一张,纸张已经皱得不成样了,好在她还可以读懂上面的运输指令:普林斯顿大学,艺术与建筑系。收件人:卢卡斯·安森。

*

出租车停在了一座保存完好的殖民地风格的酒店前——红色砖墙,白色木质滑门。但当他们下车后,她父亲想要先在外面的长椅上坐几分钟喘口气。忧虑几乎要把他吞没了,这几天对他来说太艰难了。

西蒙推着行李进入大厅,接待处旁一个穿着褶边白衬衫的年轻女孩问道:"有什么需要帮助的吗?"她的胸牌上写着"玛丽·简"。

"我需要两间房间,如果可以的话最好是一间双卧室套房,我和我的父亲一起。"

玛丽·简回答着"噢",看了一眼西蒙后开始翻找预定记录,"这是您第一次来普林斯顿吗?"她低着头问。

"是的。"

"您是远道而来的吗?"

这可真是一个奇怪的问题,但不管怎样西蒙还是回答了:"是的,事实上我们一路从开罗过来。"

"哪里?"女孩问道。

"埃及。"西蒙说。

"哦,"在借故离开前玛丽·简解释道,"我等一下就回来,我只是去看一下是否还有房间可以预定。"

西蒙看了看周围的大厅,有东方风格的地毯、铜灯和美国独立战争英雄的肖像画。这里的房间一定不便宜,但钱不是问题,虽然她的母亲因为嫁给了一个阿拉伯人成为巨大的耻辱而被剥夺了家族继承权,但是她父亲的家族世代都是成功的棉花商人。西蒙走出大厅去看看她的父亲怎么样了。

"好多了,"他说,撑着拐杖勉强站了起来,"我希望能在晚饭前躺下打个盹儿。"

"听上去是个好主意,"西蒙说,她搀扶着父亲走进大厅在接待区的一个扶手椅上坐了下来,"他们正在核对房间呢。"

当西蒙回到接待处时,一位穿着鲜橙色夹克和长裤的经理站在了接待桌后向她投以微笑,但是她注意到他的眼神总是掠过她的肩头,看向正闭着眼睛休息的父亲和茶几旁父亲的乌木拐杖。

"晚上好,要怎么称呼您呢,小姐?"

"拉希德，西蒙·拉希德。"

"噢，好的，"他说，"玛丽·简告诉我您是来美国旅游的。"

西蒙并不是这样说的，但这个问题并不值得争论。

"您是普林斯顿大学邀请来的客人吗？"

"可以算是，"她回道。尽管并没有收到任何邀请函，她只想蒙混过关。但话说回来，问这个干嘛？美国宾馆现在检查都这么严格吗？

"请问我可以看一下您的护照吗？"

西蒙掏出了她用来代替钱包的小包，把它放在闪闪发光的铜铃旁边。玛丽·简瞥了一眼它与众不同的鳄鱼皮的包面，好像她从没见过如此奇异的东西似的，那个女孩看起来不过十七岁，可能还不到十七岁。

经理快速浏览了她护照的扉页，但他的目光又飘向了她打瞌睡的父亲，他褐色而褶皱的脸看上去像一个胡桃壳似的。

什么东西需要花这么久的时间？"如果你们没有套房，相邻的两个房间也可以。"西蒙重申了一遍。

"说实话，"经理反复地翻着登记簿，"我不确定现在我们是否还有符合您要求的房间。"

西蒙根本没有见到一个进出的客人。

"需要我推荐一个离这里不远的旅馆吗？叫皮科克，如果您愿意的话我可以帮您打电话问一下是否有空房间。"

接着她突然明白了，旅馆不想收留他们只是因为他们不能完全确定他们是不是白人。西蒙深褐色的皮肤只是让他们犹豫了一下，而她父亲更深的肤色则决定了他们的命运。

经理已经拿起柜台上的电话了。

"您不需要这么麻烦，"西蒙按下听筒上的挂断键后冷冷地说，她才不会被赶走,"我们今晚就住在这里了。"

"但我们确实没有符合您需要的……"

"那么不符合的我们也可以住。"为了反抗那点歧视,她甚至可以睡在杂物室。

"我们只剩下一间小房间了……"

"那就订那一间,"她转过登记簿在第一行的左侧空白处签上了名字,"加一张床。"

经理看上去不知道该如何是好,而玛丽·简正在向他学习以便将来处理类似棘手的情况。

"房间号是多少?"西蒙直截了当地问道。

"您难道都不问一下房间价格吗?"经理问,"它要……"

"我不在乎,房间号是多少?"

他不情不愿地从背后的板子上拿下一串钥匙并说道:"314。"

"谢谢。"她说着拿走了钥匙,自己按下了铜铃。一个黑人服务员奇迹般地出现了。西蒙心里想,至少他们这里允许有色人种工作,尽管他提行李时看上去很困惑。她轻轻摇醒父亲,跟着行李车进了电梯。尽管此刻她气愤到难以呼吸,但她是不会让父亲知道刚刚她受到了怎样的侮辱,她的父亲从来没来过美国,她也不想向他解释现在整个世界上正在与一个所谓的"优等民族"作斗争,而这个民族正致力于无情地消灭那些他们认作低等和肮脏的人。美国自身也是一个充斥着种族歧视的地方,但她从未想到过在这里——一个对阿尔伯特·爱因斯坦、库尔特·哥德尔和托马斯·曼①这样重要的知识分子来说像

---

① 托马斯·曼(1875~1955):德国小说家和散文家,出生于德国北部卢卑克城一家望族,代表作是《布登勃洛克一家》。

家一样的北部大学城中,竟也会有种族歧视。

但她确实经历了。当电梯缓慢上升时,她慢慢靠向背后的墙壁,突然变得和父亲一样疲惫不堪。

第七章

"这叫做动作即将发生的时刻。"一群学生聚在艺术博物馆的中心画廊处,卢卡斯讲道。这是公元前一世纪的作品,在萨摩斯岛[1]首次发现,它描绘的是希腊勇士阿喀琉斯[2]用矛给特洛伊王子——赫克托耳[3]最后一击的场景。"比起已经发生的行为,希腊和罗马的雕刻家对即将进行的动作更感兴趣。这样的作品留给观众想象、预想的空间,并让他们在某些程度上参与到即将发生的事件中。这就是极大的悬念和引人遐想的可能性。"

又是一阵笔尖与纸张刮擦的声音。

"谁能告诉我下面究竟发生了什么?"

可以看见每一个同学都举起了手,作为私立学校选拔出来的精英,他们都学习过《伊利亚特》和《奥德赛》,于是卢卡斯让佩尔

---

[1] 萨摩斯岛:希腊岛屿。在爱琴海东部,是爱琴海中距小亚细亚大陆最近的希腊岛屿。和小亚细亚只隔狭窄的萨摩斯海峡。
[2] 阿喀琉斯:荷马史诗《伊利亚特》中参加特洛伊战争的一个半神英雄,希腊联军第一勇士。
[3] 赫克托耳:荷马史诗《伊利亚特》中参加特洛伊战争的一个凡人英雄。特洛伊的王子,普里阿摩斯的长子,帕里斯的哥哥,特洛伊第一勇士,特洛伊战争中特洛伊方的统帅。

西·钱德勒详述一下赫克托耳的死亡、他的尸体如何毫无尊严地被阿喀琉斯的战车拖回军营,以及接下来普里阿摩斯国王恳求归还他儿子的尸体以安葬的故事。画廊长而狭窄,里面有序地排列着一排底座,上面陈列着许多古典主义雕像和艺术品的代表作,它们主要靠天窗的光线来照明。今天破晓时便是灰蒙蒙、多云的状态,一直持续到了现在,所以整个画廊中的光线都柔和而沉静。尽管画廊是对外开放的,但除了他们外,只有两个人在细细观赏着藏品——一个拄着乌木拐杖的老人,另一个人,从她对老人的关切程度可以猜出是他的女儿。

"但阿喀琉斯的做法并不合适,"钱德勒说道,"众神都对他有了些意见,在此之前宙斯一直支持着希腊军队,但后来他却派了阿波罗来保护尸体,以防发生其他伤害。"

那个老人明显是一个阿拉伯人,他的女儿非常引人注目,她有着纤瘦的身材、齐肩的乌黑光泽的秀发和贵族的气质。卢卡斯想,她看上去很适合穿马裤和锃亮的马靴,再骑上一匹白色的骏马。他瞥了一眼,感觉她察觉到了他的目光,于是他立刻将目光转向别处。

"谢谢你,佩尔西。"他打断了佩尔西以防他把对特洛伊木马的简短介绍讲成一个故事,"我们还剩几分钟,让我们继续看一下苏格拉底举起毒酒杯的雕像:这又是即将进行的动作的一个例子。"

卢卡斯带着学生向画廊深处走去,克制着自己不要回头。他在介绍这位命运多舛的古代哲学家与雅典的斗争期间忍不住回头时,那位女士和她的父亲已经离开了。

下课后,按计划他会留出一部分时间,下楼和学生们进行私人座谈会。他的研究室是一个像地牢一样的小房间,比地面高出一些的地方有一道横向长窗,用来透气和透光,从这窗子望出去,刚好可以看见走廊上来来往往的人的脚踝。

沃利刚刚拖完走廊，一阵亚麻油的味道席卷而来。在门底下，卢卡斯发现一个印有哈罗德·道兹校长印章的信封，但出乎意料的是，信上让他立刻到展望楼——学校的行政楼去，且语气不容反抗。学期明明刚开始，难道已经有人对他提意见了？他想不到能有什么理由叫他去行政楼。

在去的途中，他注意到博物馆的卸货区外停了一辆军用卡车，三名士兵正监督着什么东西的搬运，他虽然看不真切，但那东西显然很笨重——难道是某个和军方有非同一般关系的校友捐赠的？

"停！停！你他妈会把它弄掉的。"一个士兵喊着。

"冷静！"某个人回答道。

行政楼是一座巨大的意大利风格建筑，最初是在1849年为一个乡绅建的，建在了学校中间的花园中，占地五英亩。大楼周围是一圈黑色铁栅栏，是伍德罗·威尔逊建的，为了防止学生在足球日时像扫荡部队一样踩踏花圃。尽管夏天的花园鲜艳繁茂，但现在的花园却更可爱一些，杉木和美国榉木树枝上的叶子飘落在曲折的石子路上，褐色的小鸟从树梢掠过，速度飞快，卢卡斯差点没看出来。

天空依旧灰蒙蒙的，给周围的景物都蒙上了一层秋天的色彩，卢卡斯正了正领带，走进前廊。一个身穿白色围裙的女仆先带他到了门厅——一个由光滑的大理石砌成的圆厅，接着踏上宽敞的楼梯。楼梯上，一座落地老爷钟滴答滴答地响着。最后到达了一间客厅，有两个人已经就座了，其中一个穿着利索干净的军官制服，另一个穿着他常穿的三件套套装，他们已经就着几杯咖啡和一碟分成了四份的三明治热烈地讨论起来了。

"感谢您能来，教授，"哈罗德·道兹离开座位并向他伸出手，"这是麦克米伦上校，附属于华盛顿的战略服务局，他到普林斯顿来就是为了见您。"

卢卡斯和他握了下手，不知道下一步该做什么，他觉得那上校就像一块花岗岩，"希望不是因为我擅离职守而来。"卢卡斯开玩笑道。

"您希望不是因为您的擅离职守，先生，"麦克米伦毫无幽默感地回答道，"但那是不可能的，因为您已经退役了。"

卢卡斯想，这人可真是一点也不幽默。

"只有一只眼睛对您的深度知觉有什么影响吗？"他直截了当地问。

"还过得去。"

"我在这里所说的一切都是机密，"显然他的好奇心已经得到了满足，于是他继续说，"道兹校长也向我保证这将永远是个秘密。"

卢卡斯疑惑着，到底是什么对国家安全如此重要，同时又与他有关呢？他不过是一个中尉而已。

"鉴于您在斯特拉斯堡外的铁矿中所执行的任务，"上校说，"也就是导致您受伤的那次……"

"还有一位伟大的士兵，"卢卡斯插了一句，"特迪·图森特下士那天伤得比我更严重。"

"是的，我非常清楚那一点，"麦克米伦无礼地打断，"我在您的报告中看见了，您还提议授予他一枚战争勋章，我们也很重视这个建议。"

"谢谢。"卢卡斯点了点头。

"在我看来你们即便受伤也是为了正义，因为你们俩发现了纳粹用来藏匿窃取而来的艺术品的最大的仓库之一。因此，我敬佩您。"

卢卡斯听够了他们的赞扬，在无数个夜里，他脑袋上的弹伤和空空的眼眶隐隐作痛时，他都希望自己没有那么幸运。

"其中包括了一个石棺，"上校继续说着，"您在您的报告中称之为石瓮。"

听到那个词时，他觉得周围又升腾起矿井中那股寒冷的空气，"是的，我们确实找到了它，尽管整理报告时我还在医院，但我认为您可以在其中找到关于发现过程的完整描述。"

"很好，我们把那该死的东西带到这里了——普林斯顿。"

"在我们讲话期间它应该已经被运送到艺术博物馆的偏厅了。"道兹补充道。

卢卡斯惊呆了，他不明白为什么在纳粹劫掠的那么多战利品中、德军从里昂到卢克索一路窃取的那么多财宝中，偏偏那东西这么特别、脱颖而出，甚至一路被运到了新泽西来。

仿佛看透了他的想法，上校在椅子上探身道："您记得它是送给谁的，不是吗？"

"当然。"他永远忘不了那圈保护它的矿车、被挖空的尸体和它怎样怡然的安处于自己的阴影中，"但为'元首'留存的宝物一定有成千上万件。"

"没错，但没有多少能够在公报中被特意提及，就是希特勒发给隆美尔将军的那份。"他从内口袋中抽出一份电报递给了卢卡斯，"大概在你被派去矿井的前一周，我们截获了这一封回复。"

即使只懂一些基本的德语，卢卡斯依旧能够读懂它的大意。隆美尔将军向希特勒保证石棺已被安全地藏匿起来了，而且他下令在铁路铺设好后就会将其严密押运至鹰巢。

但卢卡斯依旧一头雾水，"那您又想从中了解到什么呢？"

"那正是您的工作，"麦克米伦上校靠向椅背上说道，"您要去把这答案找出来——现在我们希望您告诉我们是什么让这东西如此重要。既然阿道夫那么想得到它,我们需要知道原因。"

"我可以补充一下吗?"道兹校长盯着上校,等他示意是否继续说下去,当他点了点头后便补充道:"您知道德兰尼教授关于放射性同位素的研究吗?"

"我知道。"现在卢卡斯的怀疑得到了证实——德兰尼的研究是美国陆军部支持的。

"很好,"上校插嘴道,"我并不了解他的研究进行得如何了,但据说他正在研发一个叫放射性碳年代测定法的东西,它也许能探测出石棺有多少年历史,或是它里面的东西有多古老——无论那里面是什么。我们希望能够通过你们两人的合作,对它里面的东西有个准确的描述,或是告诉我们是否可以在战争中用上它。"

"它并不是一个武器,"卢卡斯提出,"它只是一种骨骸盒罢了,大概有两千年的历史。"

麦克米伦摆了摆手,"希特勒可能并不清楚那一点,那个婊子养的是疯了,相信那些歪门邪道,他还请了一名占星家,如果有人告诉我他的床头摆了一个水晶球,我也不会惊讶的。"

同盟国正和一个疯子对抗,这点听上去要比与一个尽管十恶不赦但理智的敌人战斗可怕多了。面对一个理智的人,你至少可以尝试智取,你可以猜测他的下一步计划并反抗;而如果是一个疯子,他行事时可能都不会考虑自己的最大利益。"既然他这么在乎这石棺,"麦克米伦说,"那么他一定认为其中暗藏了什么巫术,那我们正好趁机耍耍他,不是吗?"

卢卡斯勉强挤出一丝微笑,他不可能也不会说出他心中刚刚掠过了什么想法。他是一个实际的人、一个经验主义者,他会回避所有无解的非自然的东西,但他永远忘不了他看到那盒子的第一眼,还有它似乎在吸收周围区域以外所有光线的样子。

"让我们看看能不能找到什么方法来利用那杂种的疯狂劲儿。"麦克米伦一边拍着自己的大腿一边说。

"并不是要求您参与这种诡计。"道兹迅速插话道。

"当然不是了,"上校赞同道,"你只需要告诉我们,我们所得到的东西是什么,剩下的工作就交给我们在五角大楼安排的人来完成。"

突然陷入了一片沉默。

"您希望我什么时候开始呢?"卢卡斯问。

"设备很快就会安置好,"道兹回答道,"但我们还在对会议室做一些调整。"

"这些都是美国政府的好意。"麦克米伦说道。

"我们正在加固地板,"道兹继续着,"给一些窗户换换框子,改善一下照明设备。这样,明天开始可以吗?"

尽管他明早有一节课,但现在似乎不是提这个的时候,"好的。"

楼梯上的老爷钟发出了噹噹的报时声。

"我们就指望您了。"上校坐在椅子上探了探身,他制服上的勋章发出碰撞声,像是特意强调他的荣耀似的,接着他伸出他粗糙而厚实的手。

"是我的荣幸,"卢卡斯答道,一边思考着他明天的研究该如何进行,"长官。"

第八章

"那可怜的人整晚都得待在那里吗？"爱因斯坦盯着后院，罗伯特·奥本海默的两个保镖之一正在车库和小巷处巡逻，另一个则站在屋前停放的轿车旁。

"是的，"奥本海默回答道，"那是他的职责。现在请你别担心他的福利，专心我们的工作。"

工作，爱因斯坦想着，对了，工作。他的研究还处于理论阶段时，工作是一回事，那时他的目的仅仅是为了拓宽人类知识的界限和破解宇宙的奥秘；而在战争紧急情况的驱使下，比如现在，则是另一回事了，这时目的就并非为了解释说明，而是杀戮了。

然而，这就是现在的状况，也是为什么奥本海默会离开新墨西哥州的洛斯阿拉莫斯实验室——但在爱因斯坦的观念里，那儿就是一片荒漠——的同事们，来到这里和他——一个用自己的发现默默地带领人们进入原子时代的人来商讨。几个小时过去了，他们一直躲在教授楼上的书房里，期间奥本海默抽完了一支烟，又点燃了另一支，他和爱因斯坦分享了最新、最机密的消息——德国军方正在发展核能，并准备借此制造原子武器，而且纳粹很可能已经取得了很大的进展。

"德国战争装备制造部部长——阿尔伯特·施佩尔[1]将核电工程从头到脚整改了一遍,"奥本海默说,"他们的情报工作很严密,本哈德·鲁斯特已经被德国元帅赫尔曼·戈林[2]所取代。"

"所以,他们用一个当兵的代替科学家,对我们来说是一个好消息,不是吗?"

"不,不是的,这表示他们重新认真了起来,希特勒信任戈林,那婊子养的带国防军时就很有一套,希特勒任用他正表明了希望他又快又好地完成这个任务。"

"啊,所以他可能已经在后悔自己创立了那愚蠢的德意志物理学了。"

"谁在乎他后悔什么?但顺便说句,我认为他可不会为做过的事情后悔。"

因为纳粹认为理论物理学和量子力学太深奥且太犹太化了,所以他们用一种更简单的本国课程来替代它们,也就是德意志物理学。因此国内一半的核科学家都被免职或被赶下了岗位,境内许多有前途的科学家都逃走了,不仅仅是爱因斯坦,还有汉斯·贝特[3]、马克思·玻恩[4]、埃尔温·薛定谔、尤金·维格纳[5]、奥

---

[1] 阿尔伯特·施佩尔:是一位德国建筑师,在纳粹德国时期成为装备部长以及帝国经济领导人,在后来的纽伦堡审判中成为主要战犯。
[2] 赫尔曼·威廉·戈林(1893.1.12~1946.10.15):是纳粹德国的一位政军领袖,与"元首"阿道夫·希特勒的关系极为亲密,在纳粹党内有相当巨大的影响力。
[3] 汉斯·贝特(1906.7.2~2005.3.6):美国物理学家,犹太人,1967年诺贝尔物理学奖获得者。于1906年出生于德国的斯特拉斯堡(二战后划归法国至今)。
[4] 马克斯·玻恩(1882.12.11~1970.1.5):德国犹太裔理论物理学家,量子力学奠基人之一。因对量子力学的基础性研究尤其是对波函数的统计学诠释,获得1954年的诺贝尔物理学奖。
[5] 尤金·维格纳:美国物理学家。1902年生于匈牙利。提出原子核吸收中子的理论,并且发现在放射作用(即"维格纳效应")下固体改变其大小。他曾设法让爱因斯坦告诫富兰克林·罗斯福总统,德国人可能在制造原子弹。

托·斯特恩[1]、莉泽·迈特纳[2]、罗伯特·弗里西、恩里科·费米[3]、爱德华·特勒[4]、玛丽·戈佩特-迈耶[5]，这名单还在不断地增加。

"我们可以浪费时间去找出他这样做的原因，"奥本海默说，"但有什么意义呢？我个人觉得他是疯了，但他似乎发现了自己的错误，现在他知道必须要赶在我们之前制造出炸弹。"

如果真是那样，后果真是难以想象，爱因斯坦想道，通过裂变形成的武器会造成什么样的破坏，谁都无法想象。战争爆发时，纳粹党在展开杀戮前迅速地兼并了柏林物理研究所，那里是研究核物理和同位素分离的先驱，也正是希特勒野心的先兆之一。在1939年的夏天，爱因斯坦的好朋友，一位匈牙利物理学家——莱奥·齐拉德变得有些忧虑，因为纳粹一系列突然且可疑的行为——叫停了铀矿的出口，那些铀矿是从被他们占领的捷克斯洛伐克的矿井中获得的。原子弹的制造中铀是一种至关重要的矿物，而储存这种矿物，只有一个理由能解释得通。齐拉德害怕他们把手伸向比属刚果的巨大矿床，于是紧急拜访了爱因斯坦，求他写一封信给罗斯福总统，提醒他那个潜在威胁的存在。

"我份量不够，"齐拉德说，"但你不同，你的名字会让他愿意读这封信。"

爱因斯坦同意了。信中，他尽可能简单地解释了使用大量铀进行

---

[1] 奥托·斯特恩（1888～1969）：德裔美国核物理学家、著名实验物理学家，美国著名高等学府加州大学伯克利分校教授。他发展了核物理研究中的分子束方法并发现了质子磁矩，获得了1943年的诺贝尔物理学奖。

[2] 莉泽·迈特纳（1878.11.7～1968.10.27）：奥地利-德国-瑞典原子物理学家，放射化学家。被爱因斯坦称为"德国的居里夫人"，赴美国客席讲课时被誉为"原子弹之母"。

[3] 恩里科·费米（1901.9.29～1954.11.28）：美籍意大利裔物理学家，1938年诺贝尔物理学奖获得者。

[4] 爱德华·特勒（1908～2003）："氢弹之父"，将毕生的精力用以研发美国的核武器。

[5] 玛丽·戈佩特-迈耶（1906～1972）：德裔美籍女物理学家。

核链式反应如今已经有发生的可能性了,这样的反应不仅会产生大量镭类物质,同时还会释放出巨大的能量。

写下这些警告时他想,在他提出著名的质能公式时,他到底为这个世界带来了什么?

于是他继续写道:借这一发现,人们可能制造出一种比任何现有炸弹都更厉害的新型炸弹。尽管这种炸弹很笨重,甚至无法利用飞机投放,但如果通过船只将其运往码头,它的威力足够炸平整个港口,甚至殃及周围一带区域。

根据他今晚了解的情况来看,他信中提及的最后一点有关空投的问题可能很快就会被克服。奥本海默对炸弹能够制成这一点深信不疑,因为炸弹的重量与质量过于庞大,因此需要一个特殊配置的飞机才能投放。但其中仍然存在许多令人怯步的问题有待解决,而能解决它们的,只有爱因斯坦。

桌上堆满了奥本海默带来的资料——几页公式、核反应堆原型的草稿,甚至还有可能制造出的炸弹的设计图解。与其他大多数物理学家相比,他拥有双重才能,爱因斯坦不仅精通理论方面,还表现出了实用力学才能。他的父亲是一个电气工程师,尽管他不是做生意的料,他一次又一次创立的公司都以失败告终,但他的儿子却遗传了他的一种天赋,就是他能够发现那些理论突破点如何在现实的实践过程中表现,在他还是瑞士专利局的小职员的日子里,这样的天赋让他受益匪浅。甚至在 1921 年爱因斯坦就被授予了诺贝尔奖,但那并不是嘉奖他提出的革命性的相对论,而是他所发现的一个更为枯燥一些的现象——光电效应。

"我们都知道他们在收集必要的原料。"奥本海默吐出一团烟雾。噢,这场景让爱因斯坦想冲上前去夺过他的烟斗,"同时他们也召集了足够多的专业人员来商议整个计划,比如维尔纳·海森堡[1]和马克思·普朗克[2]。"

"噢!别是马克思·普朗克,"爱因斯坦露出悲痛的神情,"别是普朗克。"

奥本海默吐出一大团烟雾,呛得爱因斯坦不得不向椅子深处挪了挪,"为什么不能是普朗克?"

"他是一个非常好的人。"

"你对老师们太有感情了,如果他们错过了逃离的最佳时机,那么可以说他们现在就是纳粹分子了,或者说至少已经为他们卖命了。"

但爱因斯坦还是无法相信这件事,普朗克不仅是量子论之父,他还是一位可敬的老人,他一生都和犹太同事们一起和谐地并肩作战。其实他很早就告诉过爱因斯坦,他在1933年曾见过"元首",向他解释纳粹党的反犹太主义政策以及德意志物理学将会破坏德国数十年来的科学进程,还警告说,犹太科学家作为理论物理学的中流砥柱,很可能会因此逃往世界上别的国家,同时为别的国家提供他们的专业技术,甚至有一天他们可能会因此和祖国对立。

"那就让他们这样做吧!""元首"气急败坏地叫道,"就让他们沿街叫卖他们那些垃圾理论吧!我不在乎!我们不需要他们!我们有全世界最优秀的德国科学家,他们无所不能,根本不需要那些叛徒和害虫的帮助。"

---

[1] 维尔纳·卡尔·海森堡(1901.12.5~1976.2.1):德国著名物理学家,量子力学的主要创始人,哥本哈根学派的代表人物,1932年诺贝尔物理学奖获得者。
[2] 马克斯·普朗克(1858.4.23~1947.10.4):出生于德国荷尔施泰因,德国著名的物理学家,量子力学的重要创始人。

"我一直以来的遗憾就是，我在那样的情况下保持了沉默，"普朗克在布拉格坦承了那次协商的结果，"当他嚷完后，我向他鞠了一躬就准备离开房间了，但他的一位下属抓住我的肩膀不让我离开，然后提起我的手臂做敬礼的样子，嘴里还喊着'希特勒万岁！'——我从没见过因为气愤而涨得那么红的脸，于是我含糊地念了一遍'希特勒万岁'。我并没有表现出太多的热情，但他还是让我离开了，反正他猛地关上了我身后的门。"

爱因斯坦从马克思的眼神中可以感受到他内心的挣扎，这些年欧洲的每一个人都在做艰难的抉择，是放弃家庭和之前所有的生活？还是赌上所有身家性命来表明自己的道德立场？大部分冒险的人要么在前线阵亡了，要么就是在集中营被杀害了，或是被那些无处不在的盖世太保们"眷顾"，简单的人间蒸发了。就像他在意大利佛罗伦萨的堂弟——罗伯托·爱因斯坦，他们之间的联系突然就断了，距离上次得知罗伯托和他的妻子以及两个女儿的消息已经有好几年了，他甚至都不敢想象他们到底遭遇了什么。

在西南部待了那么久，奥本海默的皮肤被晒成了深褐色。此刻他像一只精瘦的狼一样屈着身子，研究着黑板上的公式。他们一整个晚上都在涂写着这些公式，黑板上满是涂擦的痕迹和粉笔的印迹，他们打趣应该带一个数学家来的。尽管他们的想法和见解都是正确的，但他俩谁都不擅长用逻辑和数字公式来将其完全演算出来，他们没办法放慢速度来认真完成这项枯燥的工作。

"但你发现问题了吗？"奥本海默将烟灰弹进咖啡杯的杯托中。这已经是他的第五杯咖啡了，海伦刚熬好一壶，在爱因斯坦脏乱的桌上收拾出一小块干净的地方后，将咖啡放在了那里。

"是的，"爱因斯坦大大地打了个哈欠，一屁股坐到了他那老旧的皮椅上,"我是发现了,但我这个老身子骨恐怕需要休息一会了。"

奥本海默看了一眼手表,已经是凌晨一点半了,"好,"他说,"你要休息多久?"

爱因斯坦哭笑不得:"我不知道,该醒的时候自然就会醒了,你难道不需要睡眠吗,罗伯特?"

"能不睡就不睡。"

"你还很年轻,总有一天你会想要打个盹的。"

"战争结束的时候,我会休息的。"

"但那要等到什么时候呢?"爱因斯坦问,"可能要等上好多年呢。"

"也许就是明天呢?"奥本海默回答道,"先制造出原子弹的人能够在一夜之间取得战争胜利,没有一个国家是它的对手,这正是我们必须成为第一个的原因,我们别无选择。"

爱因斯坦点点头,他知道这些话没有错,但他还知道一旦这样一种恐怖的武器被制造出来,就没有可以容纳它的地方了。一些科学家甚至声称一旦引爆原子弹,它会使整个大气层燃烧起来,最后整个地球都会被火光吞噬。尽管爱因斯坦并不认同这些观点,但他可以肯定的是,地球会因此变成一个完全不同的星球,一个大难临头、生机渺茫的地方,直到永远。

他想,这样的一根细线能够在满是剪刀的世界生存多久呢?

第九章

  沃利是个迷信的人，尽管他很乐意得到那一点点加班费，但黄昏后他还是不愿意在博物馆中待太久，那里四周的底座上都是些和人等高的雕像，他总觉得在自己看向别处时，它们会自己动起来。即使画廊中的那些影子，也都像不属于这儿似的，但他必须把侧厅打扫干净才能离开，因为这是道兹校长办公室直接下达的命令，他无法拒绝。整个下午他都听着锯箱子、翻修地板和钉钉子的声音，他简直不敢想象最后打开灯他会见到什么样的场景。

  还好，没有想象中那么糟糕。房间的灯光亮了两倍，天花板上的天窗之间装了一整排电灯，光束齐齐打向地板的中央，那里本来堆放着许多画架和工作台，现在都移开了，空出了一块大得足以容纳一辆凯迪拉克的地方，还改造成了一个钢筋高台。

  但那里陈列的根本不是什么汽车。

  是一个长盒子，像个棺材，但上面有个尖顶，由白色的石块砌成，即使站在门口他也可以看见刻在它盖子和侧面的图案。

  如果说在进来前他只是有些不安的话，那么此刻可以用非常紧张来形容他。

但是任务还是得完成，而且那些工人给他留下的工作也不少：地板上全是木屑，一堆残缺的木板，还有些像可以用来烧火的航运箱碎片之类的东西。没有一个工人愿意自己收拾一下，也许他们和他一样，巴不得离这鬼东西越远越好。

他打开储藏室的门，推出手推车，视线小心翼翼地避开了那个像是石棺的东西，然后开始把地上的破木板、弯掉的钉子和木屑丢进车里。地板有些黏糊糊，上面沾着些白色的黏液，"恶心！"他心里念叨着，看来要把这里清理干净还是要费上些工夫的。

在往返垃圾箱五六次后，大部分垃圾被清理干净了。就在他停下准备歇口气的时候，他突然发现有一个天窗是开着的，屋内的光线流转在树枝上，看起来就像下雪了，冬天快到了，所以现在的天气最清爽宜人。

没有储藏室里的梯子和钩杆，那天窗是怎么打开的，他很疑惑，看来又多了一项任务，还得把窗户关上，上帝保佑，这期间千万不要下雨。

重新回到储藏室后，他把氨水和热水混在水桶里，他的鞋子也沾上了一些东西，谁管那些黏在地板上的东西是什么呢，他只知道一定很难清理，也许是那些工人用来固定新地板的，他们弄的时候应该小心一点的。

但事实是，尽管他已经泼了一些水桶里的液体并且拖了一遍，但是地上的污渍反而比之前更多了。难道是渗进了地板的缝隙？他停下手中的活，趴到地上检查地板是否足够紧凑，突然，一滴黏液直直地滴落在他眼前。

是从上面滴下来的。

接着，隔着灰色的工作服，他感觉到一滴和石灰水一样湿滑的液体滴到了他的肩膀上。

为了防止新的电灯刺激到眼睛,他抬头看向房顶的椽木,一只褐色的小鸟从两段横梁间掠过。

但他听见了"吱吱"的声响,他便知道了,那不是鸟,是蝙蝠。

天哪!他现在可以看清了,根本不是一两只蝙蝠的问题,而是一大群,有些倒挂在椽木上,另外一些正展开皮质的翅膀寻找着歇脚的地方。

靠!这就是开窗的结果,打开一个缝也不行,把这群蝙蝠赶出去对他来说就是一场噩梦。

如果他们弄脏平台上的石棺怎么办?想到安置这东西时那些麻烦的步骤,他就知道它一定非常贵重,而沃利是万万无法担负起弄坏它的责任的。蝙蝠的粪便有很强的酸性,能腐蚀一切。之前在行政楼,他就见识过它们把除草用具腐蚀成了什么样子。

在储藏室环视了一周,他找到了一张旧油布,应该是画家们在画廊里进行最后一次润色修改时用的,他把布拽了出来,沿着地板拖到石棺那。蝙蝠的叫声越来越大,还在房间里飞来飞去。在平台的一侧有一处波状金属斜坡,应该是用来搬运它的,在沃利跨上斜坡时,一只蝙蝠突然俯冲下来,从他的头顶掠过,他发誓,那只蝙蝠的翅尖甚至擦过了他的头发。

"该死!"他咒道,急忙弯下身。蝙蝠不是应该带有某种雷达,能避免它们撞上东西的吗?更别说他这么一个大活人了。

越快把油布盖上,就可以越快离开这里,剩下的问题交给除害的专业人士解决就可以了,他这样想着。就在他挺直身子准备把油布盖上石棺时,另一只蝙蝠向他猛冲下来,这一次疾驰而过时,它那双小爪子甚至抓住了沃利的衣袖。

这些蝙蝠疯了！也许用狂暴形容它们更合适一点。沃利把油布扔到石棺上，也没看一眼油布落到了哪里，便急急地向出口走去。但他不小心踩到蝙蝠粪滑倒了，重重地摔了下去，前额磕在钢筋平台的边缘上。一只蝙蝠冲了下来，啃咬着他的脸颊，这一切发生得太快了，在他感受到血顺着皮肤滴下来之前，那只蝙蝠就已经飞走了。他跌跌撞撞地站了起来，却踢翻了水桶，热水混着氨水流到地板上，他用手臂捂住头踩着水跑出了画廊，但那群蝙蝠依旧在他周围盘旋着，撕咬着他的衣服、他的头发和他的手指。

因为根本看不到路，他只能用肩膀撞开了博物馆的大门并拉响警报，接着跟跟跄跄地跑到前院，挥舞着双手以驱散蝙蝠并寻找掩护。他向着展望楼花园的树丛跑去，路灯非常明亮的地方就是校长办公楼出入口了。他本想叫出声来，但他又害怕张开嘴后一只蝙蝠会飞进来！他潮湿黏乎的鞋子在石子路上嘎吱嘎吱地踩过，他的喉咙发出了嘶哑的呼吸声。要是他能够进到那间房子……可那些蝙蝠像叮腐肉的苍蝇似的围着他，无论他怎么努力地挥舞手臂去挡开它们，甚至把它们从肩膀上扯下来摔在地上，周围都会有更多的蝙蝠聚来，根本无穷无尽。

不知道那块绊倒他的石头是哪来的，反正他根本没有看见，但他莫名其妙地被抛向了半空又仰面摔了下来，他最后的一丝气息也没有了。那群蝙蝠张着翅膀、伸出爪子，小而尖利的牙齿在夜幕中闪烁着，接着像一阵褐色的暴雨一般落在了他的身上。

几分钟后，它们完成了任务便又飞回天空，在花园的树丛上方盘旋了一阵后，向纳索堂的钟楼飞去，接着越过费兹兰道夫门，向沉寂在月色中的街道而去。就像一群宣告国王驾临的使者。

第十章

"这次你又拿来了什么?"德兰尼问。接着安迪·勃兰特——人类学系的一名年轻教师,回答道:"你猜。"

"我可不是人类学家,"德兰尼小心翼翼地拿起一小块头骨,仔细地研究了起来,"也不是古生物学家。"勃兰特也在盖特馆工作,不过是在他楼下,就是学校用来陈列世界各地的探险队收集的恐龙骨架和化石的那层。

然而他的大部分时间似乎都耗在地球物理实验室里纠缠德兰尼了。他就像一个五岁的孩子一样烦人,整天晃来晃去,而且不停地提问。

"这次不是恐龙骨架了,"勃兰特向他保证道,"不用担心那个问题了,这次是从哺乳动物那个抽屉里拿来的。"

德兰尼想,两者并没有什么差别,安迪根本不应该动那些标本的。他耸了耸肩,"我不知道,可能是猫的祖先吧,甚至可能是臭鼬的,这些你比我更擅长啊。"

"但它有多少年历史呢?"

"谁在乎呢?"他清楚勃兰特心里在打什么主意——他希望德兰尼

演示一下探测标本历史的另一个实验。如果勃兰特能把管德兰尼闲事的一半时间花在自己的研究上，那么他现在早该转正教授了。

德兰尼并不想用一种游戏的心态去做实验，因为他知道这实验的重要性甚至超出他的预想，他得保证他的每次试验、测试都能让这个技术更加完善。尽管早在1941年古根海姆基金会[1]的支持下，威拉德·利比[2]就已经在普林斯顿进行放射性同位素和衰变相对速率的研究了，但他现在被哥伦比亚大学聘用了，还参与了一个顶级保密的任务。因此这重担现在就落到德兰尼身上了。

就在几天前，他收到了战略情报局直接下达的命令，正是让他做这项研究。

"所以，你怎么想的？"勃兰特挂着一副鼓励的笑容问，"你能做吗？"他洁白无瑕的牙齿和额前金色的碎发，让他看上去就像一个从诺曼·洛克威尔[3]的画中走出来的小男孩。

"做什么？"德兰尼假装没听懂。

"探测它的年代呀。"

"你这是又一次试探，还是需要这些信息来做正经的科学研究？"

"科学研究需要，"安迪努力地让自己看起来真诚一些，"赌上我童子军的尊严。"

德兰尼知道这家伙曾经参加过雄鹰童军营[4]，说道："放到台子上

---

[1] 古根海姆基金会：创立者为所罗门·R.古根海姆，瑞士裔。古根汉姆基金会(Solomon R. Guggenheim Foundation) 发展了众多渠道去实现其国际文化交流合作的使命。

[2] 威拉德·弗兰克·利比（1908.12.17~1980）美国物理化学家，出生于科罗拉多州大峡谷区。

[3] 诺曼·洛克威尔（Norman Rockwell, 1894.2.3—1978.11.8）：是美国二十世纪早期的重要画家及插画家，作品横跨商业宣传与爱国宣传领域。最知名的作品是《四大自由》与《女子铆钉工》等。

[4] 雄鹰童军营：1907年出现，是一种国际性的、按照特定方法进行的青少年社会性运动。

吧,等我有时间我会测一下的。"

安迪把东西放在了显微镜旁边说:"你做实验的时候一定要告诉我,我要在旁边观摩。"

德兰尼心想,如果有机会,勃兰特可能都想观摩他刮胡子。不过话说回来,勃兰特选他做了自己的非正式导师,撇开这家伙的莽撞无礼不谈,这也算是一种恭维吧。

像是感觉到他可能走得太远了,勃兰特用漫不经心的口气问道:"不过,你听说昨晚艺术博物馆发生的事情了吗?"

"没有,我最近太忙了。"可惜勃兰特并没有听懂他话中含蓄的暗示。

"馆里的清洁工被一群蝙蝠袭击了。"

"什么?"

"就在博物馆储藏室的侧厅。"

"天啊,他还好吗?"

安迪无所事事地翻着台子上的信件——包括战略情报局寄来的那个包裹。"他在市里的医院。"

"别碰那些东西!"德兰尼边说边拿走了那些信件。

"哦,对不起。但我听说情况不太好,可能得了狂犬病,也有可能更糟。"

狂犬病已经够糟糕了,他儿时的伙伴就死于这个病。不过,蝙蝠怎么会成群地攻击人类呢?还在校园里?听起来太荒唐了。

他匆忙地结束了工作,把那些重要的论文塞进靠墙的双层绿色金属储物柜,然后便同安迪一起走向大厅。关上身后的门后,他警告道:"除非下次你得到了系主任的许可,否则别把楼下的标本再带过来了。"

安迪假惺惺地敬了个礼便向自己的系室走去。德兰尼想知道卢卡斯是否得知了这个消息，于是冲下楼梯赶往博物馆。因为在校学生人数少，所以课间的学校并不吵闹，但今天的校园却格外安静。除了一两个为了看一眼爱因斯坦在法恩大楼闲晃的人，他几乎看不到其他人。

在博物馆的入口守着一名学校的警卫，领口还别着一个对讲机，"不好意思，"他阻止道，"博物馆今天不开放。"

"我是这里的教职工。"德兰尼翻出自己薄薄的身份卡。

"任何人都不得进入。"

"但我还有这个。"他从夹克的内袋里抽出了一份战略情报局的批准函。

警卫仔细地看了一遍，但这明显超出了他的职权范围。

"我现在就得开工了，"德兰尼急道，"储藏室侧厅那里正有人等着我呢。"

警卫半信半疑地放他进去了，德兰尼穿过荒凉的画廊，那里都是古典雕塑，接着走进欧洲画作的艺术画廊，根本连蝙蝠的影子都看不到。当他推开写着"储藏室：仅授权人员可入"的后门时，他看见一个穿着灰色工作服的清洁工蹲在水桶边上，正扭干拖把。"打扰一下，"他问道，"您见过安森教授吗？"

那个男人挺直身子回答道："最后一次见到他，他正在拖地。"

*

德兰尼晃了下神，"你什么时候变成清洁人员了？"

"总得有人来做吧，"卢卡斯很高兴有人来陪他了，"现在安保很严，只有我能进来。"他已经拖了将近一个小时的地了，腰现在僵得简直要直不起来，"可你是怎么进来的？"

"你忘了？"德兰尼晃了晃手上情报局的信函，"我也是这任务的一员。"

"所以你已经见过那个'迷人的'麦克米伦上校了？"

"你刚走我就到了，那凳子上还留有你的余温呢。"他环顾了一周，"我听说昨晚的事情了，难以置信。"

"没人相信会发生这样的事，先前除害的专业人士已经来帮我们做过大扫除了，他们也从没听说过这种事情。"

"希望沃利早日康复吧。"

卢卡斯点了点头，接着指了指屋子中间被油布盖着的那个庞然大物，"就是那该死的东西，每到一处都带来厄运。"

"你这话是什么意思？"

他轻敲自己的眼罩说道："差不多在找到这东西的一分钟以后，我就成这样了。"

"我并不知道这些。"

"你怎么会知道？"卢卡斯并没有告诉他这整个故事，甚至都没有提及那个被炸死的德国小男孩，以及那个被炸断了一条腿的下士图森特。还有那次差一点被击沉的美国轮船，正是运送这东西的那艘船，他注意到航运单上赫然写着"苏华德号"的名字。

"目前为止我只看到过模糊的照片，你愿意给我展示一下那里面究竟是什么吗？"

卢卡斯想不出理由来拒绝他，但他根本没有勇气去打开那个石棺。在他清理侧厅的时候，他就已经很努力地克制自己不要去盯着那块油布下面的东西了。他曾经希望再也不要看见这东西，但现在它出现在了这里，不仅就在他眼前，他还得深入地研究它。

把拖把靠在墙边后，卢卡斯走上平台握住油布。他在害怕什么？这不过是一个放骨头的盒子罢了。深吸了一口气后，他像一个表演戏法的魔术师一样拉开了油布，"看好了！世界第八大奇迹！"

照片果然失真了，或者是他的记忆出现了偏差。一个巨大的白色箱子——如果要猜的话，他觉得应该是由方解石和雪花石制成的——它的三角形尖顶和上面精巧的雕刻随时间的推移大部分都已经磨损了。但很明显造这东西还是费了很大工夫的，而且它好像藏匿着一些令人不安的东西。

"我在斯特拉斯堡外的一处矿井下找到了它，短短三十分钟以后，整个矿井就爆炸了，我被炸飞了。当我醒来时，我已经躺在一辆颠簸的救护车后座上。"只有那个站在矿车圈外的市长还安然无恙，是他给图森特的腿扎上了止血带，还救了他们。

德兰尼走上台子，伸出手指摸了摸光滑的棺盖，"这东西怎么他妈的这么凉？"

"你不是应该比我更清楚吗？"卢卡斯摸着石棺说道，石头的温度比周围要冷多了，而且那上面雕刻的轮廓也让他很费解。在盖子的一侧，好像是一幅牧羊人的放牧场景，可能有一群羊吧；在另一侧好像刻着一只垂着长长的手臂、翘着尾巴的猴子。石棺两侧刻有文字和符号，有些很像埃及的象形文字，还有一个东西，形状看起来像是一颗倾斜的钻石。

为了把它封起来，这盒子上还捆着很多条粗重的熟铁链。卢卡斯心想，要砍断这些链子看来得费很大工夫。

"你知道这里面是什么吗？"德兰尼问。

"肯定有骨头，但也有可能是其他的东西，金银珠宝什么的。从上面的字符来看，应该是埃及人的。那些在罗马地下墓穴里发现的棺材里，从死者的美容工具到养的家猫，什么都有。"

"看来需要喷枪或者钢锯才能把这些铁链弄断。"

"我已经向学校的维修部门提出申请了。"

麦克米伦上校指派给卢卡斯的任务就是估测出这盒子的历史和出处，如果需要的话，尤其是石棺里的那些遗骸，德兰尼会提供最新的放射性同位素研究作为辅助。他可以看清德兰尼杂乱的胡须下掩藏的表情，好像有什么事情正烦扰着他，"你还好吗？"

"嗯，当然，"尽管德兰尼迅速地把手从冰冷的石棺上移开了，他依旧安慰道，"只是我有一种奇怪的感觉。"

"什么感觉？"卢卡斯很欣慰有其他人和他有同感。

"感觉是暴风雨前的宁静。我是在美国中西部长大的，那时我们总能感应到一场龙卷风的前兆，空气会变得凝重，小鸟不再歌唱，而天空……天空则会呈现这种奇怪的绿色。"他搓了搓手，好像想搓掉手上石棺的残渣一样。

"你需要多少样本？去做你的碳14测验？"卢卡斯发问道，而德兰尼似乎过了好几分钟才反应过来。

"噢，不需要多少的，你能给我的话，随便一两块骨头就行。如果有的话，再给我一点干掉的肉。"

"应该没有多少肉了，北非和中东的传统是将尸体扔进壕沟，让野生动物或者其他生物啃食尸体的皮肉，当只剩下骨架时，再把它们收集起来放进石棺里，他们觉得骨头是最重要的。而且如果这尸体享受的是皇家待遇的话，倒有很多骨头可以任你选择。"

"你是说真的吗？"德兰尼问道，"这是一个国王的石棺？"

"难说，那上面刻了许多符号，比你一般见到的石棺要多得多，所以说这任务正适合我。"

"我仿佛预见到了一篇专著的发表,不久之后你就应该可以获得终身教授资格了。"

"不太可能,"卢卡斯回答道,"战略情报局不会把这个项目公之于众的,他们能在我死前公布出来已是万幸了。"

德兰尼点点头,接着转过身走下平台,"还有课要上,感谢你带我参观。"

德兰尼并没有课要上,卢卡斯看得出来他迫切地想要离开。卢卡斯也是,但他还是盯着那些奇特的字符看了好几分钟,尽管并没有什么理由需要再把它盖上,卢卡斯还是拾起那块油布扔了上去。他拿起墙边的拖把,快速地把地板上剩余的垃圾拖扫干净,便褪下工作服离开了。

当他关上身后的那扇门,后背抵着门,仰头望向天花板,他长长地舒了一口气,但他似乎没有办法摆脱那种荒谬的感觉——仿佛还有什么东西也在呼吸,就在门的那一边。

第十一章

"还要吗?"酒保在一旁问道,卢卡斯松开一根握着酒杯的手指,向上抬了抬示意再来一杯。

酒保又给他倒了一杯加冰的双份烈酒,卢卡斯接过冰凉的酒杯,把它贴在前额被子弹击中的地方,沿着皮肤来回蹭着。那里的疼痛感有时短暂而尖锐,其他时候则是一阵钝痛,多少阿斯匹林都没办法抑制住,就像今晚一样。他唯一能做的就是让这种感觉逐渐麻木。吧台陈列酒瓶的柜子后面有一面镜子,卢卡斯透过那里瞥了自己一眼,他看见了一个带着黑色眼罩的男人瘫坐在一张凳子上,将一杯威士忌抵在脑袋上摇晃着,他周围的座位空空如也,原因显而易见。

把储藏室侧厅清理干净比想象中花了更长的时间,当他终于清理完以后,他顺道去医院探望了一下那位清洁工。前台的护士却告知他只有家属才能探病,从她的神态和语气上看,似乎对沃利的病情并不乐观。正是那个时候,他脑袋中的钝痛感又出现了。

唱机中正放着本尼·古德曼[①]的歌曲,灯光依旧昏暗,如果此刻

[①] 本尼·古德曼(1909~1986):美国单簧管演奏家、爵士乐音乐家。

他回到卡普托太太家，她一定又会唠叨他，而艾米一定想把她刚写的读书报告念给他听。但他此刻只想一个人静静。

当他听见门一开一合的声音后，感觉到有个女人坐了下来，与他仅仅隔了一个座位，但他的心情谈不上多高兴，反而有些惊讶。她点了一杯肯巴利苏打，这期间他一直低头盯着自己的酒杯，直到酒保端上酒水后，他才重新抬头瞥了眼镜子。

他的目光却撞上了一双深色的眸子，直勾勾地盯着他，他吓了一跳，立刻又低下了头。天哪，这个时候，他最不想碰到的事就是被人搭讪，因为又免不了会问及他是在哪里服役的。但转而他又疑惑了起来，这个女人怎么看起来这么眼熟？

唱机中的音乐由本尼·古德曼换成了汤米·道尔西[①]，接着他又偷偷地看了一眼镜子，就在这时，她转过凳子说道："不好意思，打扰了，不过您是安森教授吗？"听起来她显然已经知道答案了。

他不得不完全转过头来，才能用那只看得见的眼睛对着她。那是一个美女，乌黑的头发、黄褐色的皮肤，穿了一件挺括的白色衬衫和粗花呢夹克。

"是的。"

"那么请允许我自我介绍一下，"她的口音中夹杂着一些牛津和剑桥的味道，"我叫西蒙·拉希德。"

她越过一张空座位伸出手，和他握了一下，现在他记起来了——她就是那个出现在艺术博物馆的女士，同行的还有一位老者。"我远道而来，正是为了见您。"

[①] 汤米·道尔西（1905.11.19～1956.11.26）：美国爵士长号演奏家、作曲家、大乐队时代的领军人物。

远道而来，只是为了见他？"为什么？"他语气中满是疑惑。

"我可以坐在这里吗？"她说着便挪到了他旁边的座位上。

她既然已经坐下了，又何必问这个问题呢？

"我们研究的是同一个领域，"她说，"文物。"

"我不是古董交易商，"他回道，"如果您是这个意思的话。我只是一个教授……而且只是一个大学的副教授而已。"

"嗯，对此我很清楚。其实我已经做了一些了解——实话讲，那正是我的强项——而您也是研究希腊罗马艺术的领军人物之一。"

"您是大学负责招聘的？"他曾经遇到过一两次，"这里的生活让我非常开心，所以我并没有离开的打算。"就算他想离开，战略情报局也不会允许的。

"我并不是，"她抿了一口酒，继而说道，"我在开罗的埃及文化局工作。"

事情越来越奇怪了，但他好像能猜出一丝她的来意了，接着他脑海中浮现了石棺上那些古怪的字符。

"我还知道您曾经加入过文物复原委员会。"

现在她的来意逐渐明朗了，但他不会也不能向她透露任何信息，于是他静静地等着她开口。

"而且您现在很有可能还在为他们工作。"她似笑非笑道，"目前为止，我的表现如何？"

"起码目前为止，"他不得不承认，"您还没有被三振出局[①]。"

[①] 三振出局：投球手投出第三个球，有以下三种情况：(1) 投球手投出第三个球为好球，击球员没有挥棒，球在落地之前直接被捕手接到；(2) 投球手投出第三个球，击球员挥棒落空，球在落地之前直接被捕手接到；(3) 投球手投出第三个球，击球员挥棒成擦棒球，球在落地之前直接被捕手接到。以上三种情况击球员即被判三振出局，或者说三击不中，接杀出局。

"我不太明白您的意思,"她答道,"不过我猜是棒球术语?大意应该是我说得对吧。"

"你到底希望从我这儿得到什么?"他的头又阵痛了起来,但他的酒杯忘在了吧台上。

"您知道的。"她说,但他却是一副迷茫的样子,于是她又补充道:"最近有一件艺术品被运到了这里,那是属于我的。"

"你的?"他挑了挑眉毛。

"我和我的父亲一起发现的。"

卢卡斯一直以为自己才是第一个发现这石棺的人,"所以你的意思是它属于你?"

"我的意思是,它属于埃及人民。"

"其他人也许不这样认为。"

"你指德意志第三帝国?"她不屑一顾地说,"他们当然不会这么想,不是吗?"

"我是说美国。"

"所以你们打算把它留在这儿?"

卢卡斯不知道该如何回答,对文物流失这个问题,他完全感同身受——他和所有的希腊人一样,当看到本应摆放在帕台农神庙的埃尔金大理石雕①被掠夺走,陈列在大英博物馆的侧厅时,这感觉和现在的西蒙一模一样。但他依旧对这女人的真实身份将信将疑。

"没什么好隐瞒的。"他说道,此刻他空空的眼穴也疼了起来,"但我还是不明白你到底想干什么,你来这里是想要回这件有争议的

---

① 埃尔金大理石雕:埃尔金大理石雕是英国大使埃尔金勋爵从土耳其奥斯曼皇帝手中买得的一部分巴特农神庙石雕,肢解后运回英国。这些石雕最后卖给大英博物馆,很快成为该馆最珍贵的馆藏。埃尔金大理石雕是巴特农神庙雕塑中最精华的部分。

艺术品吗？"

"最终我们会要回来的，"她说，"但就目前的世界局势来看，这里是它的最佳处所，就安全而言。"

"安全。"他重复道。

"和进一步的研究。"

她呷了一口酒，他也拿起自己的杯子喝了一口。他喜欢这间酒吧，但看起来他得重新找一家了。

"我甚至怀疑你们根本不知道自己拿到是什么东西。"她说。

"难道你知道？"

"当然。"

"那么你为什么不告诉我？"

"当你学会信任我的时候，我会在适当的时机告诉你的。"

这一点她没有说错。

"而现在，你只需要知道一件事。"

他静静地等待着。

"它并非表面上的样子，要高深莫测得多。"

"什么东西不是这样呢？"

"你现在还能油嘴滑舌，以后可别了，那个石棺藏着你难以想象的秘密。"

不管她究竟是谁，他已经开始怀疑她是不是精神错乱了，而且她怎么证明她是埃及文化局的呢？而就他所了解的情况来看，她或许是个轴心国的间谍。喝完酒杯里最后的一点酒后，他翻出几张钞票放在了吧台上便离开了座位。

"听着，拉希德夫人……"

"拉希德小姐，不过这并不重要。"

"拉希德小姐,我不过是个普通的教授,我所做的工作和你想象的那些迷人的工作一点也不一样。"

"你会需要我的帮助的。"她紧紧地盯着他,吐出了这么一句话。

还有老天也会帮他的,不过那个眼神叫醒了他心中沉寂已久的某个东西,和古代文物一点关系也没有的某个东西。

"你可以到纳索旅馆找我,"她说,"你总有一天会需要我的。"

他拿起公文包走向门口。

"如果你在没有我的情况下打开了石棺,"在他身后的门逐渐合上的时候她的喊声传来,"你会后悔的!"

第十二章

好吧，西蒙边把椅子转向吧台边想，现在和她希望的结果不太一样，她还是应该多多借助自己的女性魅力的——她注意到他那只完好的眼睛里面一闪而过的光芒，而且实话说，她一般多少都会作出点反应的——但现在再想这些为时已晚了。

她猛喝了一口肯巴利酒，整理了一下膝盖上的短裙。

吧台的酒保一直假装在认真地擦拭玻璃杯。

她知道这事怪不得别人，除了她那点才华和博学以外，像游说这样需要耐心的活儿她真的是一窍不通。尽管总有些人天生就是外交官，但她从来都和这一类沾不上边，她总是和别人起冲突，在本该劝服他们的时候挑战他们，在本该赢得支持的时候激怒别人。尽管她并不一直知道自己前进的方向，但她总是急急忙忙的；她总是缺乏耐心去等待做一件事情的真正时机。

她这脾气就是遗传她母亲的，每个人都这么说，尤其是长期忍受着她的父亲，他是这么说的："你妈妈要是现在还活着，你们俩的脾气一定不相上下。"

但要不是她天生执拗的脾气，谁知道那个现在被安置在附近的石棺会不会被挖掘出土？她父亲在开罗博物馆的储藏间内首次发现那个莎草纸①卷轴后，没办法说服任何人相信这个发现的重要性。所有人都觉得它不过是众多的莎草纸作品之一，被随意丢置在贮藏室废物堆的残卷和褪色的碎片中，无足轻重。

"很有趣，"当时国家图书馆的馆长拍了拍他的肩膀，"将来我们会深入研究它的，拉希德博士。"

当他为了野外考察向文化局申请经费时，同样遭遇碰壁。而且，西蒙刚刚谋得的工作让事情变得更加为难，她还必须极力撇清自己与那些审议程序的联系，以免被误会成走后门。

"你们难道还看不出来吗？我的父亲很有可能找到了隐士圣安东尼②真正的墓穴。"她在一次获准可以参加的董事会上宣布了这条消息，迎来的却只是一片沉默和质疑。她还讲道："近两千年来，来自世界各地的忏悔者和朝拜者都会前往阿尔喀拉扎姆，去那里一个荒弃的寺庙里朝拜一座空墓。"

"我们根本不知道那里面是空的。"部长说。

"我们当然知道！"西蒙坚持道，"我们已经做过地面测试了，不戳穿这个事实只是为了吸引游客而已。"

部长向她射去一道警告的目光，但她早就下定决心了，什么都阻止不了她。

"我们国家应该为圣安东尼感到自豪，"她从椅子上站了起来，

---

① 莎草纸（papyrus）是古埃及人使用的书写介质，由盛产于尼罗河三加州的纸莎草茎制成。保存得当可以存留很久，但是过于干燥的环境会使纸张变脆，容易碎裂。

② 圣安东尼（St. Anthony the Great，约251—356年）：或称"伟大的圣安东尼"、"大圣安东尼"。罗马帝国时期的埃及基督徒。是基督徒隐修生活的先驱，也是沙漠教父中的著名领袖。

"不仅整个基督教禁欲神学①都是他创立的,他还奋起反抗了罗马统治者并取得了胜利。他帮助被迫害的基督教徒,发起了一场对抗亚略异端②的战争。如果不是他,现在的教堂中根本不会有修道主义③的传统。"

"是的,拉希德小姐,我们都知道圣安东尼的意义。"

"那你们为什么不想要找到他真正的坟墓呢?"她挥了挥手中的论文,那正是她和父亲一起完成的,文章中他们概述了一下他们的理论,还标出了一条可能通往坟墓的路径。"难道你们中没有人对真相感兴趣吗?"

那是她被赶出去前,冒着丢掉工作的风险说的最后几句话,也正是这个时刻,让她下定决心将她数目可观的财产变卖一部分,将这些钱当做自己这次考察的经费。但她的父亲却因为任务可能危及他女儿的事业,而在决定是否去寻找坟墓时犹豫不决。

"对我来说,这都无所谓了,"他的语气中带了一丝认命的味道,"毕竟我已经老了。"

"你才不算老呢。"

"够老了,"他答道,"但你的事业才刚刚开始,你本意也不想顶撞上司。人生这段苦旅,充满了意料之外的挫折。"她听出他似乎在

---

① 禁欲神学:基督教实践神学分支,在天主教和新教中都有所反映,主要涉及以下主题:(1) 辨明上帝的呼召并顺服之;(2) 离弃罪恶,按照圣经的标准过道德的生活;(3) 节制与克服私欲;(4) 以基督的生命为标准培养基督徒的品性;(5) 训练自己的意志完全顺服上帝的旨意,主张绝对依靠;(6) 通过祷告和默想达到与上帝更加亲近的境界。

② 亚略异端:亚略派是基督教宗派之一,在公元四世纪时,教会在信德和教义神学方面面临危机,也就是对立教会所宣扬的信德的道理,它被称为"异端"。

③ 修道主义:最先开始于埃及,创立者是底比斯城的安东尼。公元 270 年,他在自己的乡村开始过修道士式的生活。十五年后,他住进沙漠中的山洞,因此被称为"隐士",当时有许多人效仿他。也有一些人群居在一间大房子内,渐渐演变成修道院;修道院中,每个修士有自己的小房间。

自责——如果他当年表现得更好一些的话，现在他早该是文化局的头头了。"你不想和我一样到处树敌吧？"

"敌人和朋友一样，都能塑造我们。"她回答道。就和平时争论一样，她父亲举起双手表示投降。

"你和你母亲真是如出一辙。"他说。

"和你也差不多啊。"

大概花了一周时间，她便集合了考察队的基本队员：司机、搬运工，还有一个贝都因①导游，能够带领他们到可能需要去的地方，例如撒哈拉沙漠、白沙漠②和开罗东南边五十英里开外的一大片未知荒地。为了追踪坟墓的位置，西蒙和父亲辛辛苦苦地将古本残卷拼凑起来，其中混杂着一些难以理解的、破碎的希伯来文，是很久以前在福斯塔特③的本·埃兹拉犹太教堂④中发现的。这些材料是从前的阿拉伯人撰写的，指明整个基督教义中最著名的隐士——圣安东尼被葬在了一个秘密的洞穴中，洞穴上方有一条眼镜蛇。当然现实中不可能会有蛇能够一直待在一个地方，更不要说作为某一处的标识了。但西蒙知道，这里的古石灰岩和白垩曾经是史前海洋的一部分，它那与众不同的名字正因此而来，那些石头历经千年的风雨侵蚀，展现出了奇特的样子，从茶壶到尖塔，什么形状都有。

她大胆地猜测这里也许会有一块眼镜蛇一样的石头，如果史料没

---

① 贝都因：也称贝督因，是以氏族部落为基本单位在沙漠旷野过游牧生活的阿拉伯人。主要分布在西亚和北非广阔的沙漠和荒原地带，属欧巴人种地中海类型。
② 白沙漠：位于埃及西部法拉法拉绿洲。沙子呈奶油一样的雪白色，和周围的黄色沙漠形成鲜明的对比。高耸的白垩岩层屹立在埃及白沙漠中，仿佛巨大的蘑菇群。它其实由数千年沙暴"雕刻"而成。
③ 福斯塔特：开罗老城的一部分，在641~750年和905~1168年间是埃及的首都。
④ 本·埃兹拉犹太教堂：开罗最古老的犹太教堂，始建于九世纪，十二世纪时由耶路撒冷的拉比亚伯拉罕·本·埃兹拉重修。

有问题，骑着骆驼从拜赫里耶绿洲①出发，向正西方向走，用不了一天就到了。

他们开着吉普车，沿着骆驼蜿蜒的脚印，穿过了一片几乎没有路的地方，将基本的物资和供给运送到了旅途的第一站。但到达绿洲后，他们发现前面压根没有路，只有高高的沙丘，如果他们继续向前开，吉普车的轮子会陷到那些沙子里去。因此她只能在地上，对着一片星光和棕榈树叶凑合一夜，她的父亲则睡在吉普车的后座上。几个小时过去了，身边鼾声四起，但她依旧无法合眼，她迫切地希望早晨早点到来，她好起床继续寻找那些古本上记载的蛇形石头和它下面的墓穴。这个发现将证明她父亲一生的作为，为他的事业加冕，同时也是她职业生涯的一个辉煌开端。

天上的星星太多了，她甚至无法找出最基本的那几个星座，它们就像洒落在黑丝绒上闪烁的糖粒似的，那一轮残月则像是萨拉森人②用的叶刀。突然，她听见了几只小小的沙漠狐的动静，它们嗅着火堆上渐散的烟雾，凑着鼻子闻营地的味道，飞快地抓了一些垃圾，便又钻回夜幕中去了。她从没想过会度过这样平静美好的一个夜晚，她好像有些理解是什么吸引贝都因人来到这片贫瘠的土地并安定下来的了。

当太阳升起时，远处的岩石带上了一层壮丽的色彩——粉金色、暗暗的草莓色和像冰淇淋似的淡草绿色——西蒙飞快地跨上了一只骆驼，蹬了脚马刺，挥着鞭子便催促它上路了。

"那些石头跑不了的，"他们年轻的导游——穆斯塔法，骑在一头

---

① 拜赫里耶绿洲：埃及的一处地名，距离开罗 370 公里。
② 萨拉森人：指从今天的叙利亚到沙特阿拉伯之间的沙漠阿拉伯游牧民。

笨拙的动物身上警告着她,"你如果催得太紧,它会停下的。"

这时在队伍最末的西蒙的父亲笑着说:"这骆驼和她还真是配。"

西蒙也笑了,但依旧没有放慢速度,前面的路不再是黄色的沙子了,变成了雪白的白垩粉,接着她便置身一片岩石中,其中一些石头有火车头那么大,其他的则是猫狗的大小。她被这些石头的造型惊呆了,这里就像一个巨大的动物园,长宽大概几英里的样子,里面尽是些神话里走出来的动物:其中一个看起来像伸出爪子的狮身人面像,还有一个像是展翅的雄鹰。而它们的缔造者——风,依旧呼啸着,不止一次地吹落了西蒙的帽子,还吹皱了她卡其色上衣的袖子。

但她还是没有看到立起的眼镜蛇一样的石头,周围几亩之内都是蘑菇状的岩石,因为风作用在岩石底部的力量远远强于顶部,所以那些石头会变得像一个个巨大的摇摇欲坠的伞菌。不过毕竟那些古卷都太古老了,上面记载的蛇形岩石现在可能早已化为尘土了。不知怎的,在匆忙之中,她完全没有考虑到——要在一大片石头中间找到一块形状奇特的石头有多么困难。她现在只希望那古本上可以记录得再详尽些。尽管古本中盛赞了圣安东尼的勇气——他独自踏入荒地与恶魔斗争,传说在他徒手勒死恶魔前,他还砍下了其中一只恶魔的尾巴——也许是因为圣安东尼生活的年代还没有发明出指南针吧,古本中一点都没有提供墓穴所在的方位信息。

公元 251 年,安东尼在上埃及区科马城内的一户富裕人家出生,父母在他十八岁时相继离世,自此他把主的话铭记于心:"如果你想要变得完美,就将自己所有资产变卖,接济穷人,这样到了天堂你便不会再贫穷。"他听话地卖掉了所有家产,包括一大群猪,把卖猪所得分给了穷人。紧接着他将自己的妹妹托付给了社区的修女后,便步入荒漠中独自生活了,在那里,只有蛇、蝎、鹰和狐狸与他为伴。

在多年的独居和自我牺牲以后,他的声名逐渐传播开来,很快便有朝拜者涌到他居住的洞穴来,给他带来很多礼物,从动物到熏香,应有尽有。其中一些人来这里寻求精神指引,另有些人则是为了获得一些更实际的帮助。圣安东尼用荒地中的荆棘制成了天然膏药,据说能医治百病。他尤以治疗皮肤病为长,通常会用到猪油,因此他总是与一些类似于湿疹和以他名字命名的"圣安东尼热"之类的皮肤病联系在一起,猪则成了他救助他人的象征,在宗教的肖像画中他大多以猪倌的形象出现,手中握有一个"T"形十字架。

事实上西蒙并不清楚自己期望在墓穴中找到什么,但一定不是金银珠宝,这可不是法老墓。她寻找的是一个证据——一个《圣经》中所提到的"一个曾存在过,又过世了的人物"、一个证明古代故事并不只是故事,我们双眼所见的不过是世界的冰山一角的证据。因为西蒙所受的教育和对世界的了解,她乐于冒险。在埃及大三角洲长大的女孩大都是这样的个性,毕竟那里是三大信仰的发源地,有着历经了几千年的沙暴、洪涝的金字塔,还有着久负盛名为先知辟出一条出路的红海。即使是她那因开放作派而出名的母亲,也在晚年受癌症侵扰时成了一个虔诚的天主教徒,这也影响了年轻而敏感的西蒙。毕竟主教纽曼曾说过一句类似"我六岁所获知的东西将伴我一生"的话。但西蒙没有任何信仰,她只是一名追寻者,一个既探索未知的虚幻世界又研究已知的现实世界的学者罢了。她希望在还未发现的圣人墓穴中,找到一个融合了虚幻与现实的世界。

天色渐晚,骆驼的体力也逐渐不支,她感觉自己离目标更近了一步,古本上说一天左右的路程,现在已经差不多了。高耸的石块在白垩地面上投映下一条狭长的深影,她突然怀念起学生时代在牛津的伍尔弗科特公墓闲逛的时光。黄昏时刻,她突然发现自己站在了一圈破碎的墓石中央,周围还有一些天使造型的大理石。面对这片完全陌生而超脱尘世的土地,她并没有感到害怕和恐惧,反倒怀着一种朝圣的心情,她感觉月球表面大概也就是这个样子了吧。

"这里太黑了,根本看不见东西,"她父亲语气中有些疲惫,说道,"骆驼也走不动了。"

"我也走不动了,"穆斯塔法勒住缰绳,从马鞍上跳了下来,"我们明早再找那条蛇吧。"语气不太乐观。

但西蒙不愿放弃,下了骆驼后,她便撇下那群搭帐篷的人,独自步入那片崎岖不平的地带。因为靴子在沙石上打滑的缘故,她跌倒了很多次。但每一次她都爬了起来,拍拍身上的尘土,继续搜寻着。橘子般又圆又亮的夕阳逐渐西沉,她取出别在腰间的手电筒照向前面的地形。

这么久了,远远看去连个蛇形石头的影儿都没有。

"西蒙,你在哪儿?"她父亲在远处叫着,"你会迷路的。"

她都可以闻见穆斯塔法生起的篝火的味道,还能听见木头噼啪的声响,那些气味与声音飘散在荒漠的风中。

就在转头回帐篷时,她突然注意到地面上的一个洞,像是一个洞穴的入口,嵌着锯齿形的石头,看上去就像獠牙似的,洞口虽然不大,但如果低下头,一个人还是可以勉强通过的。她缓缓地举起手电筒,就在那一刹那,她在前方看见了一块像是盘卷的蛇一样的东西,再抬些头,她的内心逐渐升腾起一阵狂喜,一根细细的脖子上架着一颗铁锹般宽大扁平的头、而在本该是一根抽吐的蛇信的地方,有一块尖尖的突出的石块。

如果这都不算眼镜蛇,那就没别的了。

她试着叫了一声,但她口干舌燥,以至于只能发出嘶哑的声音,于是她对着水壶猛喝了一口,用剩下的水抹了抹脸后大叫道:"这里!找到了!"

但没人听见。

她不得不循着柴火燃烧的气味和星星点点的营火,蹒跚着走回营地,停在父亲的营帐外,里头依旧亮着煤油灯。

"我找到了!"她说,"我找到它了!"

"在哪儿?"父亲应着,恰巧穆斯塔法刚喂完骆驼回来。

"她找到那东西了?"穆斯塔法惊叫道,"凭她一个姑娘?我可不信。"

西蒙兴奋地点了点头,这就表示他们现在要做的就是吃些炖山羊再喝些茶,睡个好觉,等明天一大早去勘探那个山洞。

这一定是她度过的最难熬的长夜。

拂晓时分,西蒙便已经整装待发了。她催促着穆斯塔法和她的父亲草草吃完早餐,便领着他们返回那个巨大的眼镜蛇岩石那儿了。在清晨第一缕阳光的照射下,乳白色的石头带上了些金黄的色调,而地上阴影处的洞口依旧黑漆漆的。西蒙蹲下身子,带头走进洞穴,实际上洞的高度完全不需要她这样做。入洞后,她打开手电筒,四下打量,观察着洞口的周围。

那儿有一处狭窄但容易通行的斜坡,通向一片平滑的白色沙地。穆斯塔法紧随其后,她的父亲举着提灯走在最后。到达洞底时,拉希德博士缓缓转过身,高高举起提灯,整个溶洞在灯光下突然变得像一只巨兽的血盆大口,洞顶悬挂着成千上万颗钟乳石,有的小而尖利,有的则宽大粗钝,就像从天而降的巨大牙齿。

"天啊,"西蒙惊道,"我觉得自己像约拿[①]一样。"

"真主与我们同在。"穆斯塔法喃喃道。对于那些对神灵总是抱着打趣而非敬畏态度的孩子来说,这无疑让他们见证了神力。

"我们现在有更多的证据了,"拉希德博士感叹道,他的话在四面的石灰墙间回响着,"证明几百万年前这里曾是一片海洋。"

西蒙都不知道该从哪里看起了,周围尽是形态怪诞的各色岩石,有的似涟漪有的似漩涡。琥珀色的墙壁布满褶皱的挂饰,有些是垂直条纹,还有些横着的流石,就像堆在衣橱里的亚麻床单一般。即便只是匆匆扫了一眼溶洞内部,也不难发现一个麻烦:根本没有任何迹象表明这里有个墓穴,更不要提石棺了。

难道储藏室的那些古本残卷中记载的大部分都是正确的,独独这里记错了?或者有没有可能这墓穴早在千年以前就被发现,然后劫掠一空了?

西蒙在溶洞里晃了一大圈,打着手电筒仔仔细细地检查了每一个角落和缝隙,搜寻着有没有一条可能通向深处某个房间的通道。就在她想放弃的时候,一丝凉凉的微风拂过她的脸颊,比这洞内空气的温度要低上一些。因此她又退了回去,风又吹动了她的眉毛,于是她更加仔细地检查起了这块地方。

无数年月的渗流和侵蚀使得这块墙壁有了瀑布的样子,就在这隐秘的瀑布后面,她发现了一个隧道,在前面根本看不出来,但绕到后面就可以发现那洞口的宽度竟足够一个人通过。最棒的是在手电筒光线照到的地方,她可以看见远处的墙壁上刻了些图案。

[①] 约拿:《圣经》中的人物,公元前八世纪以色列北部一个王国的先知,曾受到上帝的惩罚,被大鱼吞噬。

"这里很美,"穆斯塔法说,"但我想我们是白跑一趟了,阿里巴巴[①]可没有住这里。"

"话可别说死,"西蒙招手示意他们过来,"看这里!"

两个男人立刻靠了过去,拉希德博士举着提灯照向那条隧道,墙壁非常平滑,墙面也是特别的灰白色,像是很久以前粉刷的。西蒙抠了一下墙面,便掉下了一小片油漆,露出了暗黄色的岩石。

她兴奋了起来。

尽管隧道顶有些低矮,垂悬的钟乳石也几乎被全部铲除干净,仅有的又长起来的一些也不过匕首的长短,而且隧道的宽度足够让任何种类的圣坛、石棺或着墓室建造者希望放入的装饰物通过。她小心翼翼地走着,留意到之前看到的刻在岩石上的图案,便停下查看了一番,尽管图案在长年累月的侵蚀下已经有些模糊,但无疑是一只猪。

圣安东尼的守护动物。

这简直比在那儿找到一条钻石项链还令她激动。

"还有什么疑问吗?"她边把手电筒照向那个图案边炫耀道。

前面的隧道突然向右边拐了过去,又向左一个急转弯,接着他们便来到了一个房间,有着高高的圆顶,还有被粉刷过的平滑的斜壁,尽管大多数油漆都已经掉了或是褪了颜色,但天花板边缘还残留了一些蓝金相间的壁画,画中描绘的是圣徒初期一些著名的事件。比如其中一幅,圣安东尼在前面领头,后面跟着那群与众不同的猪;还有一幅,他头顶光环,对面的人坐在王座上。毫无疑问,这幅刻画的就是他和罗马国王戴克里先[②]斡旋,为早期的基督教殉道者辩护的场景。

[①] 阿里巴巴:《一千零一夜》中《阿里巴巴和四十大盗》一篇的男主人公。
[②] 戴克里先:罗马帝国皇帝,于284年11月20日至305年5月1日在位。其结束了罗马帝国的第三世纪危机(235年—284年),建立了四帝共治制。

在国王的脑后盘旋着一只黑色昆虫，仿佛在对他耳语什么。西蒙从没见过这么奇怪的画。

而其他的画作和这两幅画相比，不像出自同一个人之手。那些画作比较粗糙，只用了红与黑两种颜色，而且上面的人和动物像孩子画的简笔画一样，一些图案甚至都重叠了。然而，这些画都围绕着一个主题——暴力与恐惧。许多猪在烤架上抽搐着，圣安东尼被长着犄角的恶魔们撕成了碎片；一堆骷髅，骨头还在汩汩地冒着鲜血。这最后一幅画会不会是用来描绘恶性皮肤病的一种死亡方式？如果真是这样，也太奇怪了，据说圣安东尼是可以抵抗这种恶疾的。

"它就在角落里，"耳边响起父亲的声音，其中充斥着敬畏，"就在那里，那个石棺。"

将视线从天花板那些令人不安的壁画上移开后，西蒙循着提灯的光亮走到房间最深处，那里的一块岩石深处雕凿出了一个壁龛。如今基督教徒们所沿袭的古希伯来的传统中，这些壁龛被称作 kokh，在拉丁语中被称为 loculus。这个壁龛顶部拱起，壁架上还放着一对红色黏土罐，其中一个缺了盖子，露出一截紧紧卷着的卷轴。西蒙忍不住想用手指推开那卷轴。

真正的宝藏其实藏在两个罐子中间——一个雪花石材质的盒子，铁链将笨重的盖子和罐部紧紧地拴在了一起。她第一眼根本没有发现它，不过这并不奇怪，因为这个盒子被安置在壁龛的最深处，而且藏在一片深重的阴影当中，即使近在眼前也很有可能被忽略。

即使在那些对古代艺术品的神秘见怪不怪的人眼中，那石瓮也有其魔力。人生中第一次，西蒙感觉到自己的脊柱本能地战栗了一下。

显然穆斯塔法并没有受到影响，他察觉到这里也许会留存一些战利品，于是立刻冲向那些罐子，打开了那个密封罐的盖子，瞥了一眼里面。

"又是废纸!"他厌恶地喊道,接着又走到石棺前面,"这里面是什么?"他兴奋地问,声音在其余的空房间里回荡着。不一会儿,他又扯着铁链问:"我们要怎么打开这个盒子?"

"我们不准备打开它,"西蒙回道,"别试了。"

"我们不是过来寻宝的,"拉希德博士斥道,拿着提灯走近了些,"这是一次考古探险。"

这个年轻的导游显然不理解这两者的区别,他的目光来来回回地盯着西蒙和她的父亲,急切地想要一个更好的解释。

"我们所在的不是王陵,"西蒙说,"因此这些棺材中不会有金面具或是银酒杯,这里只有骨头。"

"只有这些?"穆斯塔法不可置信地问,"废纸和骨头?我们大老远来就为了这些?"他转头就走,嘴里还嘀咕着,"最烂的活儿,我接的总是最烂的活儿。"

西蒙低下头看向石棺,借着提灯的光亮,她看见了许多符号和铭文。这大概便是这几个月的成果了吧——幸福的几个月,而解读这所有的符号文字大概要花上更多的时间吧。但她可以确信的一点是——她找到了埃及的圣安东尼的坟墓,就是那个著名的基督教修道主义之父,那个与派去折磨他、检验他对主的忠诚的恶魔斗争的勇士。谁知道那些古本卷轴还会告诉她什么呢?

再抬头看向天花板上的图画,她几乎快相信这些粗糙且残忍的画作是出自那些恶魔之手了。

突然,某件事情让她感到非常古怪。

她发誓那张圣徒四肢被扯断的画中,圣安东尼原本是站着的,但现在却趴在了地上,一只叽叽喳喳的怪物在他背上跳来跳去,像是一只猴子，却长了条燕尾。

而本来坐在王座上的戴克里先国王也没了，反而变成了一只咧着嘴笑的狗，也可能是一只鬣狗取代了他的位置，头带王冠，手持权杖。

更奇怪的是那群鸟——那群黑色的小鸟——白墙、天花板甚至整个房间里都画着这些鸟。就在她准备询问父亲时，却发现他也在不安地盯着这些鸟看。

"他们原来，"西蒙问，"就在那里吗？"

接着那些鸟动了——但不是飞，而是爬，比起麻雀反而更像是昆虫，它们从石缝间和沙子里钻了出来。

蝎子。

那里有上百只蝎子，它们一齐竖起那一蜇致命的尾巴并抖动着。西蒙从没想过这里竟有一处巨大的蝎子洞穴，而这蝎子窝可能几千年来从没被打扰过。

这时前面的洞穴响起一声惊呼，是穆斯塔法的声音！"把它们从我身上弄下去！救命啊！把它们弄掉！"

西蒙立刻直起身子向隧道跑去，每踏一步她都能感受到脚下蝎子壳碎裂的声响。她能感受到父亲就跟在她的身后，但他突然被什么绊到，摔倒了，差点把她也给推倒了，他的腿被锯齿形的石头刮破了。就在她扶他站起来时，穆斯塔法的叫声变得更大了。

突然天花板上什么东西掉到了西蒙的头发上，她伸手把它拨下来时却被它的螯夹了一下。

西蒙一手提着灯，一手搀扶着一瘸一拐的父亲走出隧道，先右拐，再左拐，到了第一个洞穴，穆斯塔法就在那里，但几乎面目全非了。他在地上扭动着，密密麻麻的蝎子就攀在他的身上，他胡乱地挥舞着手臂，踢着腿，一只拖鞋都被他踢飞了，直直地掠过了她的头顶。

"快阻止它们！快阻止它们！"穆斯塔法尖叫道，但西蒙根本没办法抛下父亲去救他，她的父亲此刻正靠在她的肩上，呼吸沉重，她必须在她父亲体力不支前带他逃出这个洞穴。在经过穆斯塔法时，她停了下来，举着灯在他身上晃了晃，希望至少能为他驱走一些蝎子，同时还用脚踩死了许多。这时，她父亲的脚陷进了沙子，她也逐渐无法承受父亲的重量了。

猛的穆斯塔法伸出一只手抓住她的脚踝，这时突然出现另一只蝎子对着他的手腕蛰了一口，于是他立马松开手去扯开那蝎子。

这一举动吓掉了她手中的提灯，滚到了斜坡底下，于是她立刻拽着身旁的父亲向洞口爬去，她父亲重得就像一袋水泥似的。早晨金色的阳光透过洞口射了进来，西蒙迫使自己适应这样刺眼的光线，在意志的驱使下，她一步一步地挪向洞口。当她最后从洞口出来的那一霎那，她感觉自己就像逃脱鳄鱼利嘴的小鱼一样。他的父亲跌坐在一座沙丘上，用嘶哑的嗓音索要着水，他腿部的血液像是流干了一样。

她把水壶送到他的嘴边后便转身走向洞口。

"别去！别去！"拉希德博士警告着她，盐水沿着他的下巴滴了下来，"现在已经来不及了。"

但她必须去试一试。她弯着腰折回洞内，用手电筒照了照墓室前面的洞穴，她不用走近也知道穆斯塔法已经死了，在这样恐怖的袭击下没有人能存活。那死去的场景很骇人，她知道自己永远都不会忘记，也永远不会原谅自己。他四肢张开趴在沙子上，好多蝎子游走在他的身上，其中一些蜷着尾巴，挥舞着蝎螯，简直就像在用跳舞来庆祝它们的这场杀戮一样。

其中一只还处在攻击状态的蝎子气势汹汹地爬向西蒙的脚趾，她立刻用脚踩死了它，还把它碾成了粉末，然而就在西蒙准备借一旁的石头蹭掉鞋底的残渣时，她发现那条致命的尾巴依旧愤怒地抖动着。

当她再次走向石棺和黏土罐时，她清楚地知道自己将会做什么——她将引发一场轩然大波。

第十三章

　　尽管此刻已是夜深人静，街对面依旧有一盏灯亮着——是爱因斯坦家一楼。卢卡斯又点燃了一支烟，思考着教授究竟是失眠了，还是人类对于宇宙的基本了解又要有什么突破了。

　　而就在这里——卡普托太太家的前廊台阶上，他也有一些需要解决的问题，尽管意义可能没有那么重大。

　　他本来早早就上床了，但辗转反侧了几个小时还是睡不着，干脆就放弃了。他的屋子正好在屋檐底下，总是闷闷的，所以他便出来享受深秋的最后一丝凉风。街道角落里的几盏孤零零的路灯发出朦胧的光，借着微光他看见叶子从树枝上飘落，摩挲着寂寥的街道，发出瑟瑟的声响。他又吸了一口烟，胳膊肘撑着台阶向后仰去。不知道是第几百遍了，他的脑海中不停地回放着与那个叫西蒙的女人相遇的场景。

　　临别时她说的最后一句话是什么意思？就是那句——如果他在没有她帮助的情况下打开石棺会后悔的。她到底是谁？她又知道些什么呢？

　　更重要的是，为什么他在那么短的时间内就决定不去理她呢？是他过度谨慎的天性吗？还是经过了一番深思熟虑？或许是出于类似"言多必失"那样的考虑吧。或者，他的理由可能并没有那么冠冕堂皇？自从他被调派海外后，许多年来他都极力否认并扼杀着某种情绪，但却在这次不经意间被唤醒了，这会是理由吗？还有其他更好解释的原因吗？

一辆黑色的迪索托①慢悠悠地经过卢卡斯的眼前，突然一只虎斑猫从汽车灯前掠过。

那只猫立刻让他想起那石棺上蚀刻的图案——巴斯特，埃及神话中的猫神。那是不是正契合了他的猜想？就像西蒙说的，那骨灰盒是属于埃及的？要是那雪花石棺材上没有刻那么多铭文的话，他一定相信了。但那上面刻满了象形文字、希腊和拉丁字母以及一些神秘的符号，比如那个模糊的歪斜的钻石。在此之前，这样的图形他根本闻所未闻，从未见过。

更不用说他碰到的是一大堆这样寓意古怪的图案。那上面还刻着一个放牧的牧羊人，但事实上，比起羊群来，他放养的那群生物更像是一群欢闹的猿人。它们在那干什么呢？棺材上还有许多细长的凹痕，像是粗心的工匠留下的，又像是被那些想爬上盒子的野兽划的。但话又说回来，这骨灰盒里装的净是些骨头，压根没有新鲜的肉，那些野兽又为什么想要爬到那上面去呢？

街道对面的屋子开着窗户，屋内的薄纱窗帘被卷到了屋外，在风中飘扬着。接着卢卡斯看到窗帘后面一个男人的身影，他急急地将窗帘收了进去，很快降下了窗框，老旧的窗框在风的撞击下尖叫着。

接着那屋子的灯熄了，门廊这儿的灯却亮了起来。

---

① 迪索托：美国汽车品牌。

他刚刚见过的那辆迪索托——从这辆车独特的瀑布格栅来看，是a'4I型，是美国把汽车生产线转为军用前生产的最后一批汽车——又原路折了回来，停在了爱因斯坦家的门口，但并没有熄火。

他还没来得及思考半夜这个点儿会发生什么事情，就听见了逐渐逼近的脚步声。一个穿着工作服和披着防风夹克的男人出现在了公寓门前的水泥路上，他低着头，脚步沉重。

"您一定是泰勒先生了。"卢卡斯压低声音说道。

那个男人显然被吓了一跳，停了下来抬起头，"您是？"他问道。卢卡斯觉得他是在假装不知道。

"卢卡斯·安森，"他向前探身并伸出手，"我住在阁楼上。"

"哦，好的。"泰勒说着但并没有和他握手，卢卡斯悻悻地垂下了手。

"您是刚值完夜班吗？"

泰勒——那个看上去四十岁左右、满口坏牙的男人停顿了一下，似乎不知道如何作答，过了片刻才答道："嗯，是的，根本没时间休息。"

"您是在特伦顿工作的吗？"

"是的。"

"在飞机车间？"

"你从哪儿听说的？"

"噢，抱歉，"卢卡斯说，"房东太太无意中提到的。"

"她不该乱说的。"

"没关系的，你的秘密在我这儿很保险。"

"你是做什么的？"

"我在大学里教书。"卢卡斯说完觉得他好像已经知道了似的，不用说，肯定是卡普托太太告诉他的。

"你教的是什么？"

"艺术史。"

从泰勒的表情来看，他的回答好像意义不大。"你这里是在战争中受的伤吗？"他向着那块黑色眼罩挑了挑下巴。

"是的。"

泰勒轻哼了一声后又发出啧啧称赞声，但他没有像别人一样说那些废话，这一点倒使卢卡斯很感激。"你在外面干什么呢？"他岔开了话题。

像他这种对自己的每个回答都小心谨慎的人，问问题就简单多了。"睡不着。"

"这样啊，我倒没有这种困扰。"说完泰勒绕过他，走到了门边，伸向了门把手。

"晚安。"

"嗯，好的。"

他随手关上了门。

什么人啊，卢卡斯想，难怪艾米都不愿亲近他。担心上楼时再碰上他，卢卡斯干脆又在前廊坐了会儿，想了想要怎么研究那石棺，中途走了一两次神，想了些不切实际的问题。就算是闹着玩，明早他也要给纳索旅馆打个电话，检验一下那个女人说的是真是假。

他起身拍了拍裤底的灰，刚准备踩灭烟头回屋去，对面屋子的前门就开了，两个男人走下台阶，其中一个是爱因斯坦教授，另一个人更年轻一些———一身深褐色套装，戴着一顶深褐色的帽子，一手提着行李箱一手拿着公文包。司机立刻走出轿车，接过他的行李一把塞进后备箱。

两个人又说了一两分钟的悄悄话便握手告别了。司机打开汽车后门,待那人钻进去后便关上门,挂档后急驰而去。爱因斯坦目送他们离开后,抬头望向夜空,星光熠熠。缓缓收回视线时,他注意到卢卡斯的香烟在夜幕中闪烁着橙黄色的火光,于是他挥挥手打了个招呼,卢卡斯也回了个招呼,"骆驼"香烟的火光在夜色中上下摇摆着,之后爱因斯坦便回屋了。门廊的灯也熄了,与此同时,头顶泰勒房间的灯却亮了。

　　卢卡斯看着那只虎斑猫钻过教授家的栅栏,心想,这可真是个奇怪的夜晚。今晚的空气中像是飘散着什么,有些不对劲,不过不管那是什么,目前还相安无事。

第十四章

他今早就不该叫上哥德尔一起划船的。本该享受着微风吹拂,在普林斯顿为校赛船队而建的人造湖泊——卡内基湖的一端惬意地划着船。但此刻的哥德尔却死死地攀着栏杆,一副在海上遭遇了台风的样子。对爱因斯坦而言,这是他为数不多的放松时间,可以远离电报和电话的烦扰,还有那群总是缠着他对他们最新的理论研究作出评价的年轻人。海伦的任务就是帮他挡掉这些无休止的叨扰,但秘书能做的也只有这些了。

比如说,她知道如何让奥本海默穿过一道道的门,让他在客卧舒服地待上几天。由此他们两人才能够专心致志的一起讨论,并想出在洛斯阿拉莫斯①正在进行原子弹研制进程中所遇到的难题的解决办法。不过在某种意义上,这也算是教授的一种解脱——毕竟前几年他一直遭受年轻科学家们的排挤,其中也包括了奥本海默,但如今他们都需要他的帮助,而且这个项目不仅是顶级机密,对国家来说还有着

---

① 洛斯阿拉莫斯:在美国的新墨西哥州。二次大战后期,闻名世界的美国原子武器研究基地——洛斯阿拉莫斯国家实验室 1943 年在此建立。

空前的意义。毫不夸张地说，这件事让他非常激动。

"这湖有多深？"这已经是哥德尔今早第三次问这个问题了，他的救生圈都快被他提到嗓子眼儿了。

"嗯，不到二十英尺①吧，"爱因斯坦答道，"二十英尺。"

显然，这不是哥德尔——一个旱鸭子——想听到的答案。如果一定要说个数的话，大概六七英尺才是他能接受的吧。

秋风吹起爱因斯坦银灰色的发丝，也吹散了他心中郁结的蛛网。在他熟练地操纵着舵柄时，黄色的船帆鼓胀了起来，在风中噼啪作响。曾经因为这小船太过破旧，爱因斯坦戏称它为Tinef，意第绪语②翻译过来就是"破烂儿"。

"你的工作进行得怎么样了？"风渐起，为了不让哥德尔注意到船体微微的倾斜，他不得不抛出这个问题。

"你指哪个工作？关于连续统假设③的论文我快写完了，如果你愿意的话，不久以后我可能会请你读一下，希望你能在出版前告诉我你的观点。"

"乐意之至，"爱因斯坦真诚地说。哥德尔那些让他出名的数学研究总是让人很有兴趣，而且逻辑缜密，无可辩驳。他那条不完全性定理④就奠定了他的神坛地位，是这样一条假设：任意一个形式系统，都存在一个命题，它无法被证伪但又无法证明其正确性。

但他最重视的另一个课题——对上帝以及来世的本体论证明，尽

---

① 二十英尺：1英尺等于30.48厘米，二十英尺约合6.09米。
② 意第绪语：属于日耳曼语族，大部分的使用者还是犹太人，而且其中主要是阿肯纳西犹太人在操用此语。
③ 连续统假设：在可列集基数和实数基数之间没别的基数，1874年格奥尔格·康托尔提出此假设。
④ 不完全性定理：哥德尔证明了任何一个形式系统，只要包括了简单的初等数论描述，而且是自洽的，它必定包含某些系统内所允许的方法既不能证明真也不能证伪的命题。

管看上去理由非常充分,却难以令人信服。就爱因斯坦所认可的理论来说,他并不相信上帝,他所认可的统一场理论①是一套解释宇宙构成的完整、精炼、不容置疑的综合体系——尽管他这十几年来也一直在探索,但都只是徒然,而且每个宗教都声称知晓上帝。至于说天堂和地狱,完全是人们的想象罢了,根本没有任何证据可以证明。连哥德尔这样的天才的证明都不尽如人意,还有谁可以呢?

"至于其他的研究嘛,本体论证明……"

噢,又来了,爱因斯坦心想,都怪自己开了这个头。

"……我已经认真思考过你对公理四和公理五中间部分的质疑了,我相信我能够解决的,而且绝不会减弱或者改变它后面内容的效度。

他只用了十四条定理就证明了那条理论,何况他那么聪明,论据中很难找出什么漏洞。但爱因斯坦知道,那些论据的中心论就是错的,为什么?因为他知道神学的出现根本没有任何其他的原因或是特殊的目的。人类凭空捏造出一套神学理论归根结底就是因为,每个人都惧怕黑暗,畏惧最终的消亡,害怕面对一个事实——即人们于巨大、广阔而冷漠的宇宙而言,根本什么也不是。

"但你不能说证明上帝的存在仅仅是为了实现人们的愿望,"哥德尔说,"就像你逝去的朋友弗洛伊德②说的那样——他认为,世间一切无不关乎大脑,那个大脑,我想十之八九不过是他的大脑罢了。"

爱因斯坦毫不害怕或忧惧死亡。他现在已经六十五岁了,而且工作完成得相当出色,这一点是不容置疑的。就像西格蒙德说的那样,

---

① 统一场理论:从相互作用是由场(或场的量子)来传递的观念出发,统一地描述和揭示基本相互作用的共同本质和内在联系的物理理论。
② 西格蒙德·弗洛伊德(1856.5.6~1939.9.23):奥地利精神病医师、心理学家、精神分析学派创始人。他开创了潜意识研究的新领域,促进了动力心理学、人格心理学和变态心理学的发展,奠定了现代医学模式的新基础,为二十世纪西方人文学科提供了重要理论支柱。

爱与事业,是人生中最重要的两样东西。相对于弗洛伊德的科学家身份来说,爱因斯坦更欣赏作为哲学家的他,所撰写的那些文章更富有发人深省的内涵,但内容的严谨性就不那么尽如人意了。

不对,他不畏惧死亡的原因是他接受了这样的事实——在神秘、奇妙且充满未知的宇宙中,他像原子一样渺小,像蜉蝣一般无足轻重。但能够生存在这片浩瀚的宇宙中,并且达到自己能力范围内的成就,已经让他非常满足了。

"我保证,就算你告诉我,我长出了翅膀,"他回答道,"在天宫的宝座下坐着,弹着竖琴,我也能够接受。"爱因斯坦不想再因为哥德尔的证明,和他陷入一场激烈的争辩了。他低着头,凝视着湖岸上到处撒满的金红交织的树叶,此刻他只想陶醉在这美景中——蓬松的白云飘浮在湛蓝的天空中,就像他在阿尔卑斯山喝热巧克力时配的打发奶油似的,清澈冰凉的湖水有节奏地拍打着小船的一侧。闭上眼睛,他仿佛又回到了年轻时候在瑞士度过的那段时光,也是这样一条小船,他的恋人——玛丽·温特勒,一个漂亮的金发女人——依偎在他的怀里。时间是相对的,他已经论证过这个观点了,但即使是他,也无法计算出时间流逝的速度,尤其是在他年事已高之际。他很害怕自己没有办法活到统一场理论完成的那一天。

或是他的这一观点被证明是正确的那一天。

他知道,奥本海默一直对他的观点嗤之以鼻,所有量子力学的同事,比如玻尔[1]、杰弗里·泰勒[2]也都是这样。他总是会想,这一切

---

[1] 尼尔斯·亨利克·戴维·玻尔(1885.10.7~1962.11.18):丹麦物理学家,1922年获得诺贝尔物理学奖。
[2] 杰弗里·泰勒(1886.3.7~1975.6.27):英国物理学家,数学家。他研究的领域是流体动力学与波理论。他的第一篇论文涉及量子力学方面的研究。

多讽刺,他在世纪之交时发表的文章为他们的理论和研究奠定了基础,但这群人扭头却创造了一个依靠他所不认同的随机原则运行的世界。世上一定存在着一种模式——越简单越好——适用于万物,但他很确定,依靠量子物理学是绝对找不出来的。

"这次远足非常愉快,谢谢你,"哥德尔说,"不过我们现在是不是该靠岸了?"

爱因斯坦回过神来,睁开了眼睛,顺着他的朋友库尔特的视线望向远处的地平线,在树林的顶端弥漫着薄薄的一层乌云。新泽西的天气总是阴晴不定,这一点倒和波恩阿尔卑斯山脉一样。

他们的小船俨然要成一个雨水冲击的活靶子了。

他收起主桅上的帆并将船舵转向右侧,再操纵着舵柄将航线重新调整到船屋方向。湖水泼溅到船的一侧,哥德尔迅速地抬起了脚,好像碰到他的不是水而是熔浆似的,保持着双手环膝的姿势坐着。要不是他正愧疚着自己害哥德尔陷入这种境地,爱因斯坦一定会被他这模样逗笑。

转过头,他看见远处的乌云正急速向这儿飘来。在回洛斯阿拉莫斯前,奥本海默曾打过这么一个比方:"一场能终结其他风暴的风暴已经来临,而唯一的问题就是谁能掌控雷电。"奥本海默总是喜欢用这种夸张的语言,"而那,必须是我们。"

当然,爱因斯坦曾经听过这个观点,也赞同了这个观点。作为一个坚定的和平主义者,一个保卫和平的世界组织的发起人,他现在不得不改变自己的一些观点了。战争僵持了太久,暴行也不断累加。起初,海军请求他设计一种地雷用来阻塞日本的海港,他照做了。而现在,他又被要求发明出一种武器,这种武器可能会造成从未见过甚至从未想过的巨大破坏。但正如奥本海默说的,如果德军制造炸弹的势头良好的话,他们别无选择。

"我们夜以继日地工作,"奥本海默在关上书房门的时候告诉他,"但我们还得加快进程,我们必须要比之前更快地解决问题,并快点将它们投入生产。"

"那部署呢?"他几乎脱口而出。

奥本海默从上衣口袋里摸出一盒香烟,点燃第一根后说道:"如果真的走到那一步的话。"

如果真的走到那一步的话。

如果爱因斯坦相信神灵能够听见人们的祈求的话,他一定会当场跪下并祈祷。

如果真的走到那一步的话。

这样简单的几个词竟暗含了一场巨大的毁灭。人们可能会这么想,这个世界早已见证过人类许多荒唐的悲剧了,比如第一次世界大战中的索姆河会战①,五十几万人的牺牲,仅仅为了六平方公里的土地。

"不能再快点吗?"哥德尔问。风越来越大了,浪潮冲击着船的一侧,哥德尔浑身都湿透了,他那小小的圆框眼镜的镜片也已经浸满了水。尽管爱因斯坦已经看见旗杆上飘扬的橙黑相间的国旗了,但那船屋离他们还有四分之一英里②呢。

"除非你想要翻船,否则我们不能加速。"爱因斯坦回道。

"不,不想,"哥德尔立刻改口,"就按现在的速度行驶吧。"他又紧张地瞥了一眼即将来临的风暴。

---

① 索姆河战役:第一次世界大战中规模最大的一次会战,时间发生在1916年6月24日到11月18日间,英、法两国联军为突破德军防御并将其击退到法德边境,于是在位于法国北方的索姆河区域实施作战。双方伤亡共计一百三十万人,是一战中最惨烈的阵地战,也是人类历史上第一次把坦克投入实战中。

② 英里:1英里等于1.609千米。

白云已经向着东边逃跑了,取而代之的则是一大团雷暴云砧像一辆坦克一样缓缓而来。爱因斯坦不想表现得太忧虑,小船已经进了许多水了,风刮得船歪向了一侧,歪斜的角度比他想象的要危险得多。

最重要的是他可不希望闪电来的时候,他们还在湖上漂着,并且还是在这么一艘孤零零的只有一根桅杆的小船上。大学的赛艇队教练已经警告过他,Tinef 在船屋建成的第一天就在这里了。

"新泽西的风暴就像是一场骚动,你预见不到它们的到来,但相信我,它们能够看见你。"

现在他知道那教练的意思了——这风暴确实像魔术一样凭空变了出来,而且一直恶意地追着他跑。

"有什么需要我帮忙的吗?"风中依稀听到哥德尔问了这么一句话。

"没有,你是一名合格的大副,"爱因斯坦极尽所能地安慰道,"只是不要跳下去游泳就好了。"

哥德尔勉强挤出了一丝微笑。

"一会儿你就可以和阿黛尔团聚了,"教授说,"她会继续帮你尝菜的。"一般来说,他不会用哥德尔的怪癖开玩笑,但这个时候他实在想不到还有什么可以分散他的注意力了。

哥德尔自然地接过话茬,"她今晚烧鱼,整个房子都一股鱼腥味。"

"什么鱼?"

"我没注意。"

第一滴雨落在了湖面上,泛起了层层涟漪,狂风吹得两岸的树木弯了腰,树叶纷纷飘落在了湖面上。

爱因斯坦不由地勒紧了主帆索,船猛地转向了船屋的木头码头,接着他把桨倒着绑在了船上。"抓紧了,"他说。从哥德尔泛白的指节来看,他已经抓得不能再紧了。

在风和浪的助力下,船飞快地驶过剩下的距离,终于艰难地抵达了码头,尽管中途差点错过了它。

"抓住码头的绳子,把船拴住。"爱因斯坦刚说完,哥德尔就已经开始做了。教授拆下帆并把它收起来的时候,库尔特把船拴到了码头上,接着倾身,伸出自己冰冷而颤抖的双手扶着爱因斯坦走下船尾。大雨倾盆而下,他们从码头回来的半路就已经被淋透了。天空闪过一道"z"形闪电,几秒后便听到了雷声,如大炮轰鸣一般。爱因斯坦浑身都湿透了,蹒跚地——噢,他还记得夏天的时候,他和一个伯尔尼专利局的朋友一起徒步旅行,那时候的他步态还很轻盈呢——跟着哥德尔走进了船屋。两个人像两只小狗一样抖动着身体。

房间里温暖而干燥,还有古老的雪松的清香和新鲜蜂蜡的味道。在一处敞开的柜子里摆放着一副望远镜,一把发令枪,一个急救箱,谢天谢地,还有一叠干毯子。

爱因斯坦扔给了哥德尔一条,他当然没接住,从地上捡起毛巾,裹住了自己颤栗的肩膀。

"你看起来就像一只落了水的腊肠狗。"爱因斯坦打趣道。

"那你就是一只湿透了的牧羊犬。"

他们都笑出了声,雨水也敲打起了房间的窗户。突然一阵世界末日般的响雷击中了屋顶,就像是重重的一拳落在了上面。橡木上的尘土被震得飘在了空中,脚下的地板也发出了嘎吱嘎吱的声响,他们也同时陷入了沉默——就像这些天整个世界所准备的一样——等待着另一场毁灭性的风暴的来临。

第十五章

今天刚开始还是晴空万里、风和日丽的样子，但这小阳春天气只持续到了中午就骤然停止了，秋天来得气势汹汹。萧瑟的秋风呼啸着，卢卡斯正准备离开莫色尔街道上的住所，却被身后的卡普托太太叫住，"别忘了带伞，广播说今天还会有一场暴风雨的。"

这广播真是一如既往的准。

学校的草坪已经积满了雨水，走道上到处都是水洼，还有几堆湿透了的枯枝败叶。因为学生们的鞋子和雨靴带水的缘故，艺术博物馆阶梯教室的地板有些打滑。卢卡斯在走上讲台的时候差点摔倒，教室里免疫力差一些的学生都已经迎来了这个季节的第一场感冒，他领着学生们在画廊里四处转悠，欣赏那些雕塑和瓮罐，整个画廊都回荡着他们的鞋子踩在地面上发出的嘎吱声响，还伴着鼻鼾声、咳嗽声和用手帕擤鼻涕的声音。

然而到目前为止，卢卡斯还没有被传染病所影响，主要原因是他大部分时间都是一个人，要么就和那棺材待在一起，与世隔绝；要么就是在学校的图书馆里消化他搜集的那些资料。

但想要搞清楚这个棺材的意义是一个艰难的任务。他做了很多笔记，看了很多的相片和拓片，但他还是和从前一样，对这个石棺准确的源头和这棺材主人的身份一无所知。一般来说一个棺材上不会刻太多的标记，而且所刻的标记都遵从同一个原则——死者姓名，也许会加上他生前的职业，或者是用一两个词说明他与某个知名人士或家庭成员的关系。"约翰，约瑟夫的儿子，商人。"而且无论是阿拉伯语、希腊语、拉丁语还是希伯来语，上面刻的文字只有一种。

但这个石棺不是。

这上面镌刻的各种语言的铭文已经有些模糊了，但看上去像是某个委员会刻的，也可能是出自某个想要用一切办法警告别人的人之手。除了那些可能是科普特①石匠雕刻的字符以外，那上面还刻了些字母，尽管有些磨损，但他依稀可以辨认出那些字母是出自《旧约》和《新约》。

假设他没有看错的话，按照古希腊的文字来说，这棺材似乎有一些军事意义："永恒的胜者，被征服的敌人。"难道这棺材中装的尸骨属于互为对手的两个人？这可能是首个先例，也就说得通为什么德国人对它这么感兴趣了。但已经没有了猜测的时间，现在需要的就是答案，就在今天早晨他收到了战略情报局麦克米伦上校寄来的一封措辞强硬的电报。

"信息和研究结果必须尽快递交，"电报中是这么写的，"不要传送过来，我们会派遣情报员去收取手写的报告，我们希望尽快得到研究结果。"

这个有些特别的石棺为什么会对军事指挥处而言这么重要？尽管

---

① 科普特：泛指埃及和所有埃及人，大多信奉基督教雅各派科普特支派，少数人信仰基督教麦勒卡派或犹太教。

卢卡斯对这一点依旧非常困惑,但他在军队里待过的经验告诉他不能轻视那封电报。到目前为止,他还是希望能够在彻底地检查并评估过石棺外的标记、尺寸和外观后,再锯开固定住石棺盖子的链条。正如任何一个艺术史学家或考古学家都知道的,一旦你采取了什么特别的行动,再想扭转它以及它所造成的后果就完全不可能了。他最近听说了一个理论,叫海森堡测不准原理[①],就阐述了这样的事实——至少在亚原子水平上,观察某样事物的行为恰恰改变了被观察事物的位置与正常秩序。正是因为这样的逻辑,他才希望能够把基础资料收集齐整后再打开盒子。这期间只有一个例外,就是他允许德兰尼切下一部分石头来完成他的分析研究。

也许他拖了这么久的原因根本不止那些。也许他的一部分情绪是害怕与这石棺发生任何接触的,而且这部分情绪占的比重可能比他承认的还大得多。

下课后,同学们一哄而散,其中一半大概都回到病床上去了。他也离开了博物馆,穿过校园走向盖特馆,德兰尼的地球物理学实验室就在那里,他应该已经在物理成分和石头的起源研究上取得一定进展了。有了这些信息,卢卡斯暂时可以应付战略情报局了。

盖特馆是一座阴郁的灰色哥特式建筑,学校里很多建筑都是这样的风格,自 1879 年起这座建筑的主楼就变成了学校的自然历史博物馆。在这具有阴森外表的主楼之外,还装饰着两百多个具有滴水嘴功能的小雕像,都是那些已经灭绝或现存的动物模样,这些都是格

[①] 海森堡测不准原理:由海森堡于 1927 年提出。这个理论是说,你不可能同时知道一个粒子的位置和它的速度,粒子位置的不确定性,必然大于或等于普朗克斯常数除于 4π,这表明微观世界的粒子行为与宏观物质很不一样。此外,不确定原理也涉及很多深刻的哲学问题。

曾·鲍格勒姆[①]的作品，就是那个因拉什莫尔山的雕刻而声名大噪的雕刻家。走进大厅，仿佛来到了寓言故事的世界，受到两旁动物们的夹道欢迎。

走进里面，感觉就愈加奇怪了。昏暗的展示柜中陈列着地质学、生物学和人类学样本，这些都是普林斯顿的科学探险队从世界各地——比如美国西南部干旱的沙漠到巴塔哥尼亚[②]狂风四起的峭壁——搜集而来的。有一些柜中摆放着切开的水晶石，还有的则放置着剑齿虎和中新马[③]的骨架，其中最特别的一个柜子中保存着一只正在吞食鲱鱼的始新世[④]鲈鱼。但截至目前，展览中最受欢迎——尤其最受市里那些免费参观的小孩欢迎的是——凯斯内斯郡人，它是在苏格兰的一处泥沼中发现的，后被温德尔·沃克捐赠给学校收藏的，沃克是普林斯顿1904届致词的毕业生代表，闲暇时他是一名业余的探险家。

凯斯内斯郡人其实是一具尸体，保存完好，还带着舒适的皮帽，穿着花边马裤。它的名字来源于发现它的一处酸性泥炭沼泽所在的位置，正因为置于沼泽中，这具尸体得以石化并完好地保存至今。尽管并不清楚他犯了什么罪，但他显然遭受了刑罚：他的脑壳被打伤了，还被绑在一根木桩上活活勒死，最后为了保险起见，还割开了他的喉咙。

"这种将人杀死三次的方法，"柜内的饰板上解释道，"是一种宗

---

① 格曾·鲍格勒姆：丹麦裔美国人，著名艺术家和雕刻家，创造了不朽南达科塔州拉什莫尔山的总统雕刻。
② 巴塔哥尼亚：主要位于阿根廷境内，小部分属于智利。几乎包括阿根廷本土南部的所有土地，面积约673,000平方公里，由广阔的草原和沙漠组成，从南纬37°伸展到南纬51°。
③ 中新马：又名中马或细马，是一属史前的马。它们生存于始新世晚期至渐新世早期的北美洲。
④ 始新世：第三纪的第二个世。始新世是地质时代中古近纪的第二个主要分期，大约开始于5780万年前，终于3660万年前，介于古新世与渐新世之间。

120　爱因斯坦的预言

教的死刑仪式。一般都是通过这种手段来宽恕一个人所犯下的恶行，或是作为对异教徒背叛行为的刑罚。"那根木桩可能是自己倒下的，也或许是被撞到泥潭里去的。如今在这座高高的展示柜中，底部的灯照射着，伤痕累累的凯斯内斯郡人又重新站了起来，但始终无法与背后那根木桩分离，因为和尸体一样，那木桩也早已石化了。他的血肉呈现出桃木的褐色，和木头相比竟毫无异处；而且他皮肤的每个细纹、紧闭的双眼上的每根睫毛、他枯瘦的下巴上的每根胡茬和凸出的双颊都被完美地保存下来。他看上去就像会在某个时刻突然醒来，睁开双眼，发出一些含糊地叫喊声。

"没想到你会来这里，"楼下礼堂里传来一阵声音，"一般来这里参观的都是一群刚放学的初中小孩。"

他转过头，看见安迪·勃兰特正站在自动饮水机旁仰着头看向这里。

"大多数时候，他们会打赌谁敢碰这玻璃，"勃兰特说，"这时我就会走过去警告他们如果把玻璃敲碎了，凯斯内斯郡人会跑出来抓住他们。"

"有用吗？"

"大概只会奏效五分钟。"

这句话一定刚刚才提过，因为卢卡斯可以看到展示柜上还留着几个脏脏的手印。

"你怎么来这里了？"安迪还是和往常一样爱管闲事。

"来找德兰尼教授的，"卢卡斯说，"他在楼上实验室里吗？"

"一起去看看吧。"安迪提议，自顾自地走向楼梯。但卢卡斯拒绝道，"没关系，我自己去就行了。"

"我得活动一下，"勃兰特一步跨上两个台阶说道，"我整天都闷在屋子里。"

对于一个因为心杂音被免除兵役的人来说,他当然可以从容自若地爬楼梯了。

本来卢卡斯不想有人打扰。毕竟他和德兰尼要讨论的是很隐私的事情。然而,正当他想到这一点时,勃兰特已经打开了矿物学与地球物理学系的大门并问道:"有人在吗?"

让卢卡斯讶异的是,里面传来不止一个人的声音,并且他们的声音里充满着厌烦的情绪。他听见德兰尼的声音:"我难道没警告过你不许出现在这里吗?"还有一个女人的声音:"哪位?"

这女人还带着英国口音。

他看见德兰尼和西蒙·拉希德都在里面,面对面地站在柜台的两边。

卢卡斯愣住了,西蒙看上去也有些不知所措。在他开口问西蒙出现在这里的原因之前,德兰尼把安迪推出了门还警告道:"以后这实验室就是你的禁区!"说完便关上了他身后的门,还搓了搓手,好像在说"终于摆脱那个坏家伙了"。接着他指着西蒙说道:"我猜你们俩已经见过面了。"

"很高兴再次见到您。"她冷冷地说道。

"你在这里干吗呢?"

"我猜你还没有听说,"德兰尼说,"拉希德小姐收到了中东研究系的访问邀请。"

"我都不知道原来他们还在招人。"

德兰尼挑了下眉毛故意加重语气说道:"他们是不招人,但麦克米伦上校一个电话就让她变成例外了。"

卢卡斯还是一头雾水。"所以,"他悄悄地问德兰尼,"她知道那个项目了吗？"

"我能听见您说的话，"她插了一句，"我当然知道。当埃及政府部门——哦，我忘了说，埃及也是同盟国一员呢——表现了对这个项目的兴趣后，一切就水到渠成了。"

"我们已经完成一部分了，"德兰尼说，"正准备打电话给你呢。"

在卢卡斯坐在凳子上准备歇口气的时候，德兰尼继续解释着他的研究结果，从他在棺材底部切割下来的那一小块薄片来看，他可以确定这个雪花石棺是所谓的某种东方品种，"它是方解石的一种，比你在欧洲所看到的所有石膏都要硬一些，你看。"德兰尼从抽屉里拿出那块石片放在柜台上，再用滴管蘸取一种透明的液体滴在了上面，石片上瞬间冒出了许多细微的泡泡，而后又很快消失了。"是盐酸的反应，如果是质地软一些的雪花石是不会冒泡的。"

"这种石膏一般是古埃及人用来制作卡诺匹斯罐[①]的，"西蒙继续说道，"尤其是用来存放法老重要器官的那些罐子。"

"你的意思是我们研究的骨罐是某个法老的？"卢卡斯问。

"不，"西蒙回道。"根本不是的。"尽管听上去她对那棺材的了解远远不止这些，但这时德兰尼却接过了话。

"这种特殊的雪花石只有埃及和叙利亚的某些地方有。"

"贝达的撒哈拉沙漠那里，"西蒙说，"或是白沙漠那块。"

"大概三千年前就有了。"

"我现在就可以告诉你，"卢卡斯很高兴终于有个地方是自己可以出一分力的了，"那个骨罐的历史应该不超过两千年，离现在大概一个世纪左右或者不到两个世纪。"

[①] 卡诺匹斯罐：是古埃及人制作木乃伊时用作保存内脏，以供来世使用的器具。

"你怎么知道的?"德兰尼吃惊地问。

"它盖子上的拉丁文告诉我的,其中一部分文字是来自于《圣经》中的一个篇章。"

"很好,那正是你的专长。"德兰尼不得不承认。

"其他的那些标记呢?"西蒙已经俨然一副共事者的样子了,"对于那些标记,你有什么进展吗?"

尽管她已经完全适应了,但卢卡斯依旧很难接受她的到来。这个项目分配到他手中时可是严格保密的,因此他犹豫着,不知道该不该坦白自己的研究进程,"我还在研究它们。"

"也许我可以帮忙。"

德兰尼点了点头表示鼓励,但卢卡斯依旧选择了无视。

"我们真的得去那个存放石棺的房间看看了,"西蒙说,"我们对德兰尼教授现有的东西已经研究得够彻底了。"

"叫我帕特里克。"德兰尼插了句,西蒙微笑了一下。"但我想她是对的,"他盯着卢卡斯又加了一句,"我们可以先把这些地质数据发送给哥伦比亚特区,不过麦克米伦上校很快又会不满足的。"

德兰尼继续说:"毕竟他真正想知道的是这石棺里面究竟是什么。"

"难道你不想吗?"西蒙问。

"我们不打开它,就没办法用放射性同位素探测法来探测这骨头的年代,"德兰尼抱怨道,"如果我再不快点测出结果,他们恐怕要削减对我的资金支持了。"

卢卡斯感觉自己置身于一片炮火之中。

"那个石盒必须要打开。"德兰尼作了个总结。

"那什么时候呢?"西蒙问,"现在我有权利去看了。"

"好,好,好,"卢卡斯放弃了,"我们来打开它。"

"什么时候？"西蒙依旧穷追不舍。

"今晚，博物馆闭馆以后。"

接着，以免今晚发生意外，他让德兰尼把报告写了下来，并拷贝了一份塞在书房门下，接着便转身离开了屋子。他知道打开石棺是一件不可避免的事情，但现在离他真正去做就剩下几个小时了，有一种冰冷而麻木的感觉爬上了他的手臂。虽然这件事必须完成，但他一点也不想去做。

天哪，安迪·勃兰特就站在走廊上，还假装在研究矿物学和地球物理学系的公告板上的一只飞虫。卢卡斯心想，他到底偷听到了多少？

"请问，和德兰尼教授在一起的那个美女是谁？"安迪八卦道。

"你不需要知道，"卢卡斯下楼梯时甩给他这么一句话，因为只有一只眼睛的缘故，他不得不用一只手扶着栏杆。走到凯斯内斯郡人的展览柜旁，他看见那里站着三个捧着笔记本的初中小孩。勃兰特之前说的果然是真的，最小的一个小孩正向着玻璃伸出颤抖的小手，另一个小孩则在旁边怂恿着他："摸一下！我赌你不敢！摸一下！"

那个男孩照做了，然后夺门而出，一边尖叫一边甩着手臂，就像他刚刚捅了一个马蜂窝似的。卢卡斯完全理解这种心情。

第十六章

　　拉希德博士刚从大学图书馆里走出来，就刮来一阵湿冷的风，地上有一片水坑。他把围巾裹住了刺痛的嗓子，还立起大衣的领子，但他还是剧烈地咳了起来。咳嗽终于停了下来后，他小心翼翼地迈上铺满落叶的走道，每走一步都要先用乌木拐杖试探一下路况。虽然有拐杖，他仍然非常疲惫，在走过学校那座巨大且阴郁的盖特馆时，他还是被冻得够呛。突然一滴雨落在了他肩膀上，于是他走上台阶，躲进那扇巨大的门内。

　　他几天前就来过这里，还注意到了里面奇怪的装饰——基督的身边围绕着四只野兽，就像《启示录》[1]中描述的那样。狮子、公牛、老鹰和一个长着翅膀的人，每一个生物都代表着一个福音[2]，而且它们的形态就像是刻意为了让人想到沙特尔大教堂[3]西侧的半圆形装

---

　　[1]《启示录》：《圣经》新约的其中一卷书，本卷书共 22 章。记载了使徒约翰在拔摩海岛上看到的异象。
　　[2] 福音：基督教用语，指有益于众人的好消息。
　　[3] 沙特尔大教堂：全称沙特尔圣母大教堂，坐落在法国厄尔-卢瓦尔省省会沙特尔市的山丘上。是法国著名的天主教堂，与兰斯大教堂、亚眠大教堂和博韦大教堂并列为法国四大哥特式教堂。

饰墙。

走到前厅,他又惊讶地注意到一扇展现医疗场景的彩色玻璃窗,上面绘有一名叫拉齐[①]的波斯医师的画像。事实上,这里的教堂玻璃窗,把对圣经场景、神学主题的崇奉和对科学与哲学的敬畏充分融合。他再没见过其他任何地方的教会像这里一样,同时向康德[②]、斯宾诺莎[③]、托勒密[④]、笛卡尔[⑤]和路易·巴斯德[⑥]表达敬意。

教堂幽长的中殿就这样延伸到他的眼前,偌大的教堂内部除他以外竟只有一个人在里面。和拉希德一样,这个人也是为了躲避外面恶劣的天气,找了一处僻静的座位坐着,弓着身子思考着什么。拉希德便在走道的另一侧坐了下来,还和他隔了几排,这样一来,他们都不会打扰到彼此了。

傍晚微弱的光线洒在他头顶蓝紫色的窗户上,显现出一幅手持卷轴的基督画像,在基督的下方还有一行用希腊语写的题词:"谁有资格展开这份卷轴?"

是谁呢?拉希德心里想着,掏出手帕轻轻地擦了擦鼻子。

来到普林斯顿以后,他就一直在研究那些在圣安东尼的洞穴中找到的古本残篇。隆美尔将军的手下掠走了那石棺,但他们压根不知道

[①] 拉齐(864~924):波斯哲学家,医学家,物理学家。
[②] 伊曼努尔·康德(1724.4.22~1804.2.12):德国作家、哲学家,德国古典哲学创始人,其学说深深影响近代西方哲学,并开启了德国古典哲学和康德主义等诸多流派。
[③] 巴鲁赫·德·斯宾诺莎(1632.11.24~1677.2.21):犹太裔荷兰籍哲学家。近代西方哲学公认的三大理性主义者之一,与笛卡尔和莱布尼茨齐名。
[④] 克罗狄斯·托勒密(约90~168):古希腊天文学家、地理学家、占星学家和光学家。
[⑤] 勒内·笛卡尔(1596.3.31~1650.2.11):法国著名的哲学家、物理学家、数学家、神学家。对现代数学的发展做出了重要的贡献,因为几何坐标系公式化而被认为是解析几何之父。他与英国哲学家弗兰西斯·培根一同开启了近代西方哲学的"认识论"转向。
[⑥] 路易·巴斯德(1822~1895):法国微生物学家、化学家。他研究了微生物的类型、习性、营养、繁殖、作用等,把微生物的研究从主要研究微生物的形态转移到研究微生物的生理途径上来,从而奠定了工业微生物学和医学微生物学的基础,并开创了微生物生理学。

那些罐子里到底装了些什么。在他女儿的帮助下,他得以完好无损地带着那些文物逃离。尽管在旅途中它们因为被杂乱地塞在行李箱里而受到了些许影响,但如今他在图书馆里找到了一间私人阅览室,可以专门用来摆放那些文物。图书馆提供了许多罕见而且有用的资料:早期的普林斯顿校长都是教士或是见解深刻的神学家和教长,比如狄金森、埃德华兹和威瑟斯彭,他们身故后所著的书和文章都被捐赠给了普林斯顿。因此在某种程度上,他想不到比这里更适合他,或者对他更有利的其他环境了。

要是他的发现也能这么令人欣慰该多好。

多亏他女儿的足智多谋,他得以在图书馆中安顿下来,过了一段平静的生活。一直以来他所收集的资料都只是在徒增他的害怕与怀疑。许多古本中都提及了同一个时间段——大概是基督死后三千年左右,正是那段时间,野蛮的罗马国王戴克里先开始施行人所共知的大迫害;也正是那段时间,出现了大量著名的故事,比如基督徒死于竞技场的恶兽爪下、圣徒被慢火烧死、信徒被钉死在道路两旁的十字架上。在一次凯旋途中,戴克里先经过了埃及,在亚历山大港,他拆毁了所有的基督教堂,并且焚毁了上千卷宗教典籍。而那些不愿放弃当时被贴上"反叛"标签的新教信仰的人们则被匕首剜去右眼,挑去左脚的脚腱,最后沦为奴隶,运往铜矿山等死。在一卷资料,拉希德认为可能是辩论家尤西比乌斯[①]的作品中,这样写道:"在这一场冲突中,那些牺牲的基督徒先驱照亮了整个世界,……同时也通过他们的英勇证实了救世主的神圣存在以及他无以比拟的力量。"

---

① 尤西比乌斯(约260~340):基督教史学的奠基人,生于巴勒斯坦,著有《编年史》《基督教会史》和《君士坦丁传》等,影响很大。他被称为"教会史"之父和拜占庭的第一位历史学家。

那些放弃信仰的基督徒则被要求通过动物祭祀来表明诚心,于是埃及的天空很快便被焚烧猪、牛、羊的浓烟所笼罩。

但历史书上从来没有提及过一点,就是戴克里先为什么会在公元304年突然撤退。大多数史学家都认为与罗马元老院①不断的政治斗争有关——他的对手伽列里乌斯②一直不安宁,无疑是想要夺过统治权,因此戴克里先不得不赶回去重新掌控大权。但这个理论很快就出现了矛盾,因为戴克里先在赶回去后立刻就下台了。

拉希德觉得其中肯定还有其他什么原因。

一份特别的文献让他脖颈的汗毛竖了起来,不仅仅是因为里面所记述的内容。

这份第一手资料的文字潦草而杂乱,像是圣安东尼亲笔所写。光是想到自己手中这份破破烂烂的羊皮纸可能是隐士独自一人在荒凉的洞穴中呕心沥血所著,拉希德博士的双手就不由地颤抖了起来。

"当国王来到这片荒漠,"里面写着,"后面跟着他的骆驼队和战车,还有一群将士和奴隶,适时刮起了一阵沙尘暴,让他们什么都看不见了。"

他依靠着放大镜、高瓦数的灯和娴熟的拼图技巧,终于在几个小时以后辨识出了这段文字并把它们按正确的顺序排好。接下来就是阅读这些褪了色的文字了。

"当他来到圣地,我便勇敢地走出洞穴,举着我的T形十字架,就是一根牧羊人的手杖带着一根弯曲的铁质手柄。突然一股正义的力

---

① 罗马元老院:一个审议的团体,在罗马共和国与罗马帝国的政府中扮演着极其重要的角色。
② 盖乌斯·伽列里乌斯·瓦列里乌斯·马克西米安努斯:罗马帝国皇帝,公元305年—311年在位。被戴克里先提拔为恺撒和奥古斯都,是四帝共治制的坚决维护者。在他统治期间,罗马帝国陷入皇帝之间的内战。

量升腾在我心底，我猛地敲击了一下地面，他们脚下的地面就裂开了，许多人都跌入了那道万丈深渊中。"

这让拉希德不由得想到了红海的分离。

"那深渊中蹦出了一群魔鬼，一只蝇王在前面带着头，我想用手杖击中它，但却被那群魔鬼一把夺了过去。我们搏斗了一整个夜晚，绝望成了我最大的敌人。"

拉希德敢断定，这正是圣安东尼徒手与魔鬼搏斗的故事起源。

"当黎明终于升起时，魔鬼抓起我的手杖准备攻击，同时我也抓住了它。我呼喊上帝给我力量，接着天上降下的一团火，那恶魔便立刻败下阵来。接着我奉主的名义擒住了那只恶魔，并俘虏了它。"

怎么俘虏？拉希德困惑道。你要怎么囚禁这只恶魔？之后你又要对它做什么呢？

"看到他们大势已去，罗马军队落荒而逃。身后一道巨大的火柱相随，就像空中烧得炽热的一团云中飘洒着火红色的玫瑰花瓣。"

戴克里先突然的撤离会不会与他在撒哈拉的这段经历有关？他是不是被他所见到的吓到了——那群发誓效忠于他的魔鬼同盟，被一个手持曲柄牧羊棍的隐士打败，军队中大量的将士都因为他们身后的火焰漩涡而丧生，他是不是因此动摇了？当然，这一切足以让任何一个毫不悔改的人反思自己的所作所为，即使是残忍如戴克里先也不例外。拉希德心里想，这会不会就是他心甘情愿地移交统治权的原因？他是不是害怕，那手杖接下来会在他身上发动一些难以预料的恐怖力量？还是说他害怕的是——圣人在洞穴深处囚禁的那个邪恶且变化莫测的恶灵？

他突然感觉喉咙痒痒的，咳了一声后便一发不可收拾起来。他立刻用手帕捂住自己的嘴，但咳嗽声依旧在巨大房间周围的石壁间回荡着。他最不想发生的事就是生病,他有太多的工作要完成——那些有着极为重大意义的工作——他根本没有时间可以浪费,更何况他都已经到这里了。

但咳嗽还是没办法停下来,他弯下腰想缓解一下,却不小心碰掉了挂在前面椅背上的拐杖。他刚弯下腰准备捡拐杖时,便听见一个声音,带着些许德国口音,说道:"抱歉,希望没有打扰到您。"

转过身,他看见教堂里的另一个人正坐在他后面的座椅上。凌乱的白发、浓密的胡须,这张脸谁都不会认错。

"希望没有打扰,"他又重复了一遍,"但我想这个可能对您有点用。"说着便递来一小包史密斯兄弟牌的止咳糖。

"谢谢。"拉希德谢过后打开包装拿出一小颗。

在拉希德把糖含在舌头底下前,他问道:"不过您是……"

那个人不好意思地接过他的话。"是的。"他又问了一句,"那您呢?也是这个大学里的教授吗?"

"某种意义上说是,"拉希德立刻抓住机会作了个自我介绍,"我在这儿的这段时间,他们允许我使用这里的设备。"

"这里的设备很先进,但是天气……"爱因斯坦说着说着声音就弱了下去,最后自己笑了起来。

拉希德吞下糖后,喉咙很快就舒服了一些。当爱因斯坦询问他研究的课题时,他简单地回答道:"一些基督教早期的文献。我现在在研究学校里收藏的那些古董文物。"

"啊,我对这些也很感兴趣呢。"

"是吗?但你甚至都不信基督教啊。"

爱因斯坦摆了摆手,"我幼时上的就是天主教学校,宗教故事和其中的哲理都让我心生敬畏。"

"那您是信徒吗?"

"不,不能那么说,我并不是。但经常有人要求我对上帝作出解释,好像物理学不光能揭示自然规律,还能揭示他们背后的神圣意旨似的。"

"那他们问这些问题的时候,你通常怎么回答呢?"

"不管我怎么回答,"他无奈地耸了耸肩,"它的意思都会被曲解。我被称为无神论者,这点在这个国家是非常危险的一件事。除此以外,我还被称作不可知论[①]者、泛神论[②]者,有些时候我甚至还会收到一些称我为拉比[③]的信件。"

"那么你是否相信一个唯一且统一的神,一个永远站在邪恶力量的对立面的善良力量呢?"圣安东尼的那句话——"我征服了魔鬼,并奉主之名囚禁了他们。"依然萦绕在他的脑畔。

"不,我对统一的研究还没有延伸那么远,"他露出一丝微笑,"我相信自然的力量——即我们周围所能感受到的所有力量——都遵循着某种潜在的统一和秩序。我准备用剩下的时间去探寻它——统一场理论,某种能够解释宇宙万物是如何组织起来并处于如今的位置的理论。"

"按你的逻辑来看,宇宙就像一个图书馆,每本书都在自己的书架上,等待着被翻阅。"

---

① 不可知论:与可知论相对,为一种哲学的认识论,除了感觉或现象之外,世界本身是无法认识的。它否认客观规律,排除社会实践的作用,可世界是客观统一的,未经实践即进行先验判断即自我否定。

② 泛神论:指把神和整个宇宙或自然视为同一的哲学理论。泛神论是东方最古老的思维,其认为神就是万物的本体,"自然法则"是神的化身,这是宗教信仰种类之一,谓宇宙间只有一个长住不变,自有永有,绝对永恒的"本质"。

③ 拉比:是犹太人中的一个特别阶层,是老师也是智者的象征,指接受过正规犹太教教育,系统学习过《塔纳赫》《塔木德》等犹太教经典,担任犹太人社团或犹太教教会精神领袖或在犹太经学院中传授犹太教教义者,主要为有学问的学者。

爱因斯坦笑了笑，说道："这个形容蛮恰当的，不过在那个图书馆里，我们还是一群小孩。我们看向四周，发现有上千本图书放置在上千个书架上。我们知道它们一定是由某个人或某样东西所著并摆放在了那里，但我们不知道那人或那物是什么。一切事物都遵循着一个秩序，我们所知道的只有这么多，而且已经是全部了。剩下的一切都是一个谜，尽管很迷人，但它仍旧只是个谜。"

不远处，纳索堂的圆顶塔响起了钟声。

"啊，我得走了，"爱因斯坦边说边支撑着椅背站了起来，"和你聊了这么久，如果打扰到你，我真的很抱歉。"

"一点都不，这很有趣。"

"啊，但正是这次谈话让我有些困扰，"教授笑着说，"我很羡慕你的工作。"

拉希德心想，他要是知道，自己的工作与许多类似的问题有着直接的联系该多好。爱因斯坦的工作是推动知识向前发展，希望学到更多的东西；而拉希德的工作则是研究过去，希望收集那些遗憾的、被人们忘记的历史。他感觉到一阵寒意向他袭来。他从西蒙那里得知对石棺的物理检查已经取得了一些进展。如果他们采取一些轻率的举动会发生什么，古本中暗示的那些秘密会成真吗？他迫切地希望能在那些可怕的威胁不知不觉降临前，解开它的谜题。

当爱因斯坦踏上走道时，拉希德突然想和他一起离开，但重新考虑了一番后又决定不这样做了。他不想打扰他太久，"你确定不想要这些了吗？"他说着举起手中的止咳糖。

"你的礼物。"

仿佛是为了证实爱因斯坦在他心目中的印象——一只脚行走在物

质世界，另一只脚则踏置于未知世界中——拉希德不由自主地注意到，教授在幽暗的中殿逐渐走远，从光束下没入了一片阴影中，而且即便是在今天这么寒冷潮湿的日子里，他也没有穿袜子。难怪他会随身带着止咳糖。

第十七章

听到一阵轻柔的敲门声,卢卡斯说道:"请进。"他多希望进来的是一个迟交论文的学生,即使是那么短暂的打扰对他来说也是求之不得。随着开石棺时间的临近,他的脑子也逐渐被这些事情占据。他本来应该在储藏室的,对密封的石棺进行最后一次检查并编写他这最后一刻的报告。

但开门进来的并不是学生,取而代之的是一个年轻丰满的女人,穿了一件粉色的服务员制服,外面套了一件布大衣。

"抱歉,不过您是安森教授吗?"她问道,好像她想象中的安森教授并不是这个样子。

"是的。"

"我叫波莉·格雷格,沃利的女儿。您方便和我聊一会儿吗?"

抑制住让她另寻合适时间的想法,卢卡斯迎她进门并邀请她坐在他杂乱的书桌对面的椅子上。他从椅子上拿起道兹校长发来的邀请函,所有的青年教师都收到了,那上面明确地建议他们参加橄榄球赛的开幕式"作为对学校的支持"。卢卡斯祈祷波莉并不是来通知那可怜人的死讯的,他的双手与良心上都已经背负了太多的血债了。

"我的父亲和我提起过您,他说您是战争中的英雄。"

"不敢当,"卢卡斯关心道,"您的父亲怎么样了?"

波莉盯着自己的膝盖回答道:"不怎么样,一点也不好,我也不知道该怎么办了。我甚至都不清楚他那天为什么工作到那么晚,为什么是他?为什么会发生这样的事?"这一切都来得太快了,当她再次抬起头,她的眼睛中噙满了泪水,"他打电话给我叫我不用等他的时候,还说了他觉得毛骨悚然。我父亲一直在博物馆里工作,他怎么会感觉毛骨悚然呢?"

卢卡斯感觉到他那颗玻璃眼珠周围传来一阵刺骨的寒意,尽管他在那石棺周围的时候也觉得毛骨悚然,但他此刻能做的也只是摇摇头。

"有一次我经过医院,"卢卡斯说,"想要进去看看他,但他们禁止亲属以外的人探视。"

波莉看上去非常迷茫且无助。"这太糟糕了,"她的声音逐渐弱了下去,"医生跟我说的话我一个字也听不懂,他好像在用空话搪塞我。"

"我觉得不是。"

"我觉得他是,"说着从外套口袋里掏出一团面巾纸,"我只是一个服务员,而我的父亲也不过是一个清洁工,所以我们大概是很愚蠢的,是吗?"她斜过身,想把面纸丢进他桌子后面的垃圾桶,接着大概是想到这个做法不太礼貌,于是又把它们塞回口袋里。"我父亲酗酒,这一点我必须承认,但他从未做过打我之类的事情。只是在我母亲去世以后,他常常会哭,有时还会忘记往冰箱里放食物,但他已经尽力了。"她抬起头望向卢卡斯,"而且,我不想他死。"

"要不我和你一起去吧?"卢卡斯站着提议道,"去医院,现在。"

他得赶在开棺材前的时间里做些事情，也许就是这件事吧。在脑海中盘算了一下，再赶回博物馆也来得及。"我也许可以帮忙，"他从门后的钉子上取下外套，挽着波莉的手肘，带着她离开了这栋楼。她盯着他，流露出一种无言的感动。

到了医院后，他们在等待区的一张硬木头长椅上坐着，直到一名护士领着他们走进大厅。在沃利的病房里，一位名牌上写着"克罗利"的医生正在写字板上做着什么笔记。他透过眼镜的一端瞥了眼卢卡斯。"您是？"

"这家人的朋友。"

整张病床都被一种蚊帐似的东西裹着，当医生掀开它的时候，卢卡斯才明白了为什么波莉会如此害怕。

这已经认不出是沃利了。枕头上的那颗头，看上去就像一只空心南瓜灯，他的呼吸也变成了沉重的鼾声。他的眼睛和嘴唇都被撕裂了，整个头上就只有几块头发是完好的。他的皮肤也变得同橘子皮般坚硬、凹凸不平。突然有一刻，他脑海里的几个片段重叠了，卢卡斯仿佛看见的是铁矿井中的那具尸体，还有那颗埋向地面的头骨，沃利和他们就像一个模子里刻出来似的。

"这种细菌比想象得还要顽固，"克罗利解释道，"这种用药方案在其他很多案例上都起效了，唯独这一个除外。"

卢卡斯清了清嗓子，他突然有些单目失焦。"是什么药物呢？"他问道，不仅是为了波莉也为了他自己。

"盘尼西林。"克罗利回答道。

这些年才开始大量生产盘尼西林的，而卢卡斯也知道这种药大部分都供给了军方使用——在诺曼底登陆前，军方就已经储备了上百万剂这种被称为天赐神物的药物——它将许多人从感染和死亡的边缘救了回来。

"我们还需要应对引起坏死的筋膜炎的衍生物。"医生说。这时波莉向卢卡斯抛来一种恳求的目光。

"请再解释得细一些,那是什么?"于是他问道。

"是一种多重感染,无疑来自于此刻他皮肤上的那些创伤。也许是被携带者咬了一口,兔子、蝙蝠、狗甚至是一只昆虫都有可能。"

"那么如果这种病毒进入人体,会有什么后果呢?"

"在外行人看来,"克罗利语气中带了点某种哥伦比亚高级教授的优越感,"它会啃噬人的血肉。"

卢卡斯从未听说过这种疾病,但他已经见证过两个实例了——一个趴在阿尔萨斯—洛林的某处地上,另一个则躺在新泽西的这张床上。矿井里的那具尸体难道也是被某个感染了的动物咬了吗?

"那些患有糖尿病、血液循环问题以及酗酒问题的人最容易受到影响。"克罗利继续解释着,"你也许知道,以上容易导致丹毒作用的三个条件,格雷格先生全部吻合。"

"导致什么?"

"丹毒。在中世纪,西欧因为它而遭受了一场灾祸,这种病毒拉丁名为 ignis sacer,英语直译就是圣火。"

在卢卡斯脑袋陷入一片空白时,他又说道:"它也叫圣安东尼火,也许你听过这个名字。"

确实。

"约翰·斯图尔特·穆勒[①]就是因此而死的。"医生又加了一句。

[①] 约翰·斯图尔特·穆勒:英国著名哲学家和经济学家,十九世纪影响力很大的古典自由主义思想家。他支持边沁的功利主义。

"在这儿吗?"波莉声音中掩抑不住恐惧。

"上个世纪,在伦敦。我们会继续竭尽所能地帮助格雷格先生的。不过恕我冒昧,"——克罗利翻动着写字板上的表格——"我现在必须继续巡视病房。"

"事实上,医生,"卢卡斯忍不住说道。医生停住了脚步,不耐烦地站在房间门口,"穆勒生在伦敦,并非死在那里,他是在法国离世的。"

接着他安慰性地搂住波莉,并把视线移向她的父亲。卢卡斯的大脑高速运转着,在他努力将所面临的这些谜题碎片拼凑起来的时候,波莉伸出手准备握住他父亲的手。卢卡斯猜测那严严实实的绑带下,应该是几截残破的手指吧。就在波莉刚要碰到父亲的手时,护士长慌慌张张地走了进来,头上还戴着一顶洁白干净的护士帽。

"别!别!别!"她慌忙阻止道,一把拨开波莉的手,重新降下床边的纱幔。"禁止接触。你们现在得走了,探视时间早在五点半就结束了。"

第十八章

现在已经是晚上了,这一整天西蒙都焦躁不安,她等待着博物馆赶快关门,这样她就可以和德兰尼以及安森教授一起去储藏室开棺了。

但现在有一个问题,如果告诉她的父亲的话,他一定会因为无法参与而气愤至极的。

她找到他时,他还是和往常一样,坐在扬基·杜德尔[①]酒吧的那个黑暗的角落里。那间酒吧在纳索旅馆的一间地下室内,它的名字来源于吧台后面那张大大的诺曼·洛克威尔[②]的壁画,上面是一位殖民地士兵,这一点从他帽子上的标记就可以看出,他骑着一只瘦骨嶙峋的小马沿街而行。她不知道是她的父亲对这片僻静的、摇曳着烛光且离壁炉不远的地方情有独钟,还是旅馆的人希望他尽可能地远离那些

[①] 扬基·杜德尔:在十八世纪七十年代以前,英军就曾唱《扬基歌》来嘲笑殖民者。歌词的早期版本是嘲笑这些殖民地居民的勇气以及他们粗俗的衣着和举止。"扬基"是对新英格兰土包子的轻蔑之词,而"杜德尔"的意思即蠢货或傻瓜。然而,在独立战争期间,北美大陆军却采用《扬基·杜德尔》作为他们自己的歌,以表明他们对自己朴素、家纺的衣着和毫不矫揉造作的举止感到自豪。

[②] 诺曼·洛克威尔(1894.2.3~1978.11.8):美国在二十世纪早期的重要画家及插画家,作品横跨商业宣传与爱国宣传领域。

白净无瑕的盎格鲁—撒克逊①人的视线。他肘下夹着一只蓝色的文件袋，里面装了一本《可兰经》和一盒吃完了的含薄荷脑的止咳药。

西蒙坐在他对面的空座上，过了一会儿，他才从书中抬起头来，意识到她的存在。"我还在想你去哪儿了。"

"我和你想的一样。"

"哦，我根本不需要你担心，"他露出一个孩子气的笑容，"我刚刚在教堂里，还和爱因斯坦教授进行了一次愉快的谈话。"

西蒙不知道他是不是在开玩笑。

"真的，这些止咳药就是他给我的。"他说着，像是为这次相遇提供了什么无可辩驳的证据似的。

"你们聊了什么？"

"天气、我们的工作和宇宙。"

西蒙很想再了解一些细节，但时间所剩不多了，这时她的父亲将一篮面包推到她的面前。

"一起去吃晚餐吧。"

"谢谢，但我现在还不饿。"

"胡说！你必须得吃东西。"

"我来不过是为了确认一下你还好不好。"

"我怎么会不好？"

"首先，你还在咳嗽。"

他没理她说的这句话。

"在这里，你或许有了一种被抛弃的感觉吗？"

---

① 盎格鲁-撒克逊：本意是盎格鲁和撒克逊两个民族结合的民族，是一个集合用语，通常用来形容五世纪初到1066年诺曼征服之间，生活于大不列颠东部和南部地区，在语言、种族上相近的民族。

"被抛弃？我？不可能的。我现在有我的工作，而且还有一个地方可以开展工作——顺便说一句，这里的图书馆真的很棒——我需要的一切都已经有了。"

从他们到这里以后，西蒙就一直在处理学校里的职位事宜，害得父亲整天都独自一人，她对此感到非常内疚。但她又怎么会忘了他是个什么样的人呢——一个能在一本书中沉迷几个小时的人，更别提这里还有着世界一流的开放式图书馆了。

"我对那些古本的研究进展得极其顺利，"他凑近她说，"我已经翻译了很多了，而且我确定其中有我们想要的真相。"

她屏住了呼吸，"什么真相？"

"这验证了我这些年探寻古墓的猜想是正确的，"他压低了声音，"你知道的，我一直怀疑其中蕴藏着一种仁善的力量，并且可以作为当今世界维护正义的力量。"

"现在正是时机。"

"但还有一种危险——如果这种武器和某种邪恶的力量之间，还有着理不清的关系呢？"

西蒙抬头望向他深邃的眸子，因为他的理论，他的双眸中竟燃起了炽热的光芒。"如果我们使用了其中一种力量，"他喃喃道，"就不得不释放出另一种呢？"

一位穿着殖民地风格服装的服务员端来一碗炒西兰花和花椰菜，放在她素食的父亲身前，并询问西蒙是否需要菜单。

"不用了，谢谢，我不在这里吃。"父亲的话还在她的脑海中回荡着。

她的父亲展开餐巾时说道："听完我刚刚告诉你的话，你还是要走吗？不可能的。"

"可能。"

"我们还有很多事需要讨论。"

"晚些再说吧，我还有事。"现在剩下的事情更难开口了。

"这个时候？"她父亲叉起一颗西兰花说道，"在哪里？和谁一起？"

"某位圣人。"

他停下了手上的动作，叉子悬在盘子上方，意味深长地看了她一眼后开口，"你是不是有什么事瞒着我？"

"安森教授准备今晚打开石棺。"

他扔下手中的叉子，用餐布抹了抹嘴说："你准备什么时候告诉我这些？显然我现在得准备一下了。"

这正是她竭力想避免的冲突，也是她为什么不愿意第一时间通知他的原因。"你不用准备任何东西，我会应付一切的。"

"我们现在去博物馆？"他问道，对她说的一切充耳不闻。"不管我最坏的猜想是不是对，我们都得采取一些预防措施。"

"这个项目的安保措施十分严密，只有战略情报局授权的人员才可以参与，"西蒙轻轻地覆上他的手，"我能混进去已经是个奇迹了，恐怕我只能一个人去那里了。"

"不！"他摇头，"绝对不可以，我不会同意的。"

这不禁让她想起之前，他不同意她和一个学校里认识的男孩一起骑摩托去旅行（尽管如此，她还是去了）。"而且我保证谁都不会受伤的，石棺也不会受损的。"

"'谁都不会'是什么意思？除了安森教授还有谁？"

"德兰尼教授，地球物理学系的，是我们以外唯一一个有权参与的。"

"而没有我!"他愤慨地说道,"这些人中有谁知道那里面会是什么吗?"

西蒙盯着摇曳的烛光。"不就是些寻常的骨骸。"

"我不这么认为,"他从她手下抽回自己的手,"你是害怕告诉他们吗?害怕如果你告诉了他们,他们会如何看待你?"

答案是"是",但她并没有大声说出来,她根本不用这么做。

"你不认为应该告知他们吗?"

"为什么?"她脱口而出,"首先,他们从来不相信关于它的任何故事。而且不管怎么说,这些话可能都是假的。"

"是啊,总有这种可能。"然而悬在他们心头的正是另一种想法——也许这些都是真的。"要是我们在开罗时就打开它的话,"他的父亲沮丧地拍着桌子的边缘说,"我们就能解决好这件事了。"

但就在他们发现了石棺,并花六个月左右的时间计划着把它带回来时,隆美尔的非洲军团横扫了那片区域,摧毁了沿途所有东西,并劫走了所有有价值的东西。石棺也是战利品中的一个,但西蒙和她父亲一样,都认为它是被随意掠走的,而且他们对它真实的历史和价值毫不知情。

直到她在文化局的日常工作中认识了那个标志,意思是特别挑选出来递送给希特勒本人的,她才醒悟过来。不知怎的,对于局里有希特勒安插的卧底这件事,她并不讶异。然而当她发现美国也在设法得到它的时候,才意识到这个石棺成了某场游戏中的棋子,一场参赛两方甚至都不知道在争夺什么的游戏。

"想想,这次的考古之旅就要结束在这片如此陌生,"她的父亲边思考边说,"而且如此年轻的土地上了。"他对着周围人造的殖民地环境轻蔑地摆了摆手。

"这一切也许都是命运。"她可以猜到他脑子里在想什么，探寻墓穴位置的这么些年，他对石棺的力量和潜能愈加确信。而她与它的联系就简单得多了，且不说这东西是她父亲一生作为的证明，她一直也对这石棺的考古方面的巨大意义很感兴趣。他们曾一起跋涉到白沙漠，一起深入洞穴，一起在大西洋经历惊险的旅行，但现在这个关键时刻，石棺即将打开，内容即将揭晓，他的理论也即将得到验证，他却不在，只有一个人代表他。她知道，这一切对他来说非常痛苦。

他咳了起来，于是喝下一大口苏打水来压制——据她所知，她父亲是滴酒不沾的——终于平息了一些，接着认命地叹了口气。过去，他可能会使劲屏住而不喝这种饮品，但现在，他似乎已经接受了年事已高的事实。他的乌木拐杖挂在椅背上，为了看清蓝色文件夹里的文章，他不得不把装在锡质小底盘里的蜡烛向他的碟子这里挪了挪。

"那么你必须做我的眼睛，"他说，"还有耳朵。"

"我会给你一份详尽的报告的，手写，"她笑着保证，"空两行，按你喜欢的那种格式。"

他用深邃的双眸盯着她，从夹克口袋里掏出了一个破旧的丝绒袋子。"尽管这个没什么用处，"他说着从里面拿出一个生了锈的奖章，系着一根磨损了的皮线，递给了她，"就依我吧，这又有什么害处呢？"

这个奖章应该很古老了，上面的符号已经磨得差不多了，在酒吧昏暗的灯光下，她也没办法辨别出来究竟是什么。

"这是一个五边形。"她父亲的话出乎她的意料。

"恶魔的标志？"

"起初不是的，直到中世纪，它才逐渐被十字架取代，这是基督的标志。五个角分别代表了他身体所受的五种伤害，而且据说可以保护佩戴者不受恶魔伤害。"

为了让他安心,她戴上了项链,藏在衬衫的下面。这又有什么害处呢?这和哲学家帕斯卡[①]赌注是一样的,她想:尽管帕斯卡是一个无神论者,他也会对上帝作临终忏悔。如果根本没有上帝,又会改变什么呢?但如果上帝存在的话……

当她起身准备离开时,拉希德博士伸出手握紧她的手,庄严地说:"愿上帝与你同在。"

"我就靠它了。"她敲了敲贴着她皮肤的奖章说道。

外面已是寒冷萧肃的夜晚了,城市的街道上来来往往的都是为了买晚餐或是下班回家的人。精致的泛着黄光的路灯亮了,人行道上挤满了行人。在她向校园大门走去的时候,她想能在这里生活下来该是多么惬意,一心写写文章、搞搞研究,再嫁给一个教授,卢卡斯·安森这样的就可以,不过仅仅是为了共同语言而已。

但她的理想比那些要远大、冒险得多。

她穿过费兹兰道夫大门,进到校园内,纳索街上的店铺、人声、摩托引擎的轰鸣声都不见了。夜更黑了,只有一条哥特式拱廊上的几处灯还亮着,还有几丝光线透过学生宿舍的窗户撒了出来。在她去盖特馆与德兰尼教授碰头的路上,陪伴她的只有地面上树叶的窸窣声和头顶树枝在风中的哀号声。一路上有两个学生急匆匆地跑过她的身边,嘴里还在抱怨着那个拖课的老师。当她最终到达盖特馆时,大厅里展放着陈列室中的艺术品,德兰尼从楼梯上走了下来。看到她后,他高高地举起叮当响的钥匙和她打着招呼。

[①] 布莱士·帕斯卡:公元 1623 年 6 月 19 日出生于多姆山省奥弗涅地区的克莱蒙费朗,法国数学家、物理学家、哲学家、散文家。

"我一整个下午都在找这个，"他说，"原来一直在我的外套口袋里。"

"这是对工作的最大威胁。"西蒙说，她想到了自己的父亲和她在牛津认识的那群教授。

"什么？"

"心不在焉。"

"希望不会再发生了。"说完以后，他用钥匙打开了背后的大门。

她注意到他的脚下放着一个拉上的旅行袋。"你看起来像是一个准备出诊的乡村医生。"

德兰尼笑着拎起了包，她听见里面传来叮呤哐啷的声音。"从不漏掉一个患者。"他们从一排滴水嘴状的小雕像下走过，它们在护墙上斜睨着他们，接着他们穿过学校巨大的都铎哥特式教堂的前院。艺术博物馆就在前面不远处了，但他们一路走来都沉默着，各自都在思考着他或她到了那儿以后打算做些什么，并猜想着他们最终会在石棺里发现什么。

西蒙还在想，安森教授会是什么反应。一直以来，他的反应都不太好。她很了解那些因为她的背景和专业地位而感到威胁的男人——在中东，人们看她就像看一只会说话的骆驼——但即便在西方，她也遇到了阻力。然而和卢卡斯在一起的时候，情况却不同还有些微妙。她并不是自夸，但从卢卡斯看她的方式——当他允许自己这么做的时候——就可以看出他在与内心的某种力量抗争着。那只是其中的一部分原因，她确信。

但她是不是也在与内心的某种力量抗争呢？举个例子，几分钟前，她对婚后生活的短暂幻想又是怎么来的呢？

他抗拒她的另一部分原因应该归于某些更神秘的东西吧，也许和他的占有欲也有点关系。没有人热爱分享自己辛劳研究的成果，尤其还在研究早期的时候。在学术界，可以分的羹太少——往往零星发现就能让人名利双收——因此知识产权正如金块一般，需要他们时刻留意提防着。她对这种感觉再清楚不过了，当放置在开罗主礼堂中的石棺被他人偷走时，她感觉自己就像一个孩子被拐走了母亲一般。因此卢卡斯不这么友好，甚至有些粗鲁，也就可以理解了。

她根本不在意他是否同意，她在乎的只是他能够接触到石棺。

德兰尼用钥匙打开了通向博物馆大厅的侧门，关掉内部报警器，在夜色的笼罩下，领着她穿过画廊直至储藏室紧闭的大门前。当他笨手笨脚地开锁时，西蒙心里想着，他是不是也和自己一样紧张不安？底下的门缝里透出一丝光亮，还隐约传出一阵金属和硬木地板间的摩擦声。她希望卢卡斯没有偷偷独自行动。

进门后，她发现门几乎被满地的画架和旧木箱堵住了，这些大概是那些军人或者卢卡斯为了清出石棺周围的空地而搬开的。而那石棺，此刻则沐浴在四周聚光灯的光线下，看起来就像是某个杂志的拍摄现场似的。一个结实的三脚架上架了一台摄影机。卢卡斯正站在一个煤渣砖头上调节着镜头，他竖起一只手示意他已经注意到他们的到来，但依旧没有停下手中的活。

德兰尼把旅行袋拎到身边的一个工作台上，解开包带上的扣子，接着把一张又薄又旧的床垫，就是那种搁在寝室的简易床上的床垫，塞在了桌子下面。

西蒙不知道自己应该待在哪里、该干些什么，她想要脱下外套，把它放在一张凳子上，就像刚刚德兰尼做的那样，但是她总觉得这间屋子里有着什么东西，凉飕飕的，让人很不安。

"看来这里有一位塞西尔·B·戴米尔①。"德兰尼玩笑道。

但卢卡斯依旧沉浸在工作中没有作出任何回答。

西蒙环顾了一周。这里空间很大,堆满了旧木箱和油布还有修复了一半的雕像,而显然曾经蝙蝠闯入的那扇天窗也在那次入侵后被牢牢地锁上了,石棺的底座周围则已经被卢卡斯铺上了罩单。

将视线从摄影机的取景器前移开,卢卡斯向后倾了一些以便检查机器的设置。他依旧没有正眼看过她。

"所以,拍摄是谁的主意?"德兰尼说罢,从旅行袋里拿出了一只钢锯并放在了桌上。

"麦克米伦上校。"卢卡斯摇动了一下贝灵巧牌摄影机旁的手柄,"但就这一领域来说,这也是个标准流程。"

"也许对于文物复原委员会,是这样的……我听说你们这些人想要什么都能弄到。"转向西蒙,他说,"你知道的,对吧?有群人曾被派去追回纳粹劫掠的艺术品,卢卡斯就是其中一员。"

"我知道。"不管他们之间有着什么私人恩怨,但对于他从纳粹藏匿点寻回石棺这一点,她永远都心存感激。

卢卡斯松开相机上的控制杆,站到镜头转台前,对着三个镜头中的一个宣读了一遍自己的姓名、拍摄时间和地点,最后还介绍了一下其他参与的人员。

"帕特里克·德兰尼教授,普林斯顿矿物学和地球物理学系的教授,"他介绍道,"这位是……恩……"他似乎不知道该怎么介绍下去。

"西蒙·拉希德,牛津大学博士,代表了埃及文化局,"她略过一

---

① 塞西尔·B·戴米尔(1870.1.1~1959):美国导演、演员。

旁纠结的卢卡斯直接走到镜头前说道,"噢,现在还是普林斯顿中东研究系的临时教授。"

接着,就像一个误入舞台中央的临时演员一样,她向后退了一步。如果不是她看错了的话,那么刚刚她站在他身边时卢卡斯一定脸红了。

"是的,感谢她的介绍,"卢卡斯含糊地说,瞥了她一眼立刻又变得腼腆真诚了起来,让她更加疑惑了。也许他并不是唯一一个感受到他们之间有什么说不清的东西在涌动着的人,她想着。他拨了一下控制杆,将剩下的底片保存到机器里。

"我看见你带了一个焊枪,"德兰尼看着卢卡斯摊在桌子上的工具目录,"我不建议用这个。如果你想用它来烧断铁链的话,石棺肯定也会遭殃,而且会发生非常危险的化学反应。"说着举起他的钢锯,"有时候还是老方法最好。"

卢卡斯表示赞同,后又询问西蒙是否愿意在他锯铁链的时候,帮忙操控一下摄影机。

"我以前从来没做过,"她坦白道。埃及文化局能有一部照相机都是万幸了。

"这不需要你做什么的,"他指导着她站上砖块。"你只需要看着这里来指引镜头,焦距已经设置好了,然后推这根控制杆来开始拍摄,拉回来就是结束。我还加长了胶卷,所以我们差不多足足有十五分钟的拍摄时间。"

西蒙接受了这个任务,很高兴自己能够做些什么,看着卢卡斯戴了一双结实的工作手套,正在将最外面一层的铁链拖离棺材的盖子,大约空出了一两英尺的地方,在底下垫上了一块保护布。

"开始拍吧。"他指挥道,她将眼睛凑近取景器处,推动了控制杆，之后她便感受到了脸颊处摄影机发条嗡嗡地震动着。

*

卢卡斯戴着手套，紧张地握着铁链，看着德兰尼将钢锯的刀片靠近链环。他几乎不敢相信这一刻已经来临，距离他最终知道这合葬瓮里究竟装了什么就不过是几分钟的事了。仅仅锯了六下，生锈的链环就断开了，落了一地姜黄色粉末。

"一切要都这么顺利就好了。"德兰尼说。

"听听，听听。"卢卡斯说，感受到自己的脉搏加快了。好奇心很快便取代了他的不安感。

下面的一根铁链就没这么容易了，他们花了很久才把它锯断。而最后一根铁链，就在他已经辨认出的那个钻石形状的正上方，卢卡斯提议说："我们换一下吧。"便接过钢锯。这块地方需要小心处理，冒不得一点损伤的风险。

"请便，"德兰尼将最后一根铁链高高举了起来，离石棺表面尽可能地远一些。"这是你的宝贝。"

卢卡斯将刀片举近铁链，推拉间好像在拉小提琴的琴弓似的，铁锈成片地掉在地上铺好的软布上。他又将刀片向前推了一次，更大片的铁锈落了下来，就像开火时飘落的灰烬一样。在多次锯磨下，链环终于断了，铁链两端顺着石棺滑落，就像两条归穴的蟒蛇，其中一条铁链滑到了卢卡斯的鞋上，尽管他立刻把它踢了开去，但还是不由自主地打了个寒颤。

"我还要继续拍吗？"在那两个男人退了一步考量着下一步地计划时，西蒙问了一句。

"不用,等一下再拍,"卢卡斯从工作台下面抽出那张薄薄的垫子,挤进了石棺顶部的一角。"我们准备平推开棺材盖,这样两边就都可以用力了。"

"好的,"德兰尼回答,"用力的时候说一声。"

卢卡斯深吸一口气,尽可能紧地抓住光滑的雪花石盖。尽管隔着一层手套,他依旧能感受到它的凉意。示意西蒙继续拍摄后,他喊:"数三声。"数到一的时候,他和德兰尼向着同一个方向轻轻地推动。起初,这盖子纹丝未动,好像被楔住了,卢卡斯怀疑是不是真的是这样。但没有任何迹象表明这一点——石盒的两边既没有楔子,也没有楔孔——于是他们又一起数数并推得更用力了些。这一次,伴随着细小的摩擦声,在他们的努力下,积聚了几个世纪的固着力开始瓦解了。

"至少我们知道了,它是可以打开的。"德兰尼说,拂了拂手套上的沙粒。

卢卡斯点点头,他的视线一直都聚集在盖子边缘刻的那几只嬉戏的生物身上。这是第一次——无疑是因为他所处的角度比较特别——他觉得自己看见其中一两只的脸上带着些许愉悦的表情。

"再来一次?"德兰尼建议,转而稍稍弯了一些身体,将肩膀抵在上面。

"再来。"

他们一起又将盖子推远了一些,至少有一两英尺的样子,之后他们终于能歇口气了。棺材里面的底部暴露在了眼前,但不知道为什么,周围的灯光像是透不进去似的。但卢卡斯根本不想看,他希望等到彻底安全地打开盖子后,再一览里面的内容。他检查了一下,发现西蒙在认真执行着指令,于是注意力又转回任务上。

笨重的石棺盖擦过石棺的边缘，直到大部分的棺盖都伸出了石棺的一端后卢卡斯便改变了位置。德兰尼抬着盖子的底部，而卢卡斯控制着整个石棺盖的平衡，最终将盖子斜着竖了起来，再慢慢地将它放平，在一声响亮的撞击声后，它躺在了床垫上。老旧的床垫周围浮起了一片灰尘，而那石棺也像是喘着粗气，散发出一阵刺鼻的气味，就像是烧焦的火柴混着沙子的味道。卢卡斯还来不及转头，就吸进了一口受了些污染的空气，这时他听见摄影机后面传来西蒙的低语，"我的天啊。"

站直后，他走向打开的石棺，德兰尼则在一旁默默地盯着里边看。卢卡斯看到了一堆骨头，又看到了某样弯曲的东西，之后便看见了一个古老的铁质十字架——或许是银质的，只是时间太久锈迹斑斑难以辨认了？——里面所有的东西都横七竖八杂乱地摆着。他当然希望找到人类的骨骸，但他没想到——显然西蒙也没料到——会找到这么多的骨头，包括两个分开的骷髅，其中一个显然是人类，另一个则让人困惑很多。比起人头骨小了一些，而且额眉头是倾斜的，还有一对异常紧凑的眼眶，可能是猿人的遗骸，或者甚至可能是个看着有些骇人的畸形小孩的。

"你在拍吗？"卢卡斯问。西蒙，依旧操纵着摄影机，低声回答道："是的。"

卢卡斯身子向前探了探，就像是被某种陌生的力量强迫着，从其他的骨头和艺术品中抱起了那颗奇怪的头盖骨。就像哈姆雷特[①]盯着可怜的约里克的空魔法球一样，他把头骨举了起来以便更仔细的

[①] 哈姆雷特：哈姆雷特是《哈姆雷特》的主人公，《哈姆雷特》是由威廉·莎士比亚创作于 1599 年至 1602 年间的一部悲剧作品。

观察。

"摄影机好像哪里坏了,"西蒙说,"东西都变模糊了。"

在卢卡斯准备去帮她前,他突然有了一种更奇怪的感觉——感觉那颗泛黄的头骨不知怎的好像也在看着他。他的脊柱不住地哆嗦了一下,突然有一阵微风吹起了他头顶的发丝。他看着德兰尼——他的头发也被吹动了,而西蒙,他看见她正站在砖头上努力地保持着平衡。房间里起了一阵风,但不知道是哪里吹来的,吹得底座周围的防水布窸窣作响,吹得画作都在嘎吱嘎吱的画板上瑟瑟发抖。

德兰尼叫道:"把它放回去!"西蒙几乎快被吹倒了,只留摄影机自己在那里运转着,还有三脚架上的镜头转动着,西蒙走下砖头,紧紧地环住双臂,仿佛自己快要被冻僵了。

卢卡斯将头骨放了回去,但风的势头只增不减,就像某个看不见的东西加快了速度,四处乱撞着寻找出口。新窗户的窗框呻吟着,玻璃裂开了但并没有碎,尽管可能是风在搞鬼,卢卡斯还是觉得他听到了门口的木箱周围传来的一阵低沉的呻吟声。

聚光灯闪烁了一下,倏地变暗了,在重新亮起前,房间的门"砰"的一声被重重地撞开了,铰链和木头吱呀吱呀地沉吟着。

风紧随其后,冲向了昏暗的画廊中,只剩下了一间空虚到怪异的房间。摄影机的镜头转向了门口,只听"咔哒"一声便陷入一阵嗡嗡声中,最后一卷胶卷也用完了。西蒙的牙齿不住地打着冷颤,卢卡斯本能地走到她身边拥住她——她并没有抗拒。

"刚刚发生的是真的吧?"德兰尼问着,抵着一边的工作台,双手拢住眼睛,一副不可置信的样子。

"是。"西蒙喃喃着,声音轻到仿佛在说给自己听。

卢卡斯缄默不语,尽管他也受到了重创。此刻他心里悲怆而痛苦,一种他前所未有的深刻的悲痛。他觉得自己就是导火索,尽管只是一霎那,却释放了某样狂暴的东西,某样与时间一样古老的东西,某样糟糕透顶的东西。

第十九章

"出去!"安迪·勃兰特咆哮着,对着那群聚在凯斯内斯郡人展示柜前的孩子,"回学校去!"

"凭什么?"其中一个人反驳着他。

"现在可是星期六!"另一个孩子也回击道。

但他们还是离开了,经过他身边,一溜烟跑出盖特馆,骂骂咧咧地走下了前台阶。那些可恶的小子们把艺术藏品当成了一场畸形秀,安迪想着一定要找个机会教训他们一下。

然而他在学校里可不能再搞出什么岔子了。他能够安全地待在这里着实花了不少计谋和时间,任何会给他或他的工作引来不必要关注的事情,都会让牵涉其中的人身处险境。第一个,就是他自己。

除此以外,当他打开一楼的那间杂乱的实验室大门时,他想,自己碰上了另一些更加急迫的问题。

举个例子,在他偷偷配了德兰尼的钥匙并潜入储藏室时,他就觉得自己像个废物。他藏在门口那堆木箱和画架后面,只能窥见进行过程中的零星片段。但他看到的已经足够让他意识到这项任务的重要性了。

一台摄影机被架起来了，一个埃及女人操控着，尽管卢卡斯和德兰尼之间谈话的大部分他都听不见，但他还是能听见他们在锯断铁链并将盖子从雪白的石头上搬开时的哼哈和呼哧声。准确点说，是一个石棺——就是他远在柏林的上级一直追踪的那个。

对勃兰特来说，他能在那东西到普林斯顿之前就在这里安顿下来，纯粹是运气。他最初的任务是密切关注德兰尼实验室进行的放射性同位素实验的动向，这项任务的目的德国军方却对他保密，但他又不是傻子，安迪早就推测出原因一定与新型武器的制造有关。接着这个石棺就突然出现了，一夜之间，所有的首要任务都变了。这一切让安迪晕头转向。

"这件艺术品是从首相的藏品中盗取的，"传来的电报中是这样说的，"对这场战争而言，它很重要。"

就一个装满了骨头的盒子？

"如有任何进展请及时告知。获取有关它的研究、处理和迁移的任何信息，并立刻传回。"

好吧，他心里想。他会按照上面说的做。

只是，盒子被打开时发生了一件非常奇怪的事情。房间内莫名其妙地掀起了一阵寒风，就像是藏了一台空气净化器或风扇在屋里似的。他迅速地蹲了下来，防止画架倒下，暴露了他，但似乎发生了一件更令人不安的事情。他确信那阵风里藏着某样东西，尽管看不见却是有感情的——这念头多么疯狂？——它就那样在房间内疾驰着，像一只困在陷阱里的野兽在急切地寻找着出口。他被风刮倒了，哆嗦着，终于站定后，他立马疯了似的冲向门口。穿过幽暗的画廊时，可以肯定的是他身后跟着某样东西，但他太害怕了，不敢停下脚步，甚至连回头看一眼都不敢。

他冲向自己的公寓，一间位于哈里森街道的昏暗的房间，许多研究生和老师都住在那里。一路上他都无法摆脱那种感觉，觉得某个东西在啃咬着他的脚后跟。他耳边有时甚至会传来奇怪的声音，但又听不大真切。到家后，他猛地甩上门，锁上了门闩，差点要喘不上气来了，倚在床边的是他藏匿的发报机。就在那里，他机智地在弹簧垫内划出了一个小格子用来放置这个装置。

无论他想要获得的是一丝慰藉还是安全感，都落空了。他发觉自己并没有把那些东西锁在门外。

他反而觉得那东西被他锁进了屋内。

站在花洒下，即使已经将热水开到了最大，他还是没办法暖和起来。在和国外的接头人进行了一次简短而秘密的夜间通讯后，他便上床了，把所有的毯子和床单都盖在了身上。他究竟怎么了？难道他突然得了感冒，还是那阵无名风中携带了某种奇怪的疾病？但他似乎也没办法向其他人求证——无论是德兰尼、卢卡斯，还是那个叫西蒙的——他们是否也感到不舒服。如果一定要那么做的话，他就得先承认当时在场了。

第二天早晨，他醒来时感觉更糟糕了，糟糕到他都开始考虑要不要去学校医务室看看了。他一点也不正常。刷牙时，他感觉握着牙刷的手好像不是自己的，也不受自己的控制；刮胡子时，他都必须小心翼翼地举着刀片以免划伤自己的脖子。他的眼睛蒙上了一层淡淡的黄色，就像得了黄疸。更让他感到奇怪的是，他不止一次地觉得，某个东西正透过他的眼睛看着外面。

连他的动作也变得十分……陌生、迟缓。他的精神好像有些错乱了，好像得了一种致命的肌肉变性症。他趴到了地上，做了几组俯卧撑，只是为了确认他是否还能这么做。接着他打开收音机，在原地慢跑了起来。轴心国在西方战线的仗打得并没有那么顺利,二十世纪三十年代末,希特勒建立了四百米长的齐格菲防线①以保护旧德意志帝国的边境,如今也遭受了攻击。一个哥伦比亚广播公司的记者说过,"运气好的话,德国的堡垒会像多米诺骨牌一样被逐个攻破。但这并非易事——可战争中哪有什么简单的事呢?——看上去距离星条旗飘扬在德国上空,只不过是时间远近的问题罢了。"

他思考着,战争结束后什么事情会降临到他头上呢?如果德国胜利的话,他未来将衣食无忧……但如果失败了呢?身在美国的他是否会永远地孤立无援下去?

但接着,他从没想到会如此幸运,卢卡斯和德兰尼把一堆骨头和骨片丢到了他的膝盖上,安迪知道那是从石棺里取出来的,也正是他想要的。

假装毫不知情,他问道:"这些是从哪来的?"

"那不重要。"卢卡斯回道。

"对一个人类学家来说,这很重要。"

"好吧,是一个人匿名捐献的。我需要你尽快告诉我,你所能了解的关于它们的起源和结构的一切。"

整理了一下,安迪在其中找出了一根股骨和腓骨、一根胫骨、一根膝盖骨、一根肩胛骨,还有一堆零碎的骨片,还有两具头骨,其中一个非常畸形。

"我很感兴趣,"卢卡斯说,"他们是什么生物——人还是动物——还有这些生物是怎么死的。我还想知道是否有迹象表明,他们

---

① 齐格菲防线:纳粹德国在第二次世界大战开始前,在其西部边境地区构筑的对抗法国马其诺防线的筑垒体系。

的死亡与暴乱或某种疾病有关。你能帮忙吗?"

不想辜负他的期盼,安迪为难道:"好吧,但我还要为我的高级研讨会做些准备工作……"

"不要紧,先做这个。"

他确实这么做了,确实。

把凳子拉近实验室的台子,开始着手昨天没来得及完成的任务——他一直在研究的最后一块骨头,是一小节肥肥的大拇指大小的黄色骨头,底部粗钝,顶端尖锐——他又把它举到了强光灯下检查了一遍。

突然响起一阵敲门声,卢卡斯从门外探头进来。安迪一直都想问问他是怎么失去那只眼睛的。

"看到你在认真研究,我很欣慰。"卢卡斯进门说道。

"没有终身教授的职位,就只能这样努力工作了。"

"我也没有,如果对你来说,这能算得上一丝安慰的话。"

"可能吧,但他们可不会放你这样一个老兵、一个战争英雄走的。"

卢卡斯没有上钩,没有透露任何信息。凑近看到安迪正在研究的残缺的骨头,问:"这是我给你的骨头中的一个吧?"

"嗯。"

"所以,得出什么结论了?"

安迪放下骨头。"我可以告诉你它不是什么。"他说。即使在这种时刻,他也得考虑一下该不该毫无顾忌地与他分享他的发现。毕竟卢卡斯和德兰尼并不是他的盟友。

"为什么你不能告诉我,你从这些骨头中发现了什么呢?"

但是如果他不分享他的发现的话,他可能再也不能参与到这个项目的团队中去了,这可是他的上级最为重视的项目。"我知道的是我们有一个折衷的选择。"这个时候,为了合作他还是选择了犯错,如果这样做算得上是犯错的话。他指着工作台角落里的人骨和一些其他的骨头,说道:"在那里有一个近乎完整的骨架。"

"是什么的骨头?"

"一个人的骨头,身材高大,而且,撇开骨头显而易见的年代不谈,年事已高。我知道德兰尼那里还有其他的样本——他测出骨头的年代了吗?"他故作无知地问。

"很古老了,大概两千多年了。你继续说。"

"好吧。"安迪拖着声音回答道。

"你知道他的死因吗?"

"这还很难说,但我可以告诉你他死前生活极其艰苦。有证据表明他极端营养不良,身上还有数不清的遭受暴力留下的伤痕,从小刮擦到咬伤,再到骨折。如果说这个人是个士兵、格斗士或是奴隶,我都不会感到奇怪。不管怎样,他确实被打得不轻。"

卢卡斯点了点头,表示认同这一切。

"我的意思是,在他最后的日子里,他可能只剩下了六根手指和三颗牙齿,并且从右颧骨的伤痕判断,他的右眼很有可能也不在了。"他停顿了一下又补充道,"抱歉,我猜你知道是怎么失去的。"

无视了他的冒犯,卢卡斯继续问道: "剩下的头骨和那些骨片呢?"

安迪耸了耸肩,将椅子转了回去,对着工作台说道:"那完全是个谜。"

"怎么说?"

他举起那个小一些的头骨,倾斜的额头,肥大的鼻翼,还有那张异乎寻常的细长的嘴,里面还长着些尖利的门牙。"你可能觉得这是个人——它确实很像——但有太多异常的地方了。我猜大概是我们的类人猿近亲之一吧，死的时候还很小，所以没能长到正常的比例。"

"是吗？"

"在这种样本中，你可以了解到骨头的轮廓和小部分软骨质残余，"安迪不得不承认，"但依旧有部分信息是你无从得知的。"

"比如？"

"比如这个。"他拈起一块薄片，在卢卡斯进来前他就在研究这个。

"对我来说这不过是块石头。"

"噢，不，这可不是。这显然是有机质。"

"是手指吗？你说过，另一具骨架上少了几根手指。"

"也不是。"

"我可没那么多时间，勃兰特，你究竟是什么意思？"

"一种犄角，犄角的一部分，像是山羊的。"

"好吧，那就是一只山羊的。"

"不是山羊的，不仅如此，它也不是公牛、犀牛，或是其他我随便就能想到的动物。"他台灯下把它捻弄了一圈。"当然，如果你能告诉我一些更明确的信息，比如在哪里发现它的或是如何发现它的，就更好了。"他想着，现在总该得到点信息了吧，算是信息交换。他希望卢卡斯能亲口说出他所知道的关于石棺的一切。他希望至少能得到那么一丝丝的信任。

"我告诉过你了，那不重要，"卢卡斯岔开话题，"现在，把你刚刚告诉我的那些写成纸质版报告就行，我需要那个。"

"给谁？"

此刻的卢卡斯有些恼火。"你难道不知道按命令行事吗？"

"你难道不知道你并不是我的上司吗?"在自己还没有反应过来前,安迪驳道,"你甚至和我不是一个部门的,我只不过是帮你一个忙罢了。"

这点卢卡斯没什么好说的,安迪也知道。但惹恼卢卡斯并不是一个聪明的举动,他刚刚应该保持沉默的。

"你是对的,"卢卡斯平静地说道,安迪可以看出来他强压着怒火。"在你方便的时候尽早把它塞到我书房的门下面吧。"

这交易可不划算,安迪思忖着——他提供了许多信息,却得不到任何信息,除了重新感到这些骨头是很重要的——非常重要——因此他有必要搞清楚为何如此之重要。

接下来的几小时内,他一直在写报告,中途会抿几口热茶来暖暖身子,再喝几口冷水来冷静冷静。看起来他在与自己斗争。外面的军乐队在向着体育馆进发,偶尔会传来几声大号或长号的嘟嘟声。今天下午有一场橄榄球赛,但他想不起来对手是谁了。是哥伦比亚队?还是达特茅斯队?一方面来说,他尝试着去参与这些大学活动,他想营造出一副融入了学校和教学生活的样子,尽管并不是那么重要。但事实上,他根本无法忍受这些无谓的喝彩行为。在海德堡[①],那些大学更像是致力于精神而非生理领域研究的神殿,在他看来,那也正是德国系统超越美国的诸多方面之一。

他累得眼睛都昏花了。他正在打印的文稿中错字连篇,久坐的缘故他的背也酸胀不已。关闭实验室后,他穿上大衣,锁上门,便融进了漆黑的展示厅内了。

在通往前门的路上,他披了披自己的围巾,看到凯斯内斯郡人的

[①] 海德堡:德国著名旅游文化之都,坐落于内卡河畔。

展示柜下面有个什么东西，于是径直走过去捡了起来。

是一包打开的留兰香味的箭牌口香糖，一定是早些时候被他赶出去的小屁孩口袋里掉出来的。好吧，他走运了，包装还完好无缺。他抽出一条，要把剩下的塞进了口袋时，心生戏谑的也抽出一条递给凯尔内斯郡人。

"口香糖要吗？"他刚要问，但玻璃折射出的他的形象——一个和他本人完全不同的模样让他语塞了。出现在玻璃上的，是一张滴水嘴状雕像的脸，用它有神的金色眸子斜睨着他，它那只尖削的嘴巴一直从耳根伸到耳尖。他向后跌了一步，就在这时那图像——那幻觉——消失了，和出现时一样迅速。现在又只剩下凯尔内斯郡人了，还有和他绑在一起的木桩。

他一不小心撞到了身后的原始工具架，但眼睛还是直勾勾地盯着展示柜，他跟跟跄跄地走到门口，接着走下阳光照射着的阶梯。

在去赛场的路上，某个人正在吹奏着长号，其他人则笑着。

安迪的双手紧紧地抓着栏杆，血液在血管里奔涌着，他的思绪一片混乱。从没有一件事像这次一样让他心烦，甚至让他开始怀疑，自己在实验室里研究的到底是什么？

还是说，可能，有什么正在研究着他？

第二十章

如果你必须得参加一场橄榄球赛，那么今天正是时候，卢卡斯心里想着。蓝天上挂着一轮耀眼的太阳，空气稀薄而又寒冷，人群涌过拱门进入到普林斯顿体育馆，他们内心非常澎湃，挥舞着旗帜，互相叫嚷着打招呼，喧闹着。

但如果不是道兹校长这么看重教职工的出席率——在他最初的警告后又来了一封信，其中夹着一张已预订的席位票，还附了一句"那里见！"——卢卡斯可能还沉浸在石棺和开棺结果的研究中呢。

天啊，这几天真是难熬。储藏室的风终于消停了，当晚似乎也没有别的事情需要做，于是看上去憔悴且心绪不宁的德兰尼收拾好工具，便走回他的实验室去了，期间卢卡斯从机器上取出胶卷盒，锁上门，护送着西蒙沿着黑黝黝的走廊一路走出博物馆，走入沉抑的夜色中。不用说也能明白，他准备一路送她回到纳索旅馆。说实话，他这行为一半是为了西蒙，一半也是为了他自己。在见证了那么一场噩梦后，任他们谁都不会愿意独自一人的。卢卡斯感觉到自己心里的什么东西——算是冷血的经验主义思想吧——在上下翻腾着，就像调酒器般，还咯咯作响。

他们顺着一条泥泞的小路穿过校园,西蒙一路上都沉默着,就连卢卡斯呵护地搂着她的肩膀,她也没有任何异议,甚至有些想化在他的怀里,这样一来他们似乎更像是一对恋人,而非两个同一个学术项目内的同事。自从离开了欧洲,卢卡斯从未有过这样的情感冲击——从震惊到困惑,还掺杂着一些柔情,因为让西蒙和德兰尼置身于这样麻烦而危险的事情而感到非常愧疚。他一时间难以梳理这洪流般陌生的情绪。那次的铁矿事件过后,他一直在努力地克制自己的情绪。

他和西蒙像向往光亮的飞蛾一般,在夜色中穿行,急切地向着城市的灯火疾步走去。大多数的店铺都打烊了,但纳索旅馆的灯却还亮着,大厅也是人声鼎沸。台子上摆着一张东北区灌装协会的年会海报,会员们仍在楼上的金色舞厅玩闹。

"楼下会安静很多,"西蒙带着卢卡斯走向酒吧,那里还有几个狂欢者,刚刚找到去酒吧的路。西蒙和卢卡斯挑了两把壁炉旁的空椅子,坐了下来。卢卡斯帮她点了一杯肯巴利苏打酒,他记得那天见面时她喝的是这种酒,又给自己点了一杯加冰的双份苏格兰烈酒。

即使在壁炉的火光下,西蒙看起来还是那么苍白,她的眼睛一直盯着壁炉中的橘红色火焰和噼啪作响的薪柴。"我早就该告诉你的。"她终于开口了。

"告诉我什么?"

"那个石棺。我和父亲都认为里面装的是圣安东尼的遗骨,我们是在白沙漠发现它的,撒哈拉里的一片空旷区域。"

"圣安东尼。"他嘴里重复着。这是他第二次听见这个名字,沃利·格雷格不就是因为名为圣安东尼热的什么东西而在死亡线徘徊着?这难道仅仅是一个巧合吗?

"圣人曾与魔鬼搏斗过。"

"嗯。"卢卡斯平静地回答道。为什么不呢？在他看来，世上流传着很多关于圣人的富有传奇色彩并且离奇的故事，这是致使他们成为圣人的首要因素。

"我父亲……"她有些犹豫，"他认为盒子里面不光是他的遗骨，可能还残留了一些他的力量。"

卢卡斯喝了一大口酒，努力地理解着她告诉他的每一个字。"所以，你的意思是我们释放了某种神圣的力量？"他半信半疑地问道。

她没有作答。

"好吧，如果真的是这样，人们正好可以利用这些力量。"

"他还认为，"她继续说，"那其中可能包含了某种恶灵。某个被圣人俘虏的东西。"

这个发现与他过去的经历出奇得一致。将酒杯搁在中间的小桌子上，他回想起自己从雪花石盒中举起那个奇怪的头骨时，他脑海中突然涌现出那种恐怖且来势汹汹的悲伤。他不愿相信存在古老的幽灵或是被困的魔鬼，但他找不出其他的方法来解释这种感觉了。即使在战争中最艰难的时刻——那晚他发现一群居民的尸体，他们被锁在了教堂内，最后被活活烧死；还有那天在矿井里他眼睁睁地看着那个金发男孩灰飞烟灭——他也没有过这种感觉。那些记忆给他带来了创伤，但至少他还能知道是什么让他如此困扰——他曾历经屠杀，嗅过死亡的气息。任何头脑清醒的人都会被吓倒。但这一次，他根本没有见到任何具体的东西，也没有经受任何实质的伤害。

那他的内心为何像西蒙提及的那个沙漠一样凄凉荒芜呢？

"还有什么能告诉我的吗？"卢卡斯低声问道，语气近乎敷衍。西蒙把他父亲的研究、他们一起去眼镜蛇岩石下的山洞探险、年轻的穆斯塔法遭受蝎子袭击，以及它在开罗博物馆被盗的种种都告诉了他。

之后他便拼凑出了一个完整的想法——能够解释为什么德军如此急切地想要夺取这个石棺，为什么战略情报局同样迫切地想要得到它并探索其中的奥秘。在他看来，同盟国与轴心国在争夺的其实是一个有魔力的护身符。也许几天前的他会瞧不起这样的观点，但现在再也不会了。

更不用说他耳畔还回荡着那阵风声，内心还是那样的寒冷。

潜意识下他的手伸过了彼此之间的桌子，握住了她的手。尽管离壁炉很近，但她的皮肤依然那么冰凉，于是他握住她的指尖，为她取暖。她的手也扣住了他的手背，但她依然没有回神，还是紧紧盯着那跳动的、噼啪作响的火焰。她似乎穿越回去了，回到了她所描述的事件当中。当服务员再次过来确认是否需要加菜时，卢卡斯拒绝后付了钱，便领着西蒙走向大厅的电梯。

"我本想带你上去见见我的父亲的，但他可能已经睡觉了。"

"下次吧。"

"好的。"

他还是不想和她分别。"明天怎么样？"他突然问道，"学校要求我们参加哥伦比亚橄榄球赛，我还有几张多余的票。"

"橄榄球赛？"

当话说出口时，他就开始喜欢这个主意了。也许阳光和新鲜空气正是他们所需要的。尽管比赛只有短短的几个小时让他们得以放松，但除此以外，还有什么更好的方法能够驱散这晚带给他们的恐惧呢？而且如果他完全坦诚地面对自己的话，和这样一个年轻可爱的女士共度一个下午的主意听起来就很诱人。"再给你父亲一张，"他说，"让他看看除了图书馆和艺术博物馆之外的世界。"慢慢地他感受到她走近了，嘴角浮起了一抹笑容，甚至有那么一秒钟，他以为她会踮起脚尖来吻他。

也许她是准备这么做的，要不是那个醉醺醺的会议代表突然重重地拍了一下他的肩膀说着，"你不是哈特福特①地区新的销售代表吗？"

也许他会热切地回应她这个吻，如果她真的这么做的话。

但时间一分一秒地过去了，电梯也到了，她走了进去。就在关门的那一刹那，他所能做的只有克制住自己冲进去的欲望了。

"你不该让她走的，"这是那个会议代表摔倒前的最后一句话，"她一看就会买。"

这句话似乎戳中了他的心事，甚至直到现在，当他看到她体贴地单手勾着她父亲的手肘，搀扶着他走进橄榄球馆时，他还在想着它。因为拉希德教授耳朵不太好的缘故，她在一旁低声和他说了什么，从她的说话内容来看，把她父亲弄到这来可真是不容易。

"他觉得我们疯了才会在这里浪费时间，我们本该在研究那个石棺的。"

"但你还是把他劝来了。"

"主要是他想来打量打量你。"

卢卡斯笑了笑，问道："评价如何？"

"还没说。"

一个穿着橘色运动衣，戴着草帽的学生引座员看了他们的票根后，引导他们坐到为教职工和特别来宾预留的位置上。拉希德博士则理所当然地坐到了他们之间。

体育场只有一半是满的，但每个人都集中在前排或是中间的座位

---

① 哈特福德：美国康涅狄格州的首府，在该州的中部偏北，依康涅狄格河而立。其有保险公司，是世界保险业的大本营。

上。普林斯顿这边是一片橙色和黑色的海洋,而哥伦比亚队的粉丝大都身着代表学校的蓝白色衣服。两个身着破旧戏服的吉祥物——普林斯顿的老虎和哥伦比亚的狮子——在各自的球场外嬉闹着,和人群互动着。在走廊最边上的那一侧,在后面几排的看台上,他看见了和他同住一个公寓的泰勒,正狼吞虎咽地吃着热狗,喝着啤酒。

泰勒也朝这边瞥了一眼,但是吃着东西,没有看到他们。

"你知道那个人?"西蒙问道。

"他和我住在同一个公寓,但并不能说我了解他。我也不确定是否有人真的了解他。"

"这个比赛要比多久?"拉希德博士打断了他们的对话,他的手自然地搭在他的乌木拐杖上。

"两个小时,"卢卡斯回答道,"中场有一次休息。"

拉希德不屑地哼了一声,西蒙向前倾了倾,和卢卡斯互换了一个眼神。

"那个时候会有乐队上来演奏和表演的。"

拉希德看起来更不开心了,直到西蒙扯了扯他的衣袖说:"看看那是谁。"

顺着她指引的方向看过去,卢卡斯惊奇地发现隔了几排的座位上有一个人满头白发,像蒲公英一样在风中翻飞着,穿着一件棕色的外套,一条橘色的围巾松散地围在脖子上。是爱因斯坦教授,正和道兹校长愉快地攀谈着,旁边还坐了另外三个人。一个是哥德尔教授,市里每个人都认识他,但另外两个卢卡斯也是从报纸上认识的。第一个是著名的匈牙利物理学家,莱奥·齐拉德,现在在哥伦比亚大学做研究——没人知道具体是什么,但大概可以猜出是和战争有关的。另一个是世界闻名的英国哲学家和数学家——伯特兰·罗素[1]。卢卡斯在校园里见过一张海报,预告着那天早上他将在辉格·克里欧辩论协会进行一场演讲。

"某年夏天罗素在剑桥开了一系列课程,"西蒙说,"关于反战。"

"在世界和平的时候反战主义当然很好,"拉希德博士嘲讽道,"但现在这个时候它一点用也没有。他应该专注他的数学研究,当世界有一半的人口都在遭受一个屠夫的杀戮威胁时,罗素先生和他崇高的哲学是我们最不需要的东西。"

"我相信一定是最近发生的事让他改变了观点,缓和了态度。"西蒙说道。

"光是缓和还不够,他应该保持沉默。"

卢卡斯完全赞同。罗素的理想听起来崇高诱人,实际上根本是无稽之谈。现在这个像只鹳一般高高瘦瘦的英国男人正弯着腰,和他的同事谈笑风生,他们看起来意气相投得很。

卢卡斯看到一群粉丝羞怯地靠近那里,显然是来要爱因斯坦签名的。教授亲切地为他们签了名,罗素则因为被忽视而装出一副恼怒的样子抗议着。粉丝也将本子递给他,伴着一阵响亮的笑声和夸耀声,罗素也签了名。哥德尔完全沉浸在了和齐拉德的谈话中。道兹校长则离开他们走去人群中应酬着,留意到看台上的卢卡斯后,点了点头,就像是认可他的出现一样。

比赛即将开始了,喇叭里响起了广播员的声音,先是带着大家一起为"那些为全球自由而斗争的勇士们的安全"祷告,接着介绍了一

---

[1] 伯特兰·罗素(1872~1970):二十世纪英国哲学家、数理逻辑学家、历史学家,无神论或者不可知论者,也是上世纪西方最著名、影响最大的学者和和平主义社会活动家之一,罗素也被认为是与弗雷格、维特根斯坦和怀特海一同创建了分析哲学。

下到场的特别嘉宾。当叫到罗素时,他站了起来,双手叠在肚子上鞠了一躬。

"爱因斯坦教授是否介意到球场上来,"广播员问,"为我们抛一次硬币呢?"

教授有些为难,但他的好友们在一旁怂恿着他,一个引导员领着他走到了球场上,观众们都欢呼了起来。他向着人群害羞地挥了挥手,另一只手则捋着自己浓密的灰色络腮胡,裁判将25美分的硬币递到他手中,并向他解释他所要做的仅仅是让哥伦比亚队的四分卫猜正反,再把硬币抛出去就好了。

"您也可以顺便向我们解释一下概率的问题。"裁判透过麦克风说着。

"我想正反的概率是完全一样的,"爱因斯坦带着浓重的方言口音回答道,"完全一样。"

观众们捧腹大笑,无论爱因斯坦说什么他们都会这么做。他的声音比想象中更自然、令人舒服一些,还表现了他的一个怪癖——把每句话的最后几个字重复一遍——卢卡斯曾听其他的教师说过。

狮队的四分卫猜了反面,爱因斯坦抛出了硬币,接着扫了一眼手背上的结果。"这是……反面,是吗?"在他想起再重复一遍前,裁判就直接宣布道:"是反面。"转向哥伦比亚队的队员问:"你们选择攻击还是防守?"

"防守。"

爱因斯坦被护送回了座位上,接着虎队开球。比赛继续着,卢卡斯则在解释着赛场上发生了什么——"每队有四次连续攻击的机会,但必须要把球前推十码才能继续控球",而且"阻挡算作犯规,会有惩罚"或者说"你在挡下开球前是不可以越过并列争球线的"——西蒙和她的父亲努力地跟上他的讲解。卢卡斯感觉到，尽管拉希德教授本意并不想来，但现在他似乎被比赛的规则和策略吸引了，这也正是中学的他喜爱这项运动并领导球队夺冠的原因。他一直很享受智取对手，并部署球员的感觉，你可以安排接球员站在哪里，你如何最大程度地利用阻挡的球员。在那些日子里，卢卡斯几乎很少被抱摔，而如今，多亏了眼睛上的眼罩让他成了一个活靶子。

中场时，哥伦比亚队因为触地得分而领先，那群穿着橙色运动服、带着草帽的普林斯顿乐队便涌上球场，来了一首苏萨串烧，期间卢卡斯帮西蒙和她的父亲买了热狗，还加了足够的调味料和芥末——"让你完整地体验一把橄榄球赛"。他开着玩笑——就在他发现她的父亲是一个素食主义者之前。

"噢，抱歉，"他立刻回去换成了热的咸脆饼，拉希德博士感激地接了过去。天气还是有些凉，还好有食物的温暖相伴。卢卡斯想着即使是西蒙也沉浸在了比赛中，短暂地忘记了过去几天的那些重要的事情和发现。当普林斯顿的一个球员抓住了球，出乎意料地带着球跑回了前场并越过了球线，西蒙和其他的观众一样跳了起来，兴奋地鼓着掌。

"现在如果他们把球踢进球门，是不是会得到三分？"她问道，同时卢卡斯发现自己完全被她与日俱增的热情迷倒了。

"一分。"话音刚落，球就利索地飞进了球门，狮队立马叫停开始重新部署了起来。

观众纷纷站起来伸伸手脚，让血液畅通一些，卢卡斯突然注意到一个男人向他左侧的过道走来，穿着一件犬牙花纹的长风衣，立着领口，还戴了一顶破旧的帽子，帽檐压得低低的。他也不知道当初是怎么注意到这个男人的，也许是因为他故意将全脸都挡住了，也许是因为他刻意地走向预留席的举动,但卢卡斯在前线战斗的经验告诉他不要忽视自己直觉的力量。

比赛将近末尾,太阳西沉,寒意似乎更重了,引导员也不再管走道上发生的事了,也不管那些擅自从看台挪到离球场近些位置的观众了。

那个穿着犬牙花纹外套的男人像影子一样经过他们身旁,眼睛直勾勾地盯着前方。根据他走的路线来看,他的目的——还是目标?——也许是那四个有名的科学家,他们正弯着腰低声交谈着什么,显然没有关心身边的情况。

"抱歉。"卢卡斯突然站了起来,从西蒙和她父亲身边穿过。

"如果你准备去小卖部的话,"西蒙说,"这次让我请你吧。"

卢卡斯没有任何回应,他所有的注意力都在那个男人身上,他的双手揣在风衣的口袋深处。卢卡斯迅速穿过身旁几排的人——其中还有个人抗议他踢翻了他的保温杯——但他和那男人的距离还是有几码远,但他能感觉到那人手中紧紧攥着什么,接着他便看到了一把锋利狭长的刀片。

"小心!"卢卡斯挤在人群中惊呼道。

但那个男人已经到了第一排,恰巧这时罗素起身调整坐垫,那个男人举着刀片一跃而上。爱因斯坦完全没注意到逼近的威胁,正往烟斗里填塞着烟草。

但他那一跃有些笨拙,也许是因为地面太滑或者某个人伸出了脚,反正他摔在了两排之间,刀片刚好划在了吓愣的罗素和爱因斯坦中间的椅子边缘。不知道是谁尖叫了一声,那个男人爬了起来,帽子还是低低地耷在额前,刀片在午后的阳光下闪着寒光。罗素吓得退到了安全的地方,这时爱因斯坦回过头——显然他对这场混乱一无所知——卢卡斯越过一个坐着的女人，以后卫的姿势用肩撞向攻击者。他们俩同时倒下了，向那群恐慌的观众跌撞过去，接着摔在了两排椅子中间。

那个男人踉跄着站了起来，准备继续完成他的使命，这时卢卡斯伸手抓住他那只握着刀片的手。他就像没有感觉到卢卡斯的妨碍一样——他那张残破的脸像石板一样空洞，但却透着某种熟悉的感觉，他的风衣突然敞开了，露出了他葫芦般凹凸不平的血红色脖颈。

卢卡斯一把抓住他外套的袖口，那个男人挥着小刀胡乱地刺着，割破了卢卡斯皮夹克的袖子。卢卡斯狠狠地将他握着小刀的那只手向椅背上撞去——一次，两次，三次——他想让那男人松开刀片，但他还是紧紧地攥着。他的眼神呆滞，像是无欲无求，但他突然张开肿胀的双唇喊了些什么，听上去像是在胡言乱语。卢卡斯握住他的下巴，猛地将它合上，接着摁住他的后脑勺，狠狠地向地上摔去。

那男人的帽子滚到了座位底下，小刀啪嗒一声掉在了地上。接着他又抬起头喊着同样一句话，卢卡斯更用力地砸了起来。他感觉到身下那人的力量突然消退了，就像一只被戳破的气球一样。他身下那人瘫软了下来，嘴巴像个窨井似的张了开来，卢卡斯被他喷出的那股带着糜烂味道的气体熏得难以呼吸。也许是因为秋天阳光的映射吧，他眼中竟闪烁着金光。

卢卡斯感觉身后的一只手扳住他的肩膀，是泰勒，他说："你现在可以放手了，可以了。"

那男人眼中的微光渐渐灭了。

卢卡斯这才依稀注意到爱因斯坦和一起的几名科学家都已经被引导员领到了过道上。哥德尔被罗素和齐拉德两个人驾着，似乎还没从惊惧中回过神来。

"可以放手了。"泰勒安慰着,试图让他平静下来。

卢卡斯瘫坐在地上,喘着粗气,他的心依旧无法平静。泰勒托着他的手臂,扶着他在空出的座位上坐下。

卢卡斯还在消化刚发生了什么。

在他脚下,那个男人的风衣因为打斗而被撕开了,里面穿着一件病号服,搭配了一件西装裤,是艺术博物馆的清洁工,沃利·格雷格。

西蒙不知什么时候走到了他身旁,正检查着他的衣领。"你还好吗?"她关切道,她的父亲有些不安,拄着拐杖跟在她的身后。她扯着他被刺破的衣袖紧张道:"你被刺伤了。"

但卢卡斯毫无感觉,他体内狂飙的肾上腺素让他根本感觉不到疼痛。他的眼中只剩下过道上那具四肢张开的尸体。这具尸体早该去了地狱,每个人都以为他会死在病床上,包括那次探视后便离开的卢卡斯。

但他并没有,他死在了这里,死在了卢卡斯的手中。

引导员和两名警察驱散了其他的观众。广播员在广播中喊着,尽管没必要惊慌,大家还是应该迅速有序地离开体育馆。

"我们得赶紧送你去医院。"西蒙担心道。

泰勒也附和着——"得赶快打一针破伤风,他被那个小刀划伤了"——这时一群警察出现了,在这片区域围上了一圈警戒线。卢卡斯感觉到西蒙的手臂环着他,将他扶起,沿着过道走向出口。

"他说了些什么。"卢卡斯说。人群骚动着,从四面八方推搡着他们。他感觉到上臂开始痛了起来,还有些温热的东西——鲜血——沿着他撕裂的袖口汩汩地淌了下来。

"我没听见。"西蒙说。

"我想知道是什么意思。"

"我听见了。"他们走进拱道的阴影下时,拉希德博士坦白道。

"真的吗?"卢卡斯边说着边把受伤的那只手臂抱到胸前,防止人群挤到它。"是什么?"

"是一句阿拉伯语。"

没错,但他还是不清楚那是什么意思,还有为什么不是别人,偏偏是沃利喊出这些话。

"实际上是古阿拉伯语。"

他的手臂上袭来一阵突如其来的疼痛,就像突然被打开的开关一样。卢卡斯皱紧眉头,忍着疼痛问道:"什么意思?"

拉希德博士脸色苍白,小心翼翼地用拐杖点着前面的路,然后才慢慢开口,"是一种诅咒,那个地区很常见的一种。"

广播里突然响起了一些莫名其妙的指令。

"它是说'下贱人种该死!'"

第二十一章

警察带着爱因斯坦教授和他的朋友离开了体育馆,进了一辆警车,一路鸣着警笛、闪着警灯开回了莫色尔大街。海伦早早便等在前廊上了,一等他们到达便赶紧把他们领了回去,将常年开着的纱门和里门都关上并锁了起来。一名警察环抱着双臂,守护在前门台阶处。

罗素、齐拉德和哥德尔比想象中要更激动些,唯有爱因斯坦还是出奇得平静。总之这场意外是结束了,也没有什么太大的影响——除了那个带着黑色眼罩的年轻人,他好像伤得很严重。他应该关心一下他的状况的。

就在海伦关心着其他人,给他们端上热茶和白兰地,给颤抖的哥德尔披上毯子时,爱因斯坦独自走上他的办公室开始思考了起来。他脱下外套,刚准备扔向沙发时,他发现领口上沾了些像血一样的斑点。他知道一定不是自己的,现在他更担心那个戴眼罩的年轻人的安危了。他总觉得之前在哪里见过那个年轻人,一会儿他便想起来了——他曾经在对面屋子的门廊前看到过他一两次。啊,这样他就更容易了解他的状况了。

将一些纸张从他的座椅上扫开——海伦有时会将他的信件堆在他

的椅子上,这样他就不会忘记了——他一屁股坐了下来,又长叹了一口气。一方面来说,他有些意外,这种事在他身上发生的频率并不高。他每天都会收到各行各业的粉丝寄来的信——崭露头角的科学家、上学的孩子,甚至偶尔会有一些女性仰慕者——这些令人愉悦的信件中还混杂着一些愤怒的来信,寄信人通常是些狂热分子、疯子、阴谋论者、反犹分子,还有傲慢的美国爱国人士——爱因斯坦认识的一个叫约翰·埃德加·胡佛[①]的家伙就曾怀疑他是亲苏分子,正因如此,曾有好几年联邦调查局都存着他的档案。毫无疑问,爱因斯坦曾享受的最高机密权被废,一定是胡佛从中作梗的结果。

而奥本海默悄悄地躲过了这一劫,正是由于来找爱因斯坦帮的忙。

不出所料,几分钟后电话声响起。和往常一样,他等着海伦在楼下接完电话以后上来敲门。敲门声响起时,他问:"是谁?"

"教授,是从新墨西哥州打来的。"

他早就料到了。将椅子转到桌前,推开桌上的碎纸片,拿起听筒。他还没来得及打招呼,这头就传来奥本海默急切的声音:"你还好吗?"

"是的,罗伯特,我还好。"

"听说那名杀手已经死了。"

死了吗?爱因斯坦不是很清楚。"他不大可能是杀手,如果是的话,我怎么还能站在这里和你通电话呢?"即便在最糟糕、最难熬的时刻,他也总是喜欢开开玩笑来缓解一下。"逻辑上说是这样的,不

[①] 约翰·埃德加·胡佛(1895.1.1~1972.5.2):美国联邦调查局第一任局长,任职长达 48 年。作为一个叱咤风云近半个世纪的传奇人物,他的名气远远超过电影明星。

是吗?"

"你和哥德尔在一起待太久了。"

爱因斯坦干笑了一声。"莱奥和伯特兰正在客厅里陪着他呢。"

"是那个伯特兰·罗素吗?"

"是他。"爱因斯坦真切地听到奥本海默嘟囔了下这个自己原本不知道的细节。

"哈,我是听说又有人参加你的聚会了,但没人说是那位和平绥靖先生。"

"你知道的,他的观点有所改变了。考虑到如今的世界局势,我和他的观点都必须要改变。"

"噢,那可算是件好事。"

"你有没有想过,那个人可能并不是冲着我来的,而是他?那把刀是砍在我们俩中间的。"尽管电话中有些杂音,爱因斯坦还是能听见奥本海默轻哼了一声。

"没人会想要杀死一个哲学家的,阿尔伯特。没人在乎他们的。"

"那他们会在乎一个研究物理的?对一大堆人来说,我不过是一个早就被时代抛弃的老头子罢了。"

"对于那个持刀者来说你可不是。不管他是谁,他知道的远不止这些,这正是我所担心的。你现在能听我的吗?我认为你该配个保镖。我在陆军情报机构有些朋友,如果我开口,他们一定会同意的,胡佛是不会知道的。"

"我会考虑的。"

"别费事,你有很多重要的事情要思考,比如上次我们见面聊到的那个问题。"

"我一直在研究呢。"

"那？你找出我们的错误了吗？"

"计算方面是精确简练的,但我似乎找出了潜在的漏洞。"

"数学上的吗?"奥本海默有些惊讶。

"不,你不能说约翰·冯·诺伊曼①是错的。错误是出现在应用方面,是力学方面的。"

"别在电话里跟我说,写下来,我派情报员去你那里取。你觉得什么时候去取比较合适?"

"给我一晚上来整理一下这些结论,明早晚些时候派他来吧。"

"好的,和你的好友们说再见吧,阿尔伯特。我已经派了车子去接他们了——我会保证将罗素送到他想去的任何地方。"

"但他是我的客人。"

"不再是了。如果你那疯狂的理论是对的,而又有人想要杀死和平与和谐的使者,怎么办?毕竟现在正值战争期间——赶紧工作吧。"

奥本海默挂断了电话,和往常一样,没有说再见,爱因斯坦瘫倒在椅子上。望向窗外,一只虎斑猫埋伏在车库附近,紧盯着后院里的什么东西。他曾经在外面见过这只猫,尽管他知道猫也需要食物,但他还是希望那只猎物可以完好无损地逃脱猫爪。他想到,要是世界上存在一种方法,让每个生物生存下来却又不伤害他人,那该多好。毫无疑问的是,世界的变迁伴随着腥风血雨,而这其中的规律依旧是个谜,和爱因斯坦一直研究的统一场理论一样,高深莫测。

他听见了外面车门砰的关上了的声音,接着便是鞋子踏过前廊木质楼梯的响声。还有交谈声,好几个人——年轻的,男性,还都有些

---

① 冯·诺依曼(1903~1957):二十世纪最重要的数学家之一,在现代计算机、博弈论、核武器和生化武器等诸多领域内有杰出建树的最伟大的科学全才之一,被后人称为"计算机之父"和"博弈论之父"。

傲慢。是奥本海默派来护送他们安全驶离的保镖,他是一个一丝不苟的上级,但他不得不这样。事实上一场战争正在上演——甚至比人们所知道的任何战争都还要残酷。爱因斯坦将注意力重新集中到了黑板上他之前潦草写就的那些最新的演算公式,而后又陷入了思考,自己究竟在以什么角色来为人类服务?天使?还是魔鬼?他在这里的工作究竟会结束这场战争,还是会推波助澜?他可以就这些问题和罗素谈上几个小时,毕竟他们俩都被这样的问题折磨着。

但今晚似乎是不行了。事实上,今晚不会有激烈的争辩,甚至连陪伴都没有。

注意力再次回到那块黑板上,爱因斯坦很快便陷入了思考中,就像往常一样,无论是在瑞士伯尔尼安静的书房里,还是德国柏林拥挤的电车上——他都可以迷失在自己的思索空间中:一个美丽而令人无限宽慰,一个他真正的家园。

第二十二章

尽管西蒙希望着——恳求着——卢卡斯带着她一起去医院,但他还是说服了她留下来陪着她的父亲,体育馆发生的事情显然让她的父亲感到极度震惊和不安。

急症室里也是一片混乱,这让卢卡斯不由地好奇是不是每个周六晚上都是这个样子。医生和护士们来来回回,小声交谈着,一副心不在焉的样子,卢卡斯花了好久才找到一个忙碌的实习医生来处理他的伤口。医生用消毒剂擦拭完伤口后粗略地检查了一下,便告诉他这只是皮外伤,但为了保险起见还是帮他缝了几针。

实习医生收药箱时,突然问到卢卡斯是怎么受伤的,当卢卡斯说自己是被一个持刀者攻击时——"是个叫沃利·格雷格的男人,是这个医院的一个患者"——那个医生突然打断,说道,"能麻烦你在这里等一下吗?"

卢卡斯刚刚扣上自己带有血渍的衬衫,一个穿着蓝色制服身材魁梧的男人便闯了进来。他领口别着的黄铜徽章表明了他的身份,是区警察局局长法雷尔。

"那个实习医生说的是真的吗?"

"我为什么要撒谎,怎么了吗?"

"几个小时前一个医生也遭到了袭击,在停尸房里。"

"让我猜测一下,那个医生是不是叫克罗利?"

"天哪,"法雷尔惊讶道,"你是怎么知道的?"

"我知道他是沃利的主治医师。"

"拿上你的东西,"他指着检查台上卢卡斯被刀刺破的夹克说,"跟我走。立刻!"

领着他走过一条走廊,法雷尔打开一扇门,是一个单人间,克罗利医生正躺在床上,头上缠着绷带,手臂正吊着点滴,眼神镇定一些了,但还有些恍惚。

"我想你们不需要我再作介绍了吧。"法雷尔先开口道。

克罗利依然沉默着,然后无力地伸出一只手表示肯定。

"卢卡斯先生说他也被攻击了——而且和攻击你的人是同一个。"

克罗利黯淡的眼中闪过一丝恐惧的神色。

"告诉我们停尸间里到底发生了什么事,克罗利医生。"

克罗利看起来有些犹豫,似乎不确定能不能或该不该告诉他们这个离奇的故事。

"我已经和他说过了。我可没有太多时间。"

"他死了。"医生用低沉嘶哑的嗓子说道。

"你说的是那个患者,是吗?"法雷提示道,语气中显示出特意为卢卡斯而问的意思。

"是的。格雷格。沃利·格雷格死了。"

"因为感染,"法雷尔又提醒道,"就是那次蝙蝠袭击造成的,是吗?"

克罗利勉强地点了点头,"是我宣告他的死亡的,"因为药物的原因他吐字有些含糊,"他的心跳停止了,没有脉搏,也没有脑活动,他死了。"

"然后呢?"法雷尔说,"继续——告诉他。"

"我们把尸体送下楼剖检,我正在写证明,死亡证明。"克罗利闭上了眼睛,几秒后才重新开口。"接着我听到一阵声响,于是我转过身。"他顿了顿,似乎自己也没办法相信自己要说的话。"他坐了起来,还睁开了眼睛。"

"之后呢?"局长又接道。

"他拿起了一块金属块——尸检时垫在他膝盖下面的那块——用那个砸了我。"他点了点自己绑着绷带的脑袋。"他用那个砸了我,一次又一次,直到把我砸晕。"

卢卡斯不敢相信他所听到的。上一次他在医院里见到沃利时,他还是一副徘徊在鬼门关前的虚弱的样子。他是怎么做到这么快恢复,还能砸晕一个人,更不用说逃出医院,全副武装,再一路到体育馆了。

"克罗利医生被送到这里来的时候,"法罗尔向卢卡斯解释道,"他几乎是光着的——他的裤子、鞋子、大衣和帽子——还有一把手术刀也丢了。是他伤你的那把吗?"

"我没看清楚。"

"这件事之后再说吧。你还有什么想说的吗?"

卢卡斯不知道自己有什么好说的。"他的神情好像有些恍惚,"他说道,"还有他的目标好像是爱因斯坦教授。"

"爱因斯坦教授也去观赛了?"显然局长还没有听说过这部分,但这也不算什么好消息。

"是的,即使我把他撞倒了,和他厮打在一起,他还是不忘自己的目标,我甚至都不确定他有没有看见我。"

法雷尔没有说话,似乎等着他开口。

"我只好拼命把他的头往地上砸,这样才能让他停下。"

"所以你觉得是你把他杀了吗?"

"是的,"卢卡斯回答道,"是我杀了他。"他从未想过他会如此大声地说出这句话,即使在欧洲前线时也没有过,就像是在说一种令人厌恶而陌生的语言。

"不用担心,"克罗利说,"他早就死了。"

"他还做别的事情了吗?"法雷尔问,"他说什么了吗?"

卢卡斯沉默了。他应该提及沃利那句奇怪的阿拉伯诅咒吗?这些对警察来说有用吗?还是说这会让事情变得更复杂,让人们对他产生怀疑?

"我没什么可说的了。"

法雷尔斟酌了一会说道:"爱因斯坦教授还好吧?"

"是的,他没有受伤。我离开时,引座员已经护送他离开体育馆了。"

法雷尔消化了这些信息以后,从钱包里抽出一张名片递给卢卡斯,"如果你想起其他什么事情,就打给我。"

卢卡斯将名片塞进裤子口袋里。

"只告诉我就好,别对其他人说。从现在开始我接手这个案子。这个医院已经承受不起更多的负面报道了,而且我个人也不太喜欢那么多州警监视着我。这一点你们都同意吗?"

"知道了。"卢卡斯说。

"这话也是说给你听的,克罗利医生,"他厉声道,"从今天起这里的无线电讯号就会被屏蔽。"法雷尔用粗短的手指捋了捋脑袋上几根卷曲的头发。"真是一团糟。"他喃喃道。

"死了!"并非刻意说给谁听,克罗利重复道,声音几乎听不见了。"我告诉你了,临床上那家伙已被确诊死亡了。"

尽管那听起来很荒唐,但卢卡斯相信他。

第二十三章

"这离合器有点难踩。"德兰尼歉意地说道,这时信号灯亮了,这辆老旧的福特车颠簸着穿过了十字路口。

凡是个头脑清醒的人,都不会选择在这样的天气出门的。"只要雨刮刷能用,"卢卡斯说道,"我觉得就没事。"

"好吧,那是另一码事了,"德兰尼笑着说,挡风玻璃上的雨刮刷极力而艰难地舞动着与瓢泼的暴雨做着抗争。"我1939年的时候就想换掉它们了。"

车轮涉过几英尺深的泥潭,暴雨倾注在车子破旧的引擎盖和车顶上。新泽西的秋天总是电闪雷鸣的,而卢卡斯唯一希望的就是德兰尼的这辆破车可以支撑他们从迪克斯堡打个来回——四十英里的路程——不要中途坏掉。从目前的状况来看,他还是有些担忧的。

"我还是不懂这件事为什么非今天做不可,"德兰尼抱怨着,"取走胶卷的是军队派来的情报员,不是吗?"

"是啊,"卢卡斯回答,"我刚到莫色尔大街,他们就来了。"

"所以他们为什么不再那样送回来呢?"

"谁知道呢?说不定是因为胶片已经洗出来了。"

"你觉不觉得事情这么紧急,可能和昨天体育馆发生的事有关?"

卢卡斯耸了耸肩。"我只知道是命令。拿到胶卷后看一遍,如果发现更多信息尽快递交报告。"

"但你现在不是在军队里,你不需要听从指令啊。"

"你去跟麦克米伦说去。"

"知道你的手臂被那疯子割伤以后,他有没有至少给你颁个紫心勋章[①]什么的?"

"他只是在听说爱因斯坦教授安然无恙后松了一口气。"

"就这些?"

"就这些。"

"炮灰,"德兰尼叹了一口气,"这就是我们了,炮灰。"

如果他们是炮灰的话,那么沃利·格雷格这样无辜的局外人又算什么呢?卢卡斯昨晚在一身冷汗中惊醒,在梦中格雷格拿着一个特别的弯刀砍向他,他尖叫着。格雷格的脑袋像一个烂了的南瓜,从他的嘴里,不,应该说那是一条扭曲的裂缝,透过他破碎、发黑的牙齿中间,喊出那句阿拉伯诅咒:"下贱人种该死!"卡普托太太不得不用钥匙打开门,将他从噩梦中叫醒。尽管他一再地道歉,但第二天早晨他还是看见小艾米流露出不安的神色。南边的天空电闪雷鸣,闪电就像碎裂的玻璃般不断闪现,轰隆隆的雷声,让整个车的底盘也震颤了一下。卢卡斯透过雾蒙蒙的窗子望向外面,天空呈现一种令人生厌的灰色,甚至还有些发绿,就好似他们的车正在季风中穿行。手臂上的伤口又是一阵刺痛,他在车里每动一下都会这样。

[①] 紫心勋章:专门授予作战中负伤的军人,也可授予阵亡者的最近亲属,标志着勇敢无畏和自我牺牲精神。

"不过,上校还打听了你的进展。"

"打听?"

"他的原话是'德兰尼到底是干什么吃的?'"

"哈哈,是他的说话风格。"他说道,小心地绕开了路面上一处水坑。

"所以你希望我怎么回复他?"

"你可以告诉他——"德兰尼刚刚开口,车子就熄火了。"该死的!"重新发动以后,他又继续说道,"告诉他我已经进行过三项独立的同位素测试了,我可以很肯定地说,那具尸体应该是五六千年前的了。而且,他死的时候已经很老了,还很虚弱,这一点安迪·勃兰特也已经从人类学角度证明过了。不管这个人是谁,他这一生应该过得挺艰难的。"

埃及的圣安东尼,卢卡斯想道——正是他所说的那个人。剩下的问题就是身体上的那些伤害是寻常伤疤,还是像西蒙和她父亲说的那样,出自魔鬼之手呢。卢卡斯自己并不是很相信魔鬼的这套说辞。

车辆突然驶至一段打滑的路段,德兰尼踩住刹车以免滑向别的车道,这时卢卡斯不得不抓住车内的门把来保持平衡。幸好,来向并没有车辆通行。他们行经的是一片乡村,路边除了积满水的田野,就是休耕的农田。有些乌鸦立在飘摇的篱笆上,有些则冒险地在他们车前盘旋着。

"那根木杖呢?"卢卡斯问。西蒙说过她父亲认为那些特别的东西存在着超自然的力量。希特勒可能也是这么想的。"你可以探测一下吗?"

"那很容易,那根木头和尸骨是同一个年代的。是当地的西卡摩木,顺便说一句,这种树木一般长在埃及的沙漠边缘。铁质的手柄也是一样的,大概是公元三四世纪中东的冶金技术。"

"听起来你进展很大啊。"

"是啊,不过有一件事情很棘手。"

"什么?"

"是另一具骨头,就是那个更小一些的生物的遗骨。"他深吸了一口气,说道,"你有兴趣听一节化学课吗,很快的。"

"洗耳恭听。"

"嗯。你知道的,碳 12 和碳 13 原子结构很精密而且稳定,每个地方都有它们,每个有机体中都包含了它们。"

"你之前跟我说过。"

"对,很高兴你能听得这么认真。但是碳 14 非常稀有而且结构极其不稳定,它会逐渐衰退为氮 14,而且半衰期为 5730 年。因此,我检测的首要条件就是看所能探测的碳有多少,但我目前的技术最早也只能探测到 40000 年前。再早一些的,我就无能为力了,这样的话也就是说没有多少碳 14 能够被探测了。"

"好吧。"卢卡斯说完后,等着他继续开口。

德兰尼抬起一只手摩挲着下巴,另一只手把控着方向盘。"我想不出更好的表达,只能说那个生物的骨头比那要再久远一些,久远很多。正因如此,安迪没办法准确地鉴别出它们,我也没办法得出可信的数据。"

"你的意思是,"卢卡斯说,"那个老人是和一块化石葬在一起的?"

"不,因为如果是这种情况,骨头会石化的,但这些骨头并没有。"

"你把我弄晕了。"

"对,你这样是正常的。因为尽管我的放射性碳测试表明第二个生物实际上非常古老——我的意思是几万年的历史——我和安迪搜集到的种种物理证据都表明,它和葬在一起的老人是同一时间死亡的。"

"不可能。"

"但事实就是这样,我的朋友,就是这样。"德兰尼说出这个事实以后似乎松了一口气,"前面是路口了,"雨水倾泻在挡风玻璃上,他也只能透过雨柱之间的空隙看看方向。"我们是不是该转弯了?"

"是,"卢卡斯说,他能记得这条路一是凭经验,二就是他曾经在军事基地受过的基本训练。"在蒙茅斯路上左转。"

"你是不是有点想你的部队生涯了?"德兰尼关心道。

"没什么,那可算不上什么好时光。上天作证,我从没想到我能活着回来。"

"更别说是为了一卷胶卷回来的,对吧?"德兰尼绕过了一根折断的树杈,接着向路口的左边拐去,那里挂了一个标志,上面写着"美国军事基地,迪克斯堡。无授权者,闲杂人员不得入内。"

"我猜我们算不上无授权的闲杂人员吧,"德兰尼眯起眼睛看向雨中,"我可不想被坦克炮轰。"

"麦克米伦说让我们在大门那里等着,取胶卷盒。"

"大门离这多远?"

"直走大约一英里吧。"

尽管才是下午稍晚时分,天就已经黑了,路灯也打开了,照亮了道路两侧缠着铁丝网的高高的防风栅栏。又出现了另一个指示牌,上面写了一条警告:"平民勿跨越此线,违禁品禁入,无授权车辆需接受搜查与扣押。"

"我们没带违禁品吧?"德兰尼问。

"没带,除非一包香烟也算。"

武装哨兵披着雨衣,带着头盔,站在高高的哨塔上监视着他们的一举一动。聚光灯突然亮了,照向他们的车,车子内部立刻沐在一片灼眼的白色强光下。大概每隔一百英里就会驶过一条减速带,最后车子慢得就像在爬行,卢卡斯不由得担心如果他们猛地撞上其中一条减速带,也许这整辆车都会散架。

这座堡垒在1917年就建成了,首先看到的便是它那红色的砖墙。大门口的保卫处亮着灯,一队全副武装、涂着黄白条纹的军人在道路中央列队。当车停下时,一个穿戴了雨具的年轻士兵走出队列。德兰尼一直等到最后一刻才把车窗摇了下来。

"这里是禁区,"士兵弯下腰,用手电筒照向车内,"请报上您的单位。"

"我是帕特里克·德兰尼,后面的乘客是卢卡斯·安森。"

靠近开着的车窗,卢卡斯补充道:"哥伦比亚特区战略情报局的麦克米伦上校命令我们来这里取一份包裹。"

"请出示身份证件。"

德兰尼不得不抬起屁股从后兜里掏出钱包,再将驾驶证递给他。卢卡斯也递了过去——这一举动又加重了他手臂的刺痛感——士兵拿着证件回到了保卫处。德兰尼慌忙摇上车窗,但雨势太猛烈,他的裤腿已经湿透了。

"我是为了战争津贴卷进这个项目的。"他说。

"可是你从来没有参过军。"

"如果我在这里的工作对战争来说意义更大,我为什么要冒险冲进枪林弹雨中呢?"

当那个士兵回来时,德兰尼很不情愿地再次摇下车窗。士兵将证件递给他们以后说:"他来了。"

"谁来了?"德兰尼问道。

"电影局的人。"

车窗又摇了上去,但透过挡风玻璃,卢卡斯能看见一个士兵走出了堡垒,因为狂风暴雨的原因,他不得不低着头走路。他一只手臂下面夹了一个像足球一样的东西,另一只手则一直在护住自己的雨披帽。

当他走近的时候,德兰尼摇下车窗,他弯下腰仔仔细细地看了一眼车内的两个乘客。

"这个影片是你们拍的吗?"

"不是,但我们在旁边。"德兰尼回答道。

"那是谁拍的?"

"怎么了吗?"德兰尼问,他浑身都湿透了。

"他是第一次用贝尔和霍威尔公司的摄影机吗?"

"是的,"卢卡斯接道,"但其实是'她',而不是'他'。"

"这大概就解释得通了。"

"解释什么?"

士兵没有回答,只是紧紧地盯着手中密封的塑料袋,似乎在没有作出一些警告前不太情愿交给他们。"原件寄到华盛顿去了,你知道吧?"

"嗯。"卢卡斯答。

"不过原件也没比这个好到哪儿去,我已经告诉过他们了。"

也许这正是麦克米伦这么急切想要他们看一遍的原因吧。"为什么?胶卷有什么问题吗?"

突然一阵风刮掉了士兵的雨衣帽——他看上去不过十九岁的样

子——但他就任由它去了。他的头发黏在了脸颊上，雨水顺着脸颊流了下来。"自己看吧，"他说着将包裹递给了德兰尼，德兰尼立刻将它抛到了卢卡斯的膝盖上。"但这不能怪我，这里的实验室已经是一流的了。"

德兰尼和卢卡斯交换了一个眼神，在士兵的敬礼中他们摇上了车窗，倒车，调头。"听起来我们的朋友西蒙可能与拍摄无缘了呢。"他说完便加速离开了。

胶卷会有什么问题呢？车子驶过第一个减速带时卢卡斯心里想着。瞥了一眼后视镜，他看见那个年轻的士兵依旧站在那里，戴着雨披帽，雨披在风雨中飘动着，紧紧地盯着他们离去的方向。

第二十四章

卢卡斯没受伤的手臂下紧紧地夹着一个公文包，那个胶卷盒正塞在这个破旧的公文包中。他刚准备走出公寓的时候，卡普托太太慌忙奔下楼梯，手中还拿着一个信封。"等一下，"她大叫着，"你不在的时候来了一封信！"

"我现在要去博物馆了，"卢卡斯回答道，"之后再说吧。"

"我想你最好现在就打开。"

"为什么？是谁寄来的？"

"你自己看吧，"卡普托太太几乎掩抑不住自己的兴奋。"她亲自送来的。"

她？

将公文包放在茶几上，卢卡斯迫于房东太太的请求只好打开了信封。

是爱因斯坦的秘书，海伦·杜卡斯亲手写的信，请求他能尽快拜访一下爱因斯坦教授。

"他们在邀请你，是吗？"

"是的。"

"我猜他是想感谢你在体育馆救了他。"

卢卡斯不需要感谢,因为那个时刻任何人都会义不容辞的,他此刻只想立刻赶到博物馆处理相片放映机的问题。

"我希望你能帮我带些东西给他,"卡普托太太说着,走进厨房,端着一盘布朗尼蛋糕走了出来,蛋糕刚从烤箱里拿出来,还是温热的,上面盖了一层皱皱的锡箔纸。

卢卡斯有些犹豫,他现在一刻都不想耽搁,但是这个邀请——还是说是一种传召?——来自全世界最有名的人之一,谁都不能轻易拒绝的。似乎是察觉了他的想法,卡普托太太将那盘蛋糕塞到他手中说道:"卢卡斯,你绝对应该去。"

接着她便把他推向门口。"你回来的时候还得把所有的经过都告诉我——尤其是他喜不喜欢这个蛋糕。"

卢卡斯一只手端着盘子,另一只手拿着公文包,艰难地穿过潮湿的街道。暴风雨已经过去了,但树叶上残留的雨水还是滴在了他的头上、肩膀上。当他踏上爱因斯坦家的前阶时,他发现一只野猫蹲在下面。

就十五分钟,卢卡斯告诫自己。他可以空出十五分钟。他正思考应该放下什么来空出一只手敲门,完好的那只眼睛便瞥见客厅的花边窗帘被拉开了。一阵脚步声之后,一个高高瘦瘦的女人出现了——中年,深色的直发和眉毛——打开了门,嘴角还噙着一丝温暖的笑意。

"如果教授知道你来了会很高兴的。"她也有一些德国口音,但是没有教授那么明显。

"是我的荣幸,"他说着,将盘子递给了她,"这些是卡普托太太托我送来的,她亲自做的。"

"谢谢了,但是你最好别告诉教授。他最近在节食。"她将盘子放在了门厅的餐具柜中。"我保证我会在晚饭后给他一块的,但就一块,还请谢谢她。现在,如果你愿意在这里等一下的话,我现在就去和教授说你来了。"

她刚准备走上台阶,突然又停住了,似乎忘记了什么,于是转过身来握住他的手。"我都不知道该如何感谢你的帮助了,我们所有人都非常感谢你。"

她紧握了一下后,便急忙跑上楼。整个房子都一派安详,唯有大厅的老爷钟还在滴答滴答地走着。海伦再次出现在楼梯的平台上,向他招手,他便跟着她进了一个房间,在他发现自己置身其中时,他身后的门已经被海伦轻轻地带上了,而爱因斯坦从一把破旧的扶手椅上站了起来。

"啊,我的救星,"他说,"你应该穿一身盔甲的呀,不是吗?"他笑了起来。"一身盔甲。"

当他们握手时,卢卡斯发现他的手就像草纸一样干枯,但却意外得有力。

"他们告诉我你受伤了。"

"不是很严重。"卢卡斯回答。

"对此我很抱歉,真的很抱歉。"

卢卡斯几乎不敢相信自己真的和这样一位伟人坐在了一起,但当他怀疑时,那块写着深奥的字符和公式的黑板,还有它后面杂乱的书柜都在提醒着他,这是真的。

"请坐吧。"爱因斯坦指向对面的扶手椅招呼道,但座位上铺满了书和纸张,教授慌忙将它们抱了起来,转移到了一张差不多凌乱的桌子上。其中有几张飘到了地上陈旧的东方地毯上,不过教授似乎并没有注意到。

卢卡斯在柔软的皮质坐垫上坐了下来,爱因斯坦靠在了对面的椅子上。他穿了一件宽松的黑色运动衫,他的头发还是和报纸上的那些照片一样凌乱。他把脚跷在搁脚凳上时,卢卡斯发现他穿了一双皮质凉鞋,还是没有穿袜子。

"我之前从来没有看过橄榄球赛。"他捋着自己灰色的胡子说道。

"大多数球赛的结束方式都不是这样的。"

"我希望不是,"爱因斯坦说着笑了起来,脸上堆满了皱纹。"希望不是,我想最近我大概是没办法参观其他的比赛了。"

卢卡斯从没想到他们竟会一起聊这件事。接下来的几分钟,他发现自己在爱因斯坦面前越来越放松了——教授显然是一个擅于让他人感到舒适的人,而且他对卢卡斯的身份、从哪里来和在战争中的贡献的关切是发自内心的。当提到文物复原委员会的文物修复工作时,从未听过这件事的爱因斯坦表现出了极大的兴趣。他是一个有涵养的人,这一点毋庸置疑,窗台上的小提琴和琴弓可以作证。

然而,卢卡斯不止一次注意到他看向自己胸前口袋时放光的眼神,口袋里塞着一包骆驼牌香烟。最后教授克制不住了,他瞥了一眼书房紧闭的房门,接着探身指着那包香烟问:"你有香烟吗?"

"是啊,"卢卡斯回答,"你要来一根吗?"

爱因斯坦连连点头,当卢卡斯抽出一支后,他立马起身,拉起窗框看向后花园。"别告诉海伦,医生不允许我抽烟。"

卢卡斯迟疑了一下。

"但医生也不是什么都懂吧。"

他算什么?凭什么和爱因斯坦争论呢?他们又坐回了椅子上。爱因斯坦用大拇指和食指捏着香烟,深深地吸了一口,闭着眼睛享受着香烟的味道,一些烟灰飘到了他的运动衫上。

找烟灰缸的途中,卢卡斯忍不住看向爱因斯坦扔在桌上的那些贴着官方军事邮票的信纸。在那些信纸的旁边,有一个已经空了的烘豆罐,里面还插着一根勺子。把勺子抽了出来,卢卡斯将烟头按了进去,接着递给教授,他也重复了这个动作。卢卡斯把这个临时的烟灰缸放在了搁脚凳上,多少有些危险。

"真是糟糕,"爱因斯坦说,"蒙特卡西诺①那件事。"

卢卡斯似乎这会儿没跟上教授的节奏。怎么突然提到这个?蒙特卡西诺,在罗马东南方向大约八十英里左右的一个修道院,在几个月前的一场激战中被摧毁了。

"尤其对一个职责是保存伟大艺术的人来说,更为糟糕。"

这样他便懂了。它本身就是一座完美的建筑,而且它的历史可以追溯到公元六世纪,因此这座古老的修道院就相当于一座独一无二的图书馆,其中留存了大量中世纪和文艺复兴时期的教宗的文函和财富。"是的。"

"看起来人类正在毁灭自己,还有他们所创造的所有美好的东西。"

几分钟前教授的眼睛还充溢着喜悦,而此刻却已愁云遍布了,卢卡斯的思绪也飘回了斯特拉斯堡,和那座矿井中藏匿的纳粹的战利品,至少还有那里幸免于难。他多希望他可以随意地和爱因斯坦分享石棺的故事,还有它所经历的那段不可思议的旅途——他觉得爱因斯坦一定会赞赏他的——但是他不敢。他甚至感觉麦克米伦就在一旁瞪

---

① 蒙特卡西诺:意大利中部著名的修道院,位于罗马与那不勒斯间的卡西诺镇,建于公元六世纪,是基督教徒的朝圣地。

着自己。

"即使是为正义而战的一方,"教授继续说道,"也像是在做邪恶的勾当。多少年来,每天都要面对炸弹与枪火、枪炮与飞机、坦克和大炮,只有越来越多的人死亡……"他的声音越来越弱,嘬了一口烟,向前倾了一下,将烟头扔进罐子中。铁罐中发出了微弱的嘶嘶声。"人们会想,什么时候是个头啊?"

"迟早会结束的,"卢卡斯安慰着,"第三帝国剩下的日子屈指可数了。"

"那么第四帝国呢?有什么能阻止它的出现呢?"

这个问题,卢卡斯没有答案。没有人有。

一阵风从敞开的窗子处吹来,吹起了窗帘,还将铁罐吹翻在了地上,烟灰尽洒在了地毯上。

"哈,这下海伦肯定会知道我们抽烟了。"

"这过错就算我头上吧。"卢卡斯一边说一边蹲下将那些证据扫进罐子中。

"那我就让你担着了,"爱因斯坦说着,歪嘴一笑。爱因斯坦真是一个矛盾的结合体——一个饱经沧桑的白发老人竟还会像孩童般淘气。不经意间他就可以从一个伟人转变为一个学童。"我在海伦面前什么都藏不住。"他走到窗边通通气。

重新摆好罐子后,卢卡斯用纸将剩下的烟灰包好。他的眼睛又一次瞄见几张淡黄色的纸上戳着红色的"顶级机密"几个大字,信头上是简单的几个字:白宫。

目光跳到最底端,他看到在那句警告"恐怕他们已经接近成功了"下面是一个潦草的签名,用湖蓝色水笔写的——富兰克林·德拉诺·罗斯福。爱因斯坦关上窗后,他小心地将这封信和其他的规整在一起,这时传来一阵急促的敲门声。

"你在抽烟,是吗,教授?"海伦问道。

"不,不,"卢卡斯主动说道,"是我在抽烟。"

海伦沉默了一会回道:"您是一个勇敢的人,安森先生,我们很清楚这一点,但是您不太会撒谎。"

爱因斯坦悄悄地说:"我早就告诉你了吧?"

"嗯。"卢卡斯小声地回答道。

爱因斯坦向椅后仰了过去,胡须掩住的嘴咧了开来。"她什么都知道,那个女人。"

第二十五章

"还有这个!"她父亲喊道,从那个从未离开过他视线的蓝色文件夹内掏出几张照片和复印稿。"看看这些!"

"声音小点。"她提醒着,环顾了酒吧一圈,几位原本闷头吃喝的顾客都抬起了头。只有一个人毫无反应,一个矮小的男人,他缩在壁炉旁的扶椅上,领子立得很高,帽檐却压得很低,甚至让人无法分辨他是死是活。

"看完这些以后,告诉我它们是不是和石棺内骨骸所受的伤是一样的!"

西蒙很早以前就看过这些图画和照片。在去阿尔萨斯的途中,她见过《伊森海姆三联祭坛画》①,是十六世纪早期马蒂亚斯·格吕内瓦尔德②所作,真品挂在安东尼寺院中,那里的僧侣正是因为照料那些患有瘟疫和其他皮肤病,例如安东尼热,的患者而出名。

---

① 《伊森海姆三联祭坛画》:德国艺术中结构最复杂、气势最宏伟的作品之一,是为伊森海姆的圣安东尼教区教堂绘制的。
② 马蒂亚斯·格吕内瓦尔德:十六世纪专擅祭坛画的画家,是德国文艺复兴绘画中最不可思议的画家之一。

"特别要看一下这张。"她父亲将一张油画铺在那堆照片上,上面描画的正是圣洁的安东尼隐士被魔鬼折磨的画面。从西蒙了解到的那些传说和教会文学来看,圣安东尼的一生都忍受着撒旦和他的恶魔们的引诱与折磨,因为他的纯洁与信念被视作对恶魔力量最坚定而强劲有力的抵制。他勇敢地战斗着,用那带着铁质曲柄的手杖反击着。在这张油画上,他正举起手杖向苍天祈求庇佑,那些魔鬼的尖牙利爪将他的身躯撕咬得鲜血淋漓、残缺不全。

尽管她从不怀疑父亲的论断——那棺材里的遗骨属于在古代遭到迫害的圣人——但她并不认为这些照片和蚀刻画有什么说服力。"这些只是画而已,"她说,"没有人会相信这些的。"

"但这些画和安森教授、德兰尼教授发现的解剖学证据完全一致。"

他的眼睛闪烁着光芒,看上去有些激动,西蒙并不希望看到他这样,毕竟他的咳嗽还没有康复。她担心那次他在橄榄球馆观看比赛时着凉了,同样也担心他还在饱受困扰,因为见证了爱因斯坦受到袭击,袭击者嘴里还念着那些美国人都听不懂的阿拉伯语诅咒。怎么能不困扰呢?连她也无法忘记那件事情。

"难道不是你告诉我的吗?那些同位素实验,不管叫什么名字的实验,也证实了两者时间在时间上是吻合的。"

"是的,"她不得不承认,心里再次涌现一丝愧疚,她背弃了保密的誓言,把所有的发现都告诉了父亲。但瞒住她的父亲是完全不可能的,也是不道德的,如果没有她的父亲,也不会有现在他们讨论的这些。如果说他没有资格知道研究进展的话,那就没人有资格了,他奉献给她的爱与忠诚是无可比拟的。"起码,大多数骨头是这样的。"

"大多数?"

"那个人类的骨骸可以追溯到三世纪左右,但是另一具,就像我之前说的,还是不能确定。"

"当然无法确定了,"他说,"他们根本不是人类——他们是这些东西的骨头。"他的手指着格吕内瓦尔德的油画上的某个生物的图像说道。"听着,"他在蓝色的文件袋里翻找着,抽出一张黄色的纸,"这是在四世纪左右、安布罗斯撰写的圣安东尼的传记中找到的。"他用手指点着那些文字,大声地念着:"安东尼对追随在他身后的信徒们说道:'……如果有魔鬼在晚上找到你们,想要为你们卜算未来,或者他们说"我们是天使",别听信他们,他们一定在撒谎……'"

好熟悉的字眼,西蒙想,和卢卡斯在石棺上发现的那些文字一样。

"'如果他们还是不知廉耻地坚持着,不停地变换模样来耍弄你们,不要害怕他们,也不要畏缩,更不要相信他们是好人。不管他们是好是坏,上帝总会帮我们辨清的。'"他突然停下,用指关节抵住嘴唇来抑制咳嗽。

从椅子后方传来服务员的声音,她在询问那个窝在壁炉旁的男人是否需要点单,但他却怒斥她走开,让他独自一人待着。从他的喉音来看,他不止不怎么会说英语,而是可能压根就不能讲话。但想到,这里之前甚至不愿为她和父亲提供住宿,她也就懒得管了。

"毫无疑问的是,"她父亲说,"那东西已经被放出来了。但它在哪儿呢?要怎么走动呢?"

"什么?"西蒙问,回过神来看了一下手表。她有约在身——但现在已经迟了——去艺术博物馆看她之前拍摄的片子。

"恶魔可能以任何形式出现,这里是这么说的,但是我们怎么确定它的宿主呢?"

"你的意思是,它附在了谁身上吗?"

"人,或者物。任何有生命的东西,任何有形的东西都有可能。它需要一个载体,就像过去那样,让它得以活动。"

一想到那个袭击未遂的人像行尸走肉般,走下体育馆走道时令人不安的样子,西蒙就心惊胆战。

"现在,"他父亲说着,用手指扫了一圈酒吧,"它可能无处不在。"

西蒙身后不远处传来声音,是酒店的经理,他出现在了那个缩在扶椅上的男人身旁。

"先生,"他询问道,"您是旅馆的客人吗?先生?"没有任何回应,于是他又说,"如果您继续不点东西的话,我们就得请您离开了。"

那个男人没有回答,但是一股无名火像箭一般突然从壁炉中射了出来,直直落到经理的裤脚处。"天啊!"他尖叫着跳开,把裤管的火拍灭了。

"走吧,"西蒙催促着父亲,"上楼吧。"她小心地与那个窝在扶手椅中的怪人隔出了一段距离。"现在你只需要洗个热水澡,再睡个好觉。"

"热水澡?你想说的只有这些?"

她本想告诉他,她得赶去艺术博物馆,但是她知道这样做的结果无非又是一场争吵罢了。他会坚持要跟去,但她绝对不会在这样一个暴雨狂风的夜晚带他出去的,而这会让事情变得更加糟糕。

结完账后——和往常一样,他父亲还是只要了一碗汤面和一杯茶——帮着父亲将东西收进蓝色文件夹内,她把拐杖递给父亲,搀着他的手肘一起离开了酒吧。尽管西蒙经过的时候已经让了足够大的地方给他,那个不速之客还是窝在椅子上,一点没有挪动的意思。壁炉里的柴薪依旧噼里啪啦地响着,空气中隐约弥漫着一股潮湿的草皮味道。这不禁让她想起在苏格兰高地远足的那个秋天。

"我几小时以后就回来,"她对父亲说,"希望我回来的时候,你已经睡着了。"

"这个点了,你去哪里?"

"见卢卡斯。"仅仅是这一句话就已经让她父亲不满了。

"他是个好人,"拉希德博士不情愿地承认道,"但他有残疾,被战争伤害的人不会是仅仅受点伤那么简单。任何人都可以看出这点。"

"我知道。"

"走路轻点。"

经过吧台时,她看见经理正在打电话,而那个服务员正在旁边说着什么,"你开除我吧,我不在乎——反正我不要再去那个人那儿了。"

西蒙理解她,尤其是当她有了那种奇怪、不安的感觉时,她觉得椅子上的那个男人,尽管像乌龟一样把头缩在大衣下,但在他们离去时却转过身看着他们走开。她想转身验证自己的这个猜测,但她可不想白白便宜了那个下流的杂种。

其实也不是,老实讲,她根本就不敢回头。

第二十六章

"你确定不需要我为你播放吗?"老放映员追问着,"我一点都不介意的,教授。"

从放映员给他进行快速指导开始,这已经是第三次了,卢卡斯向他保证自己可以的。

"好吧,那么,"放映员一边说一边调试着各种开关和旋钮。"那至少让我帮你把它加载好,为放映做好准备吧。"

就在他做这些的时候,卢卡斯环顾了一圈这狭小的放映间,垂着几块隔音板,一个装着灭火器的积满灰尘的箱子,还有塞满了胶卷盒、幻灯片盒以及捕鼠器的置物架。

"这里有老鼠?"

放映员抱怨着,"不管我和那些学生说了多少次,不要带吃的来礼堂,他们就是不听。"他搓了搓手,接着说道:"接下来就是你的事了。"接着便从卢卡斯身边走出了放映室。

他刚出去,卢卡斯便听见礼堂中坐在西蒙旁边的德兰尼,假装沮丧地拍手大叫道:"我们开播吧!"

坐在放映室内,他能看到的只有他们的后脑勺。"别着急!"他喊着,关掉了礼堂的灯,摸索着打开了投影仪。影片倒计时时,咯咯嗒嗒的声音让他想起了妈妈的缝纫机,接着镜头一切,在黑白画面中,他自己正宣读着时间和日期——那声音他甚至听不出来是自己的——并介绍着调查小组的成员。他之前从没见过自己像这样出现在荧幕上,这才知道自己的八字胡和黑色眼罩看起来有多么可怕,他第一反应就是像海盗。接下来几秒是德兰尼的镜头,他上镜时就像一只脾气温顺的棕熊,然后是西蒙,她跨了一步到摄影机前,神色忧虑。

但依旧很美。

即使在这种情况下,看到荧幕上的她,卢卡斯还是被她独特而神秘的特质打动了——她明亮的眼睛和弯弯的眉毛,还有垂在脸颊旁的黑发。有太多这样的时刻,让他感到自己的心被牵动着,他甚至有些后悔将她牵扯进这个项目中来了——尽管他知道自己根本阻止不了她。她的固执一点也不比她的美丽来得少,而且如果不是她和她父亲,这石棺可能还躺在埃及沙漠中某个隐蔽的墓穴中呢。

中间插了几张空白帧,是卢卡斯将摄影机移交给西蒙的那段时间。

接着又出现了画面,镜头切到了紧闭的石棺盖上。卢卡斯可以看见上面刻的那些生物,朝着那个牧羊倌挥舞着爪牙——猪倌,他自己纠正了一下——手里还拿着某个曲柄的东西。某种程度上讲,这些张牙舞爪的怪兽在荧幕上看起来比实际棺材上要鲜明得多。撇开迪克斯堡的那个技术人员的抱怨不谈,目前为止卢卡斯根本看不出来西蒙哪里拍得不好,反而觉得她的工作完成得非常出色。

画面中出现了一双戴着手套的手——他想起来,是自己的——抬起棺材上缠的那圈生锈的铁链。德兰尼的双手也戴着手套,他挥动着钢锯,不一会儿那些铁链便成了一摊粉末。他们又花了几分钟才将剩下的铁链锯断,再就是那笨重的石棺盖——他还是能回忆起那石头的重量,还有那股凉意——被从棺材的一端搬了下来。西蒙已经比较熟练了,操纵着摄像机一路跟拍着那盖子,直到它被安置在了一块薄薄的床垫上。

紧接着的那一刹那,镜头模糊了起来,直到画面再次清晰前,都像是被什么东西糊住了似的。

当西蒙重新晃动镜头,想要拍摄新的画面时,她发现焦距改变了。这时可以听见西蒙的惊呼,"噢,我的天啊!"

镜头重新对准了棺材的内部,聚焦到那些乱糟糟的骨头和艺术品上。有两具骨头。画面上的卢卡斯将戴着手套的手伸进石棺内,抱起了那具更奇怪一些的骸骨,他还记得当时感觉像是在表演《哈姆雷特》中的一幕似的。

但接下来放映的这些他完全没了印象。镜头被一个无形的东西遮住了,好像故意遮住了那头骨的模样。绝对没错,那空荡荡的眼窝中闪过了一丝光亮,像是一阵火光。他那时候在看别的地方吗?如果是的话他应该会记得。摄像机是如何捕捉到目击者都注意不到的东西的呢?

西蒙的声音又响起了,"摄像机好像哪里坏了,"也是从那一刻起,完全乱套了。声音突然变得尖利了起来,画面也损坏了,变得非常不稳定。只听得见德兰尼的那声警告"把它放回去!",卢卡斯便看见自己的手将那畸形的头骨放了回去。他还记得西蒙从那块煤砖上跌了下来,只留摄像机自己在三脚架上旋转着。画面突然变得有些混乱,摄像机空转着,它的镜头漫无目地扫过储藏室的角角落落,但几乎都蒙上了一层肉眼不可见的薄雾。难道是胶卷出了问题?房间的灯开开关关,关关开开,每次都会切到不同的画面。朦胧中出现了一个奇怪的身影,不一会儿又消失了,它伸着长长的鼻子,粗短的翅膀拍打着,在地面上匍匐着,接着又消失得无影无踪了。接着的几帧要么是空白的,要么就像是脏了或布满了条纹。玻璃破碎的声音——是天窗,才刚刚修好的那扇,就像是被棒球砸中般裂开了——杂乱的画架处突然传出一声尖叫。后门被撞开了,一个非同寻常的身影——显然是一个人,但他低伏着身体——夺门而出。

尽管影片又继续放了几秒,但画面太模糊了,接着就戛然而止了。卢卡斯摸索着开关,但太暗了,他根本找不到。突然传来了一股味道——好像什么烧着了——他再次寻找开关来关闭放映机。还是不走运,放映机依旧嗡嗡地响着。

迅速地转过身,他用手在墙上摸索着,找到了顶灯的开关,立马打开了。一只瘦小的灰老鼠出现在了眼前,惊慌地吱吱叫着,在门缝中扭动着。气味更糟了——胶卷着火了。他猛地拉开了玻璃箱门,取出灭火器,举着喷溅着白色泡沫的喷嘴,上上下下将整个机器都喷了一遍。尽管烟雾有些呛鼻,但他一直喷到瓶子空了才停了下来。

德兰尼打开放映间的门。"怎么了?"他问,西蒙在一旁惊呼着,"你还好吗?"

散了散那些烟雾和臭气以后,卢卡斯跌跌撞撞地走出房间。德兰尼甩上他身后的门,轻轻地拍着他的背,说道:"慢慢地呼吸,慢一点。"

卢卡斯试了一下,但那胶卷中的化学物质呛得他喉咙难受,也可能是灭火器的泡沫。他那只完好的眼睛不自觉地流着眼泪。当他终于喘上气、有些好转的时候,他看见他壮实的同事脸上惊现的一丝慌张逐渐消散了,取而代之的是看完影片后的震惊。

"至少我们知道迪克斯堡的那家伙说的是怎么一回事了。"德兰尼安慰道。

卢卡斯还是没办法开口说话,只好点了点头。西蒙端着一个盛着水的纸杯走了过来。

"喝口这个吧。"

他感激地喝了一口。

"你确定火已经灭了?"德兰尼担心。

"自己看吧。"卢卡斯用沙哑的声音说道。

就在德兰尼开门的那一刹那,西蒙匆忙跳开——"小心!"她尖叫着。一群灰毛老鼠冲了出来,窜到礼堂的各个角落里去了。一只肥胖的棕色老鼠,丝毫不惊慌,也不害怕,晃动着胡须和尾巴,嗅着新鲜的空气,大摇大摆地跟在他们后面。德兰尼想要踩死它们,但总是踩不中,接着这只老鼠便敏捷地躲进礼堂的角落里去了。

"是时候叫专业灭鼠人员来了。"德兰尼说。

朦胧中,卢卡斯看向西蒙,她的手紧紧地握着衬衫下面的某个东西,当初开石棺时她也是这样。而且,她脸上的表情也使卢卡斯更加确信,自己的想法是对的。

现在这里所发生的一切,根本不是什么专业灭鼠队可以解决的。

第二十七章

"伞兵降落了,"收音机里的声音响起,"我身边的所有人都在解身上的降落伞。"

拉希德博士向前倾了倾,想仔细推敲每一个字眼。今晚的广播是荷兰发来的,第 101 空中突击师的士兵们正在那里执行占领荷兰与比利时边境桥梁的任务。

"今晚天上挂着一轮满月,那些降落伞在我们周边的农场与田野上穿行。"广播员的声音中掺杂着紧迫感与恐惧。"但别搞错了,这里依旧危险丛生。"

这些播报欧洲战况的广播大都拥有成千上万的听众,这次也毫不例外;这些播报内容非常及时,且都是现场播报,这是那些坐在华盛顿工作台前——或是纽约的电传机前的新闻人绝对接触不到的。知道播报员真的在战场上,和那些执行他所报道的任务的战士们冒着同样的生命危险,这使得播报变得更加可信,且给人留下了更为心惊胆战的悬念。

拉希德将自己的蓝色文件袋放到一边,脱下了鞋子——因为背部的问题,弯腰对他来说一直非常痛苦——紧接着就剧烈地咳嗽起来。

广播继续放着,他开始脱衣服。他女儿把他送回房间以后就赶去见那个卢卡斯了,这也很正常,至少那个男人刚刚完成了他的使命,从前线安然无恙地回来了,或者说几乎无恙吧。不管将来是怎样,她起码不会成为战争遗孀。这就足够了。

他有些后悔在酒吧时那么激动了,毕竟带着情绪争吵根本于事无补。他还清楚地知道别人听完他的言论后的观感。做他这一行的大都这样——包括他女儿——刚开始都是十足的经验主义者,不愿意听信那些和尚、毛拉①、牧师和所谓的先知胡扯。那些经书,无论是什么出处,对他而言都只是学术研究的辅助工具而已。

但是随着阅历逐渐增长,他的观念改变了。他常常感受到一种莫名的力量,也常常会怀疑自己的直觉。这就像物理学家,他们用尽全力去理解和探究那些理论和发现,却总会有一些无法解释的事物,总有一些他们需要不断调整自己的理论去适应的东西。就他所理解的来看,爱因斯坦的相对论也不例外,其中部分内容也与最新提出的量子力学理论有些出入。显然,在原子层面上看,在不改变过程中其他任何粒子的情况下,要同时测定一个粒子的速度与位置是完全不可能的。而他工作中遇到的,正是这种不明确且不合理的问题。而他则是在尝试着将事实与信仰、科学与巫术糅合成为一个易于接受且与时俱进的东西。

要是他还有足够多的时间来解开那个石棺之谜就好了,但他的身体一天比一天差——比他让女儿了解到的要差得多——而他现在最大的心愿就是能够活到世界回归和平、西蒙得到大学里一份稳定的工作且安顿下来的那一天。

---

① 毛拉:伊斯兰教的教士。

"我们现在处在一条横穿田野的运河沿岸,此刻正列队等待着。这里的每一双眼睛、每一只耳朵都警惕地洞察着可能设好埋伏的纳粹狙击兵。"

拉希德将收音机的声音调高了些,走进浴室,放下浴帘,打开热水龙头。他将拐杖靠在了门上,便把剩下的衣服也脱掉了。在药箱中找到每晚要吃的药片,吞服以后用手试了试水温。他必须说,纳索旅馆——尽管他们歧视有色人种(哦,他当然没有忘记那次在接待处受的侮辱),但他们的热水器是真的好。房间中升腾的雾气已经让他的喉咙舒服很多了。

"刚刚我身旁的运河里飘过一具尸体,"播报员严肃地说,"虽然并不是我们的人,他头上还带着钢盔。他的四肢都大大地张开着,就像是在雨雪天要幻化成天使一般。"

关掉水龙头,扶着抓住浴缸的边缘,拉希德缓缓地将一条腿伸进水中,然后是另一条。一只手撑着白色的瓷砖墙,他坐了下去,用肥皂沾了沾水,涂抹着自己的脸和肩膀。接着他向后倚去,将脖子架在浴缸的边沿上。那块皱巴巴的浴帘虽然挡住了他的视线,但他依旧可以听见广播的声音。

"在皎洁的月色下,不远处风车洁白的叶片闪着光芒。一般情况下,这应该是一处美景,在同样美好的一个夜晚。"

除了广播声外,拉希德似乎听到了房门打开的声音。她已经回来了?他想着,松了一口气。

"西蒙?"他喊了一声,但没有任何回应。

"然而,这并非寻常的一夜。"播报员低声说道。

突然吹来一阵微弱的风,拉希德又大声喊道:"我在洗澡,请把收音机的声音关小一些,顺便把浴室门带上。"

还是没有任何回答。他一定是听错了。于是他又闭上眼睛，专心地听起了广播。

"等下——你听见了吗？"播报员警惕道，"远处的声音？"

拉希德似乎闻见了什么味道，湿漉漉的青草味，他睁开眼睛。就在这时，前厅的灯灭了。

"是来福枪声。"

灯怎么会熄了呢？短路了吗？不，不可能，收音机还在正常工作。

风强了一些，那气味也是。

"西蒙？"他又试着喊了一次。门外闪过一丝黑影，但不管那边是谁，拉希德这一边的塑料浴帘遮挡着，什么也看不见。

他第一次感到害怕——一种冰凉的畏惧紧紧地揪着他脆弱的心。

"是谁？"

"是从风车那边传来的。"收音机还在继续。

一个蹲伏着的深影钻进了浴室，就在他身边。

他起身，想推开挡住他视线的那团浴帘。"你是谁？"拉希德紧张地问道。

整个房间闻起来有了股沼泽的味道。

"滚出去！"

但，那身影却更近了。透过那层薄薄的塑料，他看到一只胳膊伸了进来，握住了浴帘，猛地一拽，便整个地掉了下来。

他认出了那顶帽子，还有那件立着领口的外套。但在那底下若影若现的那张脸他却从未见过。尽管显然是个活人，但他却感觉像几千年前就死了一般。他刚张开嘴，还没来得及呼救，那人就按住了他的头，毫不费力地将他按进了水中，并一直保持着这个姿势。他挣扎着想要解脱出来,手指死死地抠住浴缸的边缘,他的心跳快得就像杵锤一般,但那双手抓得太紧了。他的双腿扑腾着,地面上溅满了水,因为肥皂水的缘故,他眼睛刺痛着,根本看不清任何东西,只能看见那双邪恶而坚定的眼睛中闪烁着金光。

广播的最后一句话他也没有听见,他的双腿逐渐失去了力气,他的嘴唇中吐出了最后的几个气泡。"那些伞兵呈扇形散开了,他们现在正在回击。"接着就是一阵枪炮声,他的心跳也停止了。"我还不知道有多少人受伤了,但刚刚一名士兵靠近了他们,扔出了一枚手榴弹。"收音机中响起了远处的爆炸声。"天啊——那一扔简直可以和迪齐·迪恩[①]相媲美了,"播报员尖叫道,就好像在转播一场棒球比赛一样。"现在风车着火了。再告诉你一件事吧,不会再有子弹从那里飞来了,一个都不会有了。"

---

① 迪齐·迪恩:美国圣路易斯红雀(棒球)队的著名投手。

第二十八章

父亲的猝死更让西蒙感觉到活在这世上一种无法言说的孤寂与落寞。她知道这一天终会到来——最近,她不止一次看到过她父亲眉梢掠过一丝死亡的影子——但当它真的发生了,还在一个对她来说完全孤单陌生的地方,事情就变得更糟了。

然而事实果真如此。

在卢卡斯和德兰尼的搀扶下,她跌跌撞撞地走到码头边,她一步一步地挪着,努力让自己的鞋跟不要陷进木板的缝隙中。她想知道,什么时候她才能结束这样无时无刻不感到空虚的日子,实际上,她更想知道那一天究竟会不会到来。

她手中捧着父亲的骨灰瓮,比她想象得要沉重得多。

这是一个明媚而爽朗的日子,卡内基湖畔的树叶已经染上了深红色和金色。就像是明信片上的风景似的,远处湖岸上飘着一叶扬着黄帆的蓝色小舟。她父亲的愿望总是很简单——可能只有将他的骨灰撒向撒哈拉沙漠,这一点除外吧。奇怪的是沙漠一直是他认为最有活力的地方。但如果西蒙在海上战事这么频繁的时候,再为此横穿大西洋也太过草率了,她也深知父亲一定希望她能够尽快处理好他的后事。

于他而言，尸体不过是灵魂寄居的一个处所罢了。

"灵魂，"某晚在帝王谷时，他围在篝火旁说，"就像鹰隼。无论对饲鹰者多么忠诚，它们依旧渴望翱翔。如果我死了，就让我的灵魂在天际随风飘荡吧。无论我来自哪里，我终将归于尘土。"

尽管她认为这样的想法有些病态，但她的父亲并不觉得。他认清了自己之于整个宇宙架构的意义——如果是一个架构的话——也能够在面对最深的恐惧时，比如那次在圣安东尼墓，表现出勇气和尊严。她不知道自己是不是也能像父亲一样。

当他们走到码头的尽头，她闭上了眼睛，感受风吹起她肩头的发丝。德兰尼礼貌地退后了几步，卢卡斯依旧站在她身旁。如果没有他，她都不敢想象该如何撑过这一切。在胶卷着火的那晚，是他送她回到了宾馆，也是他在浴室里发现她父亲的尸体的。是卢卡斯叫来了救护车，也是卢卡斯应付了警察和验尸官的调查。关于死因，判定为意外——老人在跨出浴缸时，滑了一跤，撞到头后溺死了。

要不是房间里一切都是原来的模样，独独少了一样——那个蓝色文件袋，西蒙可能也就相信这个结果了。那个文件袋，她父亲从不离身的，却哪儿也找不到了。

"这件事你准备上报警察吗？"卢卡斯问。

她的回答是不。又有什么用呢？他们只会觉得她疯了，而且调查中可能还会连累到她和卢卡斯正在进行的石棺研究。再说了，她哪说得出嫌疑人是谁呢？

"会是酒吧里的那个男人吗？让你觉得毛骨悚然的那个。"

"如果我曾有那么一点点幸运可以摆脱任何在酒吧里让我不安的人，这次……"她说着，他却突然示意她不要再说下去了。

她想说她也是这么想的，但却没有说出口。

卢卡斯在她身边踱着，踩得码头的木板咯吱作响，继而说道："你准备怎么做？"他的声音就和拂过水面的微风一样轻柔。她想知道，自己就这样站在那儿抱着骨灰瓮失神了多久？"你介意我说几句吗？"

"你说吧，没关系的。"她说完，睁开眼睛，灿烂的阳光重新照进她的眼底。那艘小船，尽管离这儿还有些距离，正逆着风向他们所在的这片码头驶来。

"你自己想不想说些什么？"

但此刻她还能说什么？那些还没说出口，却在心底重复了千万遍的话？再见？她说过了。我爱你？以后的每一天我都会想念你的？如果往生者能听见活着的人们的话，他会听见的。

"你可能还想做些什么吧？"德兰尼在身后轻声提醒着，"在那艘船再靠近些前。"

西蒙低头盯着手中的罐子。是啊，比她想象得沉多了，但和其中所承载的相比，却是轻了很多。那里面承载着的曾是一个完整的生命，而此刻那生命却变成了灰烬与骨骸。骨头和灰末。还有一个骨灰瓮。

没办法打开盖子，于是她将它递给卢卡斯，卢卡斯旋开以后又交还给她。感受了一下风向后，她将骨罐举过码头一端，接着翻倒过来。一些粉末撒了出来，然后就停了，因此她不得不将罐子摇晃了许多次，罐颈处才松了些，大量的骨骸和灰色的余烬，白色的骨灰——倾泻而出，大片大片的，那些和橡实一般大小的，坠到了水中，剩下的则是乘着风飘散了。她抖动着罐子，直到再没剩下什么。

她困惑着，她撒的究竟是些什么？

船长似乎意识到发生了什么，为了给他们留出私人空间，于是扬着黄帆的小船调过头，驶向了相反的方向。

那些仅仅是遗骸吗？她想着。空气突然清冷了些，一团翻滚的白云遮住了阳光。她所要告别的，只有这些吗？或者说，她是不是如父亲所愿，让鹰隼自由翱翔了呢？

第二十九章

　　将西蒙送回纳索旅馆——并作贴地将她安置在了顶层更舒适一些的房间里——并在确认她熟睡后，卢卡斯才向哈里森街道的某个青年教授家走去。

　　他想起之前看的片子中的种种——薄雾中一跃而起的古怪身影，还有那颗颅骨空荡荡的眼眶中射出的光——都找不出任何解释，但有一个除外，即最后几帧出现的那个身影。

　　一个大活人从储藏室中逃开了——另外那只幽灵就像追随主人的狗一般紧紧跟上了他——而那个人，卢卡斯强烈怀疑是安迪·勃兰特。

　　这只是一个猜测，但他从战场上学到了一点，他的怀疑通常都是正确的。那家伙显然很爱多管闲事，无时无刻地不在想办法钻进德兰尼的实验室，总是打探放射性碳实验的进展，或是假装和卢卡斯开玩笑，打听他整天躲在博物馆里干什么。"你好像在那儿藏了什么绝密武器似的。"他半开玩笑道，却依旧期盼着他的回答，但却从未得到过回复。但为什么勃兰特一开始就会出现在储藏室里呢？还是说他隐瞒了什么卢卡斯不清楚的秘密？

夜幕降临，空中飘起了丝丝细雨，这时卢卡斯到了一座工房似的建筑前，十几年前建的，现在早已经破败不堪了，大部分的年轻教师和研究生都住在这里。他再一次感谢上苍，让他能够寄住在卡普托太太家；他一想到，这一切可能是道兹校长、战略情报局或是其他什么人的幕后操纵，他就对他们感激极了。

走进露天楼梯井，抖了抖皮夹克上的雨水后，他瞥了一眼租客名单。木板上贴着几个手写的标签，"安迪·勃兰特"住在2B室，那是高一些的楼层，因此他小心翼翼地从黑漆漆的楼梯间爬了上去。尽管天花板上固定着一个照明设备，但灯泡似乎被偷了，毕竟最近的供应很紧张，每个人都非常需要灯泡。

在一道贴着一个金属"2"字、旁边用线悬着一个"B"字的门前，他刚扬起手准备敲门，却顿了一下，里面传来一阵声音。将耳朵贴近门，他听清楚了些——安迪的声音——在和谁说话，但根本没有人回应。他等了一会，但一直都只有他一个人在讲话，还把声音压得很低——卢卡斯几乎听不出来他在说些什么。在这种公寓里，有一部私人电话的可能性几乎为零。

他听上去更像是在用无线电通话。

安迪是无线电爱好者吗？卢卡斯的记忆中似乎从未听他提过，即使是这样的，那他又为什么要偷偷摸摸的呢？

卢卡斯屏住呼吸，离门远了些。他湿答答的鞋子踩在地上嘎吱作响，于是他停住了——但对讲还在继续。

卢卡斯紧紧地盯着那扇门，一步一步倒着走下了楼梯，一退到外面，便匆忙绕到房子的背面，那里有一个通向二楼公寓的生锈了的逃生梯。他尽可能轻地踩着老朽的横木，冒着雨蹲在安迪的公寓外。房间内拉着百叶窗，但和这片住宅区的其他东西一样，这百叶窗似乎安得不是很好，有点歪了。卢卡斯便向屋里探视。

安迪坐在一张木椅上，无线电在桌子上，他正对着手中的麦克风说话。卢卡斯一眼认出了那个收音机——那是标准配置的 BC—1000，他在欧洲也用过。他查看了一下逃生梯上有没有天线。果然，在和窗框齐平的地方固定着一根，本该是橄榄色的天线被漆成了木头般的褐色，大概是为了隐藏起来吧。他又看向窗内，安迪此刻正在翻阅着一些资料，又对着麦克风念了一遍读到的内容。

那些纸装在一个蓝色文件袋内——很像西蒙房间里丢的那个。

不管他在干什么，卢卡斯心里想着，现在都得阻止他了。他从口袋里掏出钥匙串，挑了一把钝头的钥匙，悄悄地塞到天线下面，将它从窗框处撬松了些。其中一端是一圈电线，刚好够绕住他的手腕。于是他猛地一拽，将天线折成了两截。

他没有看接下来发生了什么，便握着天线爬下了梯子，刚踩实在泥地上，楼上的窗户就被推开了，安迪将头伸到一片毛毛雨中。卢卡斯立刻躲到了建筑的影子中，安迪环顾了一圈，伸手摸索了一下窗框边失踪的天线。接着他将头又探出来了些，看到了断裂的电线。他疑惑了片刻，迅速地扫了眼周围，又将头缩了回去。

他一定知道这不是巧合。

那他接下来会怎么做呢？

迅速地跑回建筑物的前面，卢卡斯躲在旁边的楼梯井内等着。雨丝毫没有要停的架势，温度已经降到了四十几华氏度[①]。他手臂上被沃利·格雷格的小刀割破的伤口又隐隐作痛。他一边擦了擦头发上的雨水，一边思考着下一步应该怎么做。他是应该继续在这里等着，还

[①] 四十几华氏度：40 华氏度约等于 4 摄氏度。

是找部电话联络一下战略情报局，让他们来解决接下来的事情？安迪·勃兰特会不会远非一个单纯惹人厌的马屁精？也许他其实是敌军的卧底？

尽管乍听上去不太可能，但他仔细想想，似乎就明朗了一些。似乎在卢卡斯刚到普林斯顿的时候，安迪·勃兰特就已经和德兰尼教授在同一个科学大楼办公了？而那时候的德兰尼正在进行绝密的同位素实验。难道不是从那以后，勃兰特就一直在极尽所能地讨好德兰尼——这很像是一个间谍的所作所为——而且不放过任何一个窥探楼上实验室和打听最新发现的机会？

会不会就是勃兰特，偷偷潜入纳索旅馆拉希德博士的房间，偷走了资料？那个蓝色的文件袋就躺在勃兰特的桌子上呀。

风吹过树梢，潮湿的树叶如瀑布般飘落到哈里森街道上。

那么，接下来的一个问题才是最恐怖的，如果卢卡斯顺着这个逻辑，就只能得出一个结论。如果勃兰特闯入了宾馆的房间，那么拉希德博士在浴缸遭受意外时，他是不是就在旁边？难道真的只是意外？还是说西蒙的父亲是被人故意淹死的？

他突然听到了一阵关门声，接着身旁的楼梯间传来下楼的脚步声。卢卡斯躲在暗处观察着，安迪穿着一件长长的黑色连帽雨衣，四处张望着走进了雨中。他看上去就像是讽刺漫画中恐怖的圣诞老人，肩上扛着一个帆布包，鼓鼓囊囊的包里装满了东西，叮叮当当地碰撞着发出响声。发现没有人注意到他，他便安心地走上街道，避开稀稀拉拉的几盏路灯的光线，不时地停下来回过头看看身后。

卢卡斯一路保持着安全距离跟踪着他，看见他绕过一座小小的、仿科茨沃尔德①小屋而建的校园车站,穿过铁轨,走到校园深处。宿舍的灯还亮着,虽然主干道沿途的路灯亮着,但大部分的地面还是漆黑一片,在这样的情况下,盯紧勃兰特对卢卡斯来说并非易事。天公也不作美,雨依然在下。幸好安迪移动得非常缓慢,不知道是因为他穿的雨靴的缘故还是扭伤了脚,反正卢卡斯觉得很庆幸。

没过多久,卢卡斯就猜出了他的目的地。他在宿舍和教学楼之间穿梭,经过道兹校长办公楼的花园,向着学校艺术博物馆的后门走去。

正是储藏室的位置。

那个帆布包让他有一种不祥的预感。但他到底准备偷什么?那些骨头和艺术品早就搬到实验室去了,剩下的那个石棺,他自己一个人也不太可能搬动。

隐蔽在一片树丛后面,卢卡斯观察着,勃兰特的步子好像愈加沉重了,一瘸一拐地走向博物馆那面覆盖着常青藤的墙。那墙起码三四十英尺高,在它的上面就是一扇天窗。窗户玻璃早在他们开棺的那天就裂开了,但还没有碎,而且后勤人员还没来得及修缮。他见勃兰特斜歪着头,雨水顺着他的脸颊流淌,但他看上去不同以往。紧咬着下颚,眉头皱着,那个表情只能用……狂暴来形容。就像在恼怒这堵墙竟敢阻碍他的去路,不过这并没耽误他多久。

当卢卡斯正抹着眼睛上的雨水时,只见勃兰特将麻布袋的织绳绕在脖子上,将袋子像披风似的挂在身后,抓住树藤,从容得像黑猩猩一样荡上了六英尺高的墙。就这样他攀着树藤向上爬着,很快他便突破了之前以为坚不可摧的障碍,平稳迅速地向头顶的窗户移动着。卢

---

① 科茨沃尔德:英国地名,位于莎士比亚之乡的南面。

卡斯惊呆了，这根本就是马戏团的杂技演员的表演，异常轻松随意且胸有成竹。正当安迪打开天窗的时候，他的一只雨靴松了，滚落到了地上。随后，卢卡斯意识到，不能再浪费时间了。他根本比不上安迪的灵活度，更别说他还拖着一条受了伤的手臂。

但如果他再快一些的话，还是能阻止他的。

他上气不接下气地狂奔到博物馆前，气喘吁吁地打开门，关掉警报器，以防引起勃兰特的警觉。他希望能够当场抓住他。

画廊中十分昏暗，只有脚边的夜灯亮着，但这已经足以让他避开那些雕塑、底座和陈列柜了。他面临的更大问题是只能用一只眼睛看路，他必须不停地转头，才能保证没有忽略什么东西。那些古希腊和罗马时期的雕塑怒视着他，似乎被他搅扰了安宁，还有那些装饰的容器、花瓶，让他想起了拉希德博士的骨灰瓮。

听见声音时他刚到主画廊的拐角处，于是匆忙向储藏室奔去。"噔"的一声，像是锤子或凿子的声响，然后就是一阵刮擦声。那声音不是很大，所以卢卡斯怀疑是不是自己听错了。也许只是某处管道的声音。接着那声音就再也没有响起过了。

取而代之的是一阵窸窸窣窣的声响，还有东西在大理石地面上拖行的声音。他躲在一座巨大的青年雕像后等待着，这雕像大概有3米高，超过两千年的历史了。石灰岩雕像高高地立着，像一个保护神似的，但卢卡斯清楚地知道，在这儿他只能靠自己。无论安迪拿了什么，只要让他逃走了，那么他就必须承担所有责任了——而且安迪·勃兰特和他所偷走的珍宝可能再也见不着了。

声音越来越近了，现在他甚至可以听见费力的呼吸声。如果不是他知道发生了什么的话，他也许会以为是某只动物——一只野猪或者是一只笨拙的熊——一路嗅着、哼着穿过博物馆。雕像前飘过一个影子,但卢卡斯并未行动。他想看清楚他的对手到底是个什么情况——安迪有没有武器?还有他是怎么拖着那个麻袋的?作为文物复原委员会的一员,卢卡斯必须要保证,在发生任何冲突的情况下,都不能损伤他特意来保护的艺术品。

影子又移动了,但卢卡斯还是看不真切。是安迪没错,但他整个身子都蜷着,脑袋缩在黑色雨衣的帽子里,一只手臂拽着身后满满当当的麻袋。

如果说卢卡斯之前还有什么疑虑,现在都获得解答了。单单从那哐啷的声响就可以知道,那麻袋装的全是石棺里的东西。但是安迪为什么从实验室拿走它们后,又带着它们来到博物馆,而此刻又拖着它们离开呢?他一定有其他的计划,但是什么呢?

安迪像瞥见猎人的猎物似的,突然停住,在空气中嗅闻着,一边闻着,还一边扭头四处观察。卢卡斯又退了回去,屏住呼吸。他还是无法将眼前走廊上的这只怪物和安迪·勃兰特,那个年轻的人类学家,联系在一起。不一会儿,麻袋在地上拖曳的声音又响了起来,当卢卡斯再次鼓起勇气看一眼时,地上就只剩下了一条潮湿的痕迹和一只倒扣着的雨靴。

卢卡斯想知道,究竟自己应该在什么时候、什么地点和他对峙?在这里的话,周围有太多陈列柜,而且里面都是极其易碎的赤陶土罐。如果真的要发生冲突的话,这里一定不是合适的场所。

在雕塑和展品的掩护下,卢卡斯跟上了他的脚步,一两分钟以后,安迪便走出了画廊,进入了开阔的博物馆大厅。一到那儿,他便停下了脚步,之后卢卡斯便看见他脱下了鞋子,扔到了一旁。至于他的双腿,和他的手臂一样翘成了一个奇怪的角度,而且他粗重的喘息声似乎也不是因为费劲的缘故,而更像是被某种痛苦折磨着的感觉。

管它是什么呢,卢卡斯可不能再等了。当安迪松开系在他脖子上的织绳时,卢卡斯从阴影中走了出来,喝道:"把东西留下!"

安迪丝毫不为所动,站了起来,利索地将麻袋背到了两肩之间。

他没听见吗?"我说了,把东西留下。"

这次安迪从帽子下抬头看了他一眼,但那眼神分明就是完全不认识他的。在卢卡斯看来,那更像是一只野兽的眼睛,而非一个人。

卢卡斯第三次重复了他的命令,安迪歪着头,一副好奇的样子。他不由自主地快速眨着眼,接着眼后闪过一丝光亮。这一金黄色的光芒,就像一抹阳光掠过暗淡的青铜一般,竟然和卢卡斯曾经在那颗骷髅的空眼窝中看到的一模一样。

正当卢卡斯恐惧地看着他时,安迪嘴角浮现一抹笑意,嘴越咧越大,脸都快要被撑裂了,露出了他的牙齿,却丝毫没有高兴的感觉,只有恶意。接着他转过身,以迅雷不及掩耳之势直冲向博物馆的大门,将它整个地从铰链上扭扯了下来,还将玻璃撞了个粉碎。那些碎片如小铃铛一般,叮叮当当地落在了他周围的地上。卢卡斯却看见安迪稳稳地落在了外面的人行道上,抖了抖雨衣上的玻璃残渣,便拖着麻袋走入夜色之中。

卢卡斯从门上锯齿状的洞钻了出去,紧追着他。在这样一个雨夜中,想要搜寻他的踪迹是很难的一件事。更糟糕的是,他的猎物像一只狼一样,贴着地面大步飞奔着,左右躲闪着,没有一个固定的路线,但却在逐渐向着校园和城市的光亮行进。突然传来一阵惊恐的尖叫,是一个毫无防备的学生,正从图书馆赶回家,却被撞倒了。卢卡斯发现他仰面跌进了一个泥潭中,眼镜线缠在了脸上,一句话也说不出来,只是向着肇事者逃走的方向指去。卢卡斯匆忙追赶着,速度不快,但每一步都很稳当。远远地,他都能听见市内交通的喧闹声了,安迪似乎有些体力不支了。卢卡斯加快了脚步，到他发现距离足够近的时候，一把抓住了那麻袋的尾部。他用力地拽着，使得走在湿草地上的安迪重心不稳，滑倒在他面前。在路灯的照射下，他的脸已经难以辨认了——那完全是一张掩藏着邪恶的面具，咧着嘴，挂着痛苦的笑容。

"停下！"卢卡斯喊道，这时他感到手臂上刚缝好的伤口似乎又裂开了。

安迪借助他自己的脚支撑着重新站了起来——亦或许是他的爪子？——攥着麻袋向华盛顿路草坪周围的那面低矮的石墙方向冲去。卢卡斯以为他只是想换个方向，隐蔽在校园昏暗的地方，但他却一下越过墙头，四肢稳稳地落在了大街的车道上。

他躲过了第一辆车，接着闪过第二辆，但片刻之后，一辆黄色公交撞上了他，他整个人都飞了起来，黑色的雨衣就像张开的蝠翼一般。公交车失控地冲向了一旁脆弱的报刊亭，顿时报刊亭便像一堆木头一般散架了。喇叭声此起彼伏，人们尖叫着，散落的报纸要么被人们捡了去，要么就被风雨刮得到处都是。卢卡斯到那里的时候，公交车司机正站在一片混乱之中说着："他去哪儿了？我明明撞到了什么人啊。"他弯下腰，摸了摸车前挡泥板上的凹痕。"看到了吗？这儿还有血迹呢。"

被迫停下的车辆的前灯将整条街都照亮了，卢卡斯又仔仔细细搜寻了一番。他一边护住那只完好的眼睛，以防溅到雨水，一边搜寻着任何有关安迪的踪迹。

但那个男人和那只布袋就这样消失在了茫茫的夜色中。

第三十章

跟往常一样,收音机正放着爱德华·罗斯科·默罗[1]的八点档广播,报道着一场在许根特森林[2]发生的激战,这时房间门口传来一阵敲门声。她从来没有如此小心翼翼过,既没有松开锁链,也没有透过猫眼瞄向外面,只是问道:"是谁?"

"是我。"

滑开链条,旋开锁后,她发现卢卡斯穿着一件短夹克,浑身湿透了,倚在门口,看上去精疲力尽的,几乎快站不住了。他一只手正捂着左臂。

"发生什么事了?"她说着,赶紧将他领进屋子并将身后的门锁上。

"我只是来确认一下你有没有事。"

"我怎么会有事?"

他没有回答——他看起来已经没有丝毫气力说话了。

---

[1] 爱德华·罗斯科·默罗:美国广播电视记者。
[2] 许根特森林:第二次世界大战中美军和德军在许特根森林进行了一系列激烈战斗。

"我给你倒些水吧。"

"你应该有烈一些的饮料吧?"

她刚要回没有,突然想起来宾馆的经营者试图补偿她在他们的屋檐下所遭受的不幸(但要怎么补偿?),送了她一篮水果,还有一瓶上好的白兰地。她给他倒了一杯,他一口气干掉了,辣得整个脸扭成了一团。

"因为手臂吗?"她问,他点了点头。她帮他将夹克和衬衫脱了下来,晾在一旁的暖气片上。整条绷带都被染红了,针线都已经散开了。"天哪,赶快让我帮你处理一下吧。"

说到她从已故的父亲身上学到的东西,其中一点就是出门在外一定要带着急救箱。从浴室的储藏柜中取出药箱后,她又给他倒了一杯白兰地,接着让他躺在办公椅上,命令道:"现在不要再动了。"

"遵命,医生。"

"怎么会弄成这样?"她跪在他身前,像外科医生一样专注,用棉棒、消毒剂和干净毛巾为他清理着伤口。她从来没有离他这么近过,从没见过他赤裸的胸膛和臂膀,从没有闻见过他汗水的味道,也从未在蹲下时感受过他喷洒在她的脖颈的气息。她努力地想要专注在手头的工作上,擦拭伤口,剪下无菌绷带为他绑上,但她根本难以集中。

"我经过了安迪·勃兰特的公寓。"他开口,直到她好奇地抬头望向他时,他才继续说着,告诉了她他的顾虑和他在那儿亲眼所见的场景,包括那只丢失了的蓝色文件袋。他告诉了她他是如何一路追着安迪直到艺术博物馆,又从艺术博物馆,穿过校园,追到市区的。以及那场车祸,还有不知所踪的尸体。而现在,他出现在这里,来确认她是否安然无恙。

"我必须亲自确认,"他的声音有些紧张,"你没有事。"

西蒙直接坐在了自己的腿上,为他明显关切的语调所感动,又震惊于他刚才所说的那些事情。尽管她知道卢卡斯的故事中最令人不安的部分应该是勃兰特遭遇车祸——那个男人可能已经尸横某处了——但那却并非她在意的部分。"我们怎么才能拿回文件袋呢?"她问。

"我在现场时报了案,"卢卡斯说,"警察会查出来撞到的是谁。"

"但就算他们去到他的公寓,也不意味着他们会把他的财产转交给我们呀——即使我们说那是他偷的也没用。"

"事实上,他们必须给我们。"

"为什么?"

"因为我在大厅时打了个电话,打给了麦克米伦上校。"

"噢,"她说,"对呀,你当然应该打给他。"他们整个任务都泡汤了。她收起药箱,站在他椅前。

"我得告诉他那些骨头和艺术品都被偷走了。"

西蒙都可以想象出上校的反应了,最好的情况是他发了一顿脾气。"事情很糟糕吗?"

卢卡斯点了点头,露出一丝苦笑。"这么说吧,我是拿不到任何奖章了。但他应该已经开始着手调查了,我也只能知道这些了。你能再给我倒一杯白兰地吗?"

她将玻璃杯和酒瓶递给他,便走向浴室,将急救箱收了起来。扶着水池的两边,她透过药柜上的镜子看着自己,思考着自己究竟是谁,过去的几周她又变成了什么样子。因为缺觉,她的眼下有了黑眼圈,乌黑的长发如今也凌乱不堪。她的父亲永远地离开她了,如今正值战争期间,她却待在异国他乡的某个陌生旅馆中。那两个破旧的行李箱里塞的就是她的全部身家了。而且她似乎离探索石棺奥秘又远了一些,也无法护送它回到埃及。她想,即使身处荒岛之上,可能也不会绝望至此吧。

和这些问题交织在一起的，还有隔壁房间那个坐在她桌前，一丝不挂、伤痕累累而又疲惫不堪的男人。她到底想从他那里得到什么？她扪心自问。他又可以给她什么？

而她又准备怎样回报呢？

镜子中，他的脸浮现在她肩后。他的下巴上尽是乌黑的须茬，黑色眼罩上的雨水闪着光。她感觉到他的双手将她扳了过来，抬起了她的下巴，尽管她非常清楚正在发生什么，她还是僵住了，有些不确定，又有些疑惑。她就这么让他的嘴唇覆了上来，让他自如地掠夺着她的呼吸，让他略显胡子拉碴的脸蹭着她的脸颊。

接着他再次吻了她，更用力了些，更久了些，更急切了些。

她感觉到他的双手在她的身上游走，就像在雕琢着每一寸肌肤，在她制止他之前——虽然她本想这么做的——她的内心却像涨满了水的堤坝一般，一下子便放弃崩溃了。她回吻着他，回味着他嘴里白兰地甜蜜而辛辣的味道，双手不由自主地便攀上了他赤裸的肩膀。

在床上，他躺在她身侧，她轻轻地将鞋子踢落在了地毯上，蓬乱的头发铺散在奶油色的床单上。熄了台灯后，他跪在她的身旁，双手粗暴地解开了她衬衫的扣子，抛向一旁，接着是剩下的衣服。她的内心忐忑着，听着默罗的声音，因为静电干扰的缘故，还混杂着收音机的唑唑声。只要是卢卡斯触碰过的地方——他几乎抚过了她的每一寸肌肤——他的指尖都会留下一丝电流。她让自己的心追随着那丝电流，让自己的想法逐渐消散，让自己的手与唇跟着自己的欲望走……她感觉到他压上了她的身子，紧紧地又很急切地把她的整个身体都包裹住了，他们缠绵在了一起，难分你我。

第三十一章

"不对,不对,"哥德尔说道,不耐烦地用他那件粗花呢夹克的袖子擦去了黑板上的一串数字。"你是怎么通过理工考试的。"

"很简单,"爱因斯坦倚在他的安乐椅上回答道,"我考了两次。"

"呃,"哥德尔迅速地在黑板上空出的角落里写下了一串新的数字和数学符号,"我很惊讶这些竟然就够了。"

黑板上其余的部分写满了复杂的场方程,这些是爱因斯坦这几周研究的成果。他深知自己的计算有时需要新眼光来检验,但找一个这样的人选并非易事。哥德尔,谢谢上帝,也许是世界上最厉害的数学家了——某种程度上来说,比杰出的约翰·冯·诺伊曼更纯粹一些——这正是爱因斯坦费尽千辛万苦帮助他移居美国,让他进入普林斯顿的原因。但如果奥本海默知道哥德尔也参与了这些工作的话,他一定会大发雷霆。毕竟这是一项最高等级的机密。

当哥德尔在静静地检查着自己改正后的公式时,爱因斯坦走到窗边,外面阴雨连绵,他凝视着自己的后花园。已经入夜许久了,在小径上那盏孤零零的路灯光照下,褐色的树叶在旧车库的门口打着转。爱因斯坦和海伦·杜卡斯都不会开车,那些公共汽车都到不了的地方只能靠朋友们接送，因此车库就用来存放他从柏林研究所带回来的那几箱没分类的文章了。

"所以，你现在是怎么想的？"哥德尔退了一步，问道，"这些难道还没解决你遇到的难题吗？"

在门口落地灯昏暗的光线下，爱因斯坦眯着眼睛，研究着黑板上的内容。

"嗯，好多了。谢谢你，我本应该自己想到的。"

尽管爱因斯坦一直对自己的思维实验引以为豪——他能够想象出不可思议的场景，然后借此得出不同寻常的结论——但是数学是最常羁绊他的地方。一旦他有一些启发性的见解，却常对得出这个结论的成千上万个解释性步骤失去了兴趣。他并不确定自己是否知道这些步骤。而此时他的大脑又开始了基于这个新见解的进一步推算——那些他本能地认为正确的新见解——然后不断地推算下去。

他闻见了楼下正炖着的意面酱的香味，还能听见海伦和阿黛尔·哥德尔准备晚餐并摆放餐具时交谈的声音。他瞥了一眼时钟，将近九点了。毫无疑问，他已经很饿了。恰好这个时候，楼下传来一声"够了，你们俩下来吧。这里不是柏林——在美国我们到点儿就吃饭。"

哥德尔依旧沉浸在黑板的内容当中，纹丝不动，爱因斯坦不得不起身，拍拍他的肩膀来引起他的注意。即使是如此细微的一个动作，而且还是他最亲近的伙伴做出的，也让他不由得瑟缩了一下。

"我们等会再研究，"爱因斯坦细语道，"先吃点饭吧。"

他领着哥德尔走下嘎吱作响的楼梯，走进餐厅，接着这个奥地利男人在座椅上如坐针毡，就像在接受纳粹警察审讯一样。他的妻子帮着海伦端上了通心粉和意面酱，然后亲自舀进了哥德尔的碟中。他像鹰般盯着她，爱因斯坦和海伦迅速地交换了一个微妙的眼神，她也清楚这对夫妻的特殊相处之道,于是刻意不再关注他们,转身去揭开了蒸芦笋的盖子。

尽管如此,哥德尔还是一直等到阿黛尔开始用餐时才小心翼翼地举起叉子。

"吃吧,mein strammer bursche。"她叫着他的爱称,意思是魁梧的少年,这让他的薄唇勾起了一丝笑容。"这酱是我用我们花园里的番茄做的。"

阿黛尔有一头金红色的长卷发,一点也不做作,还很开朗,而她的丈夫则拘谨得多了。但她特别溺爱自己的丈夫,将他保护得严严实实的,一点儿也不接触人世的那些沧桑变化。1937 年在维也纳的时候,他们夫妻二人从夜蝶——她表演的那间夜总会——回家时,遭到了一群冲锋队[①]的攻击,他们将库尔特误认为犹太人,她竟把他们击退了。她用收拢的伞对他们连踢带打,打得他们四处逃窜。库尔特因此数月都精神不振。

"你们俩工作太认真了。"阿黛尔说着,夹了一些芦笋到丈夫碟中,切成了小块。"我得给你们拿点玻璃珠来玩了。"她笑着说,耳环也跟着摇摆了起来。

"啊,库尔特每次都赢,"爱因斯坦说,"他算是个运动家,我可不是。"

哥德尔正检查着芦笋,听到这话立马眉开眼笑;他很享受这种玩笑,这样一来他自己不需要开玩笑就能融入进来。而且他可以清楚地知道这玩笑很有趣。

[①] 冲锋队:成立于 1921 年 8 月 3 日德国纳粹党的武装组织,队员穿褐色制服,佩戴"卐"字袖标。

爱因斯坦像父亲般照顾着这个年轻同事，某种程度上和他自己的儿子——爱德华有关，他有严重的心理疾病。和哥德尔一样，爱德华也有出众的才能——他是一位技艺娴熟的音乐家，还是一个出色的作家——但他的才能却因一连串的神经疾病和恐惧症、担心和妄想症而陷入了困境，一旦离开他所处的瑞士治疗机构，他根本就无法生活和工作。爱因斯坦此生最歉疚的就是无法帮助自己的儿子，因此照顾库尔特就成了一种变相的补偿。

"库尔特在努力让我相信——已经是第二次了——精神元素和物理属性一样，是真实存在的，"爱因斯坦说道，毕竟不能泄露他们在研究的东西，"如果我们不小心一些，他也许会用灵力让这桌子浮起来。"

阿黛尔胳膊肘顶着桌布。"他最好别尝试，海伦可摆出了她最好的瓷器呢。"

海伦笑了，哥德尔用亚麻餐布擦了擦嘴后，又讨论起另一个本体论的证明了。即使那些日子深受维也纳学派[①]影响，他也不能接受伯特兰·罗素和他的追随者的实证论，他们太信赖于模棱两可的直觉了。哥德尔也曾轻轻松松地承认了，一个人的直觉不能作为证据，他的观点和罗素恰恰相反。"我们不能通过分析直觉得出证据，恰恰是透过直觉，我们才产生了主观臆断。"但是最近他的想法又有所不同，声称世界上必然存在一个领域是我们无法用正常感官去感知的，那正是终极真理所在之处。尽管爱因斯坦并不认为这些推测具有说服力，但想要驳倒这些支持者也并非易事。话说回来，他自己又在楼上的书

[①] 维也纳学派：二十世纪影响最广泛、持续最长久的哲学流派之一，代表了自然科学对哲学的挑战。

房墙上挂了谁的肖像呢？艾萨克·牛顿[1]，一个在炼金术上倾注了无数心血的人。

"如果说这世界是一个由理性构筑的世界，而且万物皆有意义的话，"库尔特说道，低下头小心地从盘子中叉起一根意大利面，"那就一定会存在来世这种东西。否则，它的意义是什么呢？"

"噢，库尔特，"阿黛尔反驳道，"为什么万物都要有意义呢？也许我们坐在这里，只是为了吃一顿意大利面，说说笑笑，以及，"她停顿了一会，重新倒满酒后，举起酒杯敬向主人，"喝些好酒。"

"这是你说的，阿尔伯特。"库尔特不依不饶道。

"我说什么了？"

"宇宙万物可不是上帝掷掷骰子得来的。整个宇宙可不是一场凭空随便设计的游戏。"

"但也许他在玩其他什么游戏呢，"爱因斯坦辩解着，"一个我们丝毫不了解，甚至连游戏规则我们都搞不清楚的游戏。"

"但游戏都有规则——你必须承认这点吧？就说量子物理学吧。"

"随你举什么例子。"

"你不喜欢它，是因为你不能接受那个概念——你想怎么称呼它？——鬼魅般的超距作用。"

"一个粒子，在同一时间出现在两个点？不，这理论我还不太确定。"

"我懒得来说服你。尽管如此，这其中一定有关联。简而言之，我们的问题就是没有找出——至少现在还没有找出——那双让粒子移

---

[1] 艾萨克·牛顿（1643.1.4～1727.3.31）：英国皇家学会会长，英国著名的物理学家，百科全书式的"全才"，著有《自然哲学的数学原理》《光学》。

动的无形的大手而已。"

"这双无形的手后是不是还有掩藏的躯干?"爱因斯坦开了个玩笑,但哥德尔的思维一旦飞驰起来,再让他分心就很难了。

"现在,它们的移动看起来根本毫无逻辑可言——"

"确实是这样。"

"因此你就觉得它们的状态不太理想。"

"是的。"

"对这些活动在一个我们知之甚少的系统中的粒子而言,你所谓的理想状态,也许并不是它们最理想的状态。"

"这一点我同意,"爱因斯坦说着,用叉子卷起了一大团意大利面。"我确实不了解这个系统。这也正是为什么我会像执矛的堂·吉诃德①一样,一直不停歇地探索。"

"为了你的杜尔西内亚?"阿黛尔插了一句。

"是啊。'统一场理论'最终会被证明是个漂亮的理论。噢,我知道那些年轻人会怎么想这个理论,和我的。只要能填饱肚子,我就会继续干下去的,"他拍了拍自己的肚子,"还有这里。"他用叉着面条的叉子指向太阳穴。

"我也是这么想的,"哥德尔说,"用你的直觉。"

"阿尔伯特,你快把意大利面吃到头发上去了。"海伦笑着说。

"太迟了。"阿黛尔说着,将自己的餐巾递了过去,帮他整理了一下有些凌乱的头发。

---

① 《堂·吉诃德》:西班牙作家塞万提斯于1605年和1615年分两部分出版的反骑士小说。故事发生时,骑士早已绝迹一个多世纪,但主角阿隆索·吉哈诺却因为沉迷于骑士小说,时常幻想自己是个中世纪骑士,进而自封为"唐·吉诃德·德·拉曼恰",拉着邻居桑丘·潘沙做自己的仆人,"行侠仗义"、游走天下,作出了种种与时代相悖、令人匪夷所思的行径,结果四处碰壁。但最终从梦幻中苏醒过来,回到家乡后死去。

"你就像个孩子一样淘气。"海伦说,爱因斯坦笑了起来。

"我想我该重新活一遍,"他说,"在小时候多学些礼仪。"

"从你的理论来看,你完全可以做到。"哥德尔说着,但他还没来得及详细阐释一番,餐厅窗户处突然传来一阵刺耳的抓挠声,他们纷纷望过去,窗户外面是一双泛着绿光的眸子。

"噢,我的天啊。"海伦匆匆起身,走向门厅。

"那是什么?"库尔特紧张兮兮道。

"没什么,"阿黛尔安慰道,"赶快在面变冷前吃完晚餐吧。"

前门开了,一阵秋风卷进屋内,接着又关上了,海伦抱着一只虎斑猫走了进来。"我的错,"她说,"每次阿尔伯特去工作以后,我都会给它留一碗牛奶。"

尽管他并没有那种异常的恐惧症,但爱因斯坦大概可以猜到——库尔特一定僵在了椅子上,一动不动地盯着这只猫,就好像它是一只随时会猛扑上来的老虎一样。有什么是这个男人不害怕的吗?

"喏,库尔特,只是一只小猫而已,"阿黛尔一边说着,一边用手掌抚着他的手臂。"你还记得我在夜总会养的那只猫吗?你当时多喜欢它呀。"

"抱歉,"海伦有些失措,"我不知道——"

"你可以先把这猫抱去厨房。"阿黛尔建议道,希望能借此避免一场危机。

海伦抱着猫离开期间,爱因斯坦问:"你为什么说我的理论能帮我多学些礼仪?"

"我不是这个意思。"库尔特说道,还是心有余悸的样子。

"所以,你觉得我还是挺礼貌的?那太好了。"

"我的意思是,"库尔特慢慢地呼吸着,紧紧地盯着自己的盘子,

"如果你接受了广义相对论的前提——"

"我当然接受啦。"

"——如果你可以把它和重力场联系起来,那么我们之前所研究的那些等式——"

"继续,继续。"

"照理说,接下来你一定会得出一个假设,时空旅行是有可能的……那么通过这个方法,你就可以回到童年了。"

"呃,我年纪太大了,不适合那些。活一次就够了。"

"我错过了什么吗?"海伦重新回到座位上好奇道。

"我的库尔特正在解释我们怎么才能变年轻呢。"阿黛尔回答道。

"那么我洗耳恭听。"

"如果宇宙万物都在转动着,就像一个巨大的宇宙漩涡一样,那么时间必然不单单是一系列事件的线性序列,也就是说不会在第一件事情发生以后才会发生第二件,时间一定是和宇宙一样是旋转的,遵循着某种曲线。对吧,空间和时间的投射一定会再回到原处的。怎么不可能呢?理论上来说,它们是一定能回到它们的原点。"

"所以我要怎么回到我的十六岁呢?"阿黛尔说,"我比较感兴趣的是这个。"

"你可能需要一艘火箭,"爱因斯坦也加入了讨论,"而且它的速度还必须非常快。"

"如果你的速度足够快,曲线又足够宽的话,"库尔特说道,"照理说是能够去到任何时间的,无论是过去、现在还是未来。"

"噢,不,"阿黛尔说道,"未来的话,可以再等等。我可不想这么快就老去。"

"我也是,"海伦一边收拾桌子一边附和道,"谁想要喝咖啡?"

在海伦和阿黛尔忙着准备咖啡和点心时,爱因斯坦追问着哥德尔——他并不赞同他那些结论,一部分原因是因为它们无法凭经验来证明,但一如往常,他非常感兴趣,像库尔特这样机敏的人是如何从他的理论中梳理出这样一层含意的。如果他想找出哥德尔逻辑的谬误和漏洞的话,还是需要仔细思考一番的。

库尔特和阿黛尔准备离开的时候,已经将近半夜了,海伦忙碌了一整天,回房休息了。爱因斯坦正准备睡觉,但就像是某个规矩似的,他还是先走向了厨房,喝了一杯温牛奶。看了一眼冰箱,他却发现瓶子里只剩下了一点点了。

当那只小猫跑来蹭着他的裤腿时,他终于知道了原因,"哈,原来是你偷喝了我的牛奶。"

他弯下身,用手指挠着小猫的下巴,说道:"你今晚准备睡哪儿?"他的前任妻子——米列娃就养了一只和它很像的小猫,但现在应该已经不在了。就她从苏黎世寄来的那些书信来看,她自己的身体状况也每况愈下。时间从来不给人留有幻想:它是一种无情的力量,就在他准备直起身时,他感觉到它正用尖利的手指戳着他的腰背。

小猫窜到了后门,在那里等着他。

"今晚很冷的。"爱因斯坦说道,但那小猫依旧停在那里,扭着头"喵喵"地叫着。

"好吧,"他打开门,"如果你执意这样的话。"

小猫一溜烟便钻进了院子,爱因斯坦靠在门口看着那些被风吹弯了的树枝。落叶卷过后阶,通向车库的木门砰的关上了,转而又开了,咯吱地响着。就在他准备回去的时候,又是砰的一声,他猜门闩可能滑开了。如果他不把它重新搭好的话,这后半夜他都会被这噪音搅得睡不着的。

扶着把手走下楼梯——每走一步，他的后背都在抗议——他慢悠悠地走过院子。一轮满月低垂在天际，泛着金色的光芒。在车库门口，他发现门闩确实开了。他撬开门，往里面扫了一眼才重新把门闩插上。

那些纸盒还是堆在边沿，周围还有几把生锈的耙子和铲子，车库内一片黑黢黢的，几乎看不见其他东西。

"有人在吗？"他问，"最后给你一次机会。"

接着他关上门，插上门闩，踩着落叶走回了后门。就在他最后一遍检查院子，看看那只小猫有没有改变心意时，他似乎看见车库污迹斑斑的窗户后面闪过了一个身影。什么东西在移动。好像什么东西正观察着他，但躲起来时有些晚了。

那是小猫的窝吗？好吧，既然它能进去，也就一定能自己出来的。外面又黑又冷，实在不能在院子里多待片刻了。明天早上他再来确认吧。现在，他只想喝完瓶子中剩下的牛奶，然后上床睡觉。和哥德尔一起享用晚餐固然有趣，但通常都会拖到很晚。

大概在睡下后几小时的样子，他又被狂风撞击窗户的声音吵醒了，并且觉得自己听到院里传来一阵尖利的声响。他跌跌撞撞地从床上爬起来，紧紧地关上了窗户，接着望了一眼外面的夜色。除了车库的门又被吹开了以外——明早他一定要告诉海伦，那门闩该换了——没有任何不妥，于是他以为刚才的声响不过是自己做的噩梦罢了。

第三十二章

"再见到你可不是我所希望的。"警察局长法雷尔在楼梯口说道。

"很高兴见到你。"卢卡斯正说着,一旁站岗的身着军装的警察避了一步,让他通过。上次他走过这些台阶时,这里还是一片漆黑,但即使是现在这个点儿,这里也还是昏暗不明的。

法雷尔一手端着一杯咖啡,另一只手推开了安迪·勃兰特公寓的大门。"你上头一定有人吧?"就在他说这话时,卢卡斯从他身边挤进了房间里。

一个人正坐在一张临时的办公桌前,背对着他们,手指急促地翻阅着那堆材料,正如卢卡斯所看到的,其中正包括了角落里那个属于西蒙父亲的蓝色文件夹。

卢卡斯对行动如此迅速并不意外。他给麦克米伦上校打的那个电话,暗示了安迪·勃兰特可能参与了间谍活动,以推动当地德国势力的发展。卢卡斯在学校的信箱里收到了一份传唤通知,要求他赶往哈里森大街公寓。

"所以,你和这个勃兰特一起工作的?"法雷尔局长问道。

"算不上,他是另一个系的——但我认识他。"

"他当然认得你。"法雷尔说,当卢卡斯追问他是什么意思的时候,办公桌旁的男人转过椅子,开口道:"一张照片胜过千言万语。"

让卢卡斯震惊的是,这个人竟是和他一同租住在公寓中的泰勒。那个工厂员工,反正他自己是这么说的。

"看看这些。"泰勒摆出一些照片。

这堆照片中至少有一打照片都是偷拍的:卢卡斯和德兰尼一同在纳索大街散步,在博物馆画廊里,一群学生将他们俩围在了中间,还有他在卡普托太太屋前台阶上吸烟的照片。其中有一张,是他站在盖特馆的大厅内,也就是安迪的实验室所在之处,凝视着凯斯内斯郡人雕像的照片。

"噢,他还拍了些你女朋友的照片。"泰勒说完,卢卡斯从一堆照片中抬起头,一脸惊讶地看着他。"继续,你可以问我任何问题。"

"好,"卢卡斯问,"首先,你在这里做什么?"

泰勒将手伸进夹克的胸带中,掏出了钱包并打开。透过塑料封套,可以看见一张联邦调查局的身份卡。

"现在该你回答我一个问题了,"泰勒说,"为什么勃兰特要偷拍你?他是爱上你了还是怎么了?"

卢卡斯盘算着这会不会是一个陷阱。联邦调查局有没有可能并不知道战略情报局在做什么?他什么都不敢说,生怕再把麦克米伦上校交代的事情搞砸。"这你得问他。"

"要是可以的话我早就问了。每个人都想找到他,但谁都找不到。"

泰勒收回照片并倒扣在了桌上,接着躺在椅子上,重新说道:"好吧,也许这些事情更适合你,教授——如果不太麻烦的话,你也许能够告诉我这些东西到底写的是什么?"

他打开那个蓝色的文件夹,抽出几张纸铺在桌上。卢卡斯看见上面写了些阿拉伯文字,一些象形文字的解释,还有一些基督教符号。"首先,这家伙是谁?"泰勒说着,拿起了一页折起了一角的古董画。"他在这堆资料里出现了好多次。"

卢卡斯端详了一会。上面是一个穿着长袍的长须者,对着一群嚎叫着的长着尖角的恶魔,挥舞着某个曲柄的东西。"这是圣安东尼。"

"那个旅行者的守护神?"

"不,那是帕多瓦①的圣安东尼。这是更早的那个——埃及的圣安东尼。"回想着西蒙告诉他的内容,他又补充道,"他是隐居在荒漠的隐士,根据《圣经》中记载,一群恶魔逼迫他屈服于世间的诱惑,放弃对神明的信仰,他正是与这群恶魔展开了恶战。"

"最后他赢了吗?"

"传说是赢了。"

"以防万一,我还是想问一下,"泰勒有些困惑,"他究竟是怎样打败恶魔的?"

"看到那个东西了吗?那个手柄有些奇怪的东西。"卢卡斯说,尽力回忆着西蒙曾告诉他的细节,"他将它举向天空,上帝便通过它赋予了他力量。"

"呃,我待会儿一定要记得为这个东西填一份申请单。"接着他拿回了画,将它反放在其他资料的顶部。"如果我没记错的话,我们讨论的是那个间谍,他为什么对这类东西感兴趣呢?"

的确,为什么呢?卢卡斯心想,除非他接到了明确的指令让他这么做。那些指令只可能来自柏林,来自第三帝国的最高层。那些德国

---

① 帕多瓦:意大利北部城市,位于威尼托。

佬对这石棺真正了解多少？这石棺根本没到过柏林，更别说去到希特勒的私人住所了。

"你先回答我一个问题，"卢卡斯说道，试图岔开话题，"你们为什么要监视我？"

"你在说什么？"

"难道你要告诉我你和我住在同一个公寓，只是一个巧合吗？那你为什么隐瞒自己真实的身份，还有你在普林斯顿的工作呢？还有，你要怎么解释足球赛那天，你和我仅仅只隔了几排——难道也是巧合吗？"

泰勒愣了一下，开口："长官，能让我们单独待一会儿吗？"

法雷尔不太情愿地走出房间，带上了门。

"首先，"泰勒回答道，"怕你忘了，我必须告诉你，我是在你之前住进那间公寓的。"

"但你一定知道我会搬回去。"

"第二，你太看得起自己了。"

卢卡斯等着他继续说下去。

"我不是为了你住在那的，也不是为了你来到新泽西的，更不是为了你坐在看台上的。"

"那是为什么？"

泰勒摇摇头说道："作为一位常春藤名校的教授，你简直迟钝得可怕。"

卢卡斯还是不懂他想要表达的是什么。

"问问你自己，还有谁住在莫色尔大街？"

于是卢卡斯想到了泰勒前窗的视野，以及他的灯开关的时间与街对面的人家完全一致……还有在体育馆的那天，他还接近了另一个人。

"你在监视爱因斯坦?"

他没有回答。

"你是他的秘密保镖吗?"

"差不多吧。"

现在所有的事情都一目了然了。

"需要我告诉你,那是高级机密吗?"泰勒问道。

"不用。"那他为什么又泄密呢?

"那你知道现在国家需要你出一份力吗?"

呵,终于来了,卢卡斯心想。"出什么力?"

"自从那次体育馆的意外之后,你和爱因斯坦博士就熟悉起来了。"

"勉强算是吧。"

"如果你愿意把你们的谈话内容告诉我们,会对我们帮助很大。"

"谈话内容?我只见过他一次。你真的认为我们会在一起探讨相对论?"

"不,我并不是这个意思。但他有没有提到过,仅仅是提,战争?"

"他说了他希望我们能够尽快获得胜利。"

"那他有说到我们的盟军吗?"

"我们的盟军?"

"是啊,你一定知道的。就是英格兰、法兰西和俄罗斯。"

卢卡斯恍然大悟。一直以来,一些报纸和广播评论员都批评爱因斯坦对待苏联的态度太过温和。现在卢卡斯知道泰勒的目的了,也知道他们希望他做什么了。"你真的想知道我们的谈话内容?我们讨论了卡西诺战役。"

"为什么偏偏是那场战役？"

"因为我是一个艺术史老师，那所修道院被破坏对艺术界来说是一个极大的损失。"

"还发生了其他什么事情吗？"

"是的。"

泰勒看起来燃起了希望。

"他还向我讨了根香烟，尽管这违反了他医生的要求。"他看到的那封信是罗斯福总统写来的，里面提及了纳粹的一些危险计划的进展，卢卡斯决定先对这件事保密。然而，在他离开前他还想拿走一样东西。

"但我会告诉你我能做什么，我可以帮助你研究这些资料，"他随意地指了指那个蓝色文件袋里的内容，"如果那里面有什么重要的信息，我会告诉你的。"

泰勒从方方面面考虑再三，终于松口道："好。"将资料递了过去。"毕竟这些对我来说太难懂了。"

就在卢卡斯往门外走去时，泰勒警告他不要妄图悄无声息地溜出小镇，紧接着局长也插了句嘴。"我会用我的眼睛紧紧盯着你的。"

"好呀，这样我就多了一只备用的眼睛了。"

楼下的警察闻声笑了起来，法雷尔瞪了一眼，笑声便停止了。

第三十三章

因为学校里没有多余的办公室了——为了保留燃料以备军用,许多教学楼都关闭了——西蒙只得以在主图书馆地下室的一间小阅览室中工作。这阅览室大概是衣橱的大小,灰色金属墙边固定了一张灰色金属桌,周围还有几个灰色金属书架。为了让这狭小的空间变得舒适一些,她在墙上挂了一些全家福,这些照片都已经褪色,且边缘都有些泛卷了。房间的滑动门打开后通向一条长长的幽暗的走廊,门的两边还有几堆书,从地面一直堆到了天花板,除此以外,就只有一扇鞋盒大小的窄窗了。

倚在座位上,伸了伸手臂,她又翻了翻桌上堆着的那几册积满了灰尘的书、专著和一些学术刊物。这些都是父亲研究过的东西,尽管看着他浏览过的文章,翻着他翻阅过的资料对她来说是一种慰藉,却也令她发狂。在这些书里,就存在着答案——石棺内容的答案,它所蕴藏的力量的答案,甚至还有他父亲死亡之谜的答案。然而,只要那个重要的蓝色文件夹依旧下落不明,西蒙就会一直对她父亲"意外死亡"的这个裁决存疑,而且她下定决心,无论用什么方法,无论答案是否符合逻辑,她都一定要找出来。

无论她有多疲惫——有几次她发现自己竟然对着虚空发呆——也没有放弃继续查找下去。

在一本老旧的皮装书中，她发现了几张小纸条，上面是父亲独特的笔迹，他似乎打算第二天再从那里继续研究。她把每张小纸条都收进一个单独的活页夹中，然而其中让她印象最深刻的，是父亲抄写的一则预言，摘自基督教最早出现的圣人所说的一段话；这本书来自约翰·威瑟斯彭的私人图书馆，他是十八世纪曾掌管学校的一位校长，一名苏格兰牧师，同时还是一名神学家。虽然其中的有些话听上去有点《启示录》的风格，那些话无一例外地指向"神圣的荒漠隐士"，很显然就是埃及的圣安东尼。

"在那片贫瘠的、蛇蝎横行的沙漠，毁灭的种子可能已经种下，正逐渐发芽。"

因为书有些生霉的缘故，下面的几行被污迹覆盖了，根本认不清楚，而且看上去她父亲也放弃分析这些句子了。

但接下去是这样的"……从沙漠上升起，就像一道焰柱劈了下来，灼瞎了所有目睹这一切的人的双眼，烧光了这片土地上生命赖以生存的一切，直至十世，不得重生。"这后面又少了一两句话，再接着便是，"甚至连云层都燃烧了起来。"

这段文章除了有些诗意以外，和大部分的教父文学别无二致，都是早期的先知和可怜的圣徒发出的警告和末日的预言。在文章的底部，她父亲潦草地写着"圣安东尼之火？"。尽管西蒙知道这个词指的是皮肤病，通常与猪倌有关，但她还是不敢确定父亲会不会发现了第二个、可能更为重要的意义。

还有一件事情，也逐渐明了了。她父亲一定注意到了恶魔转世这个观点。他摘录了一段《罗马礼书》中的天主教文字，其中介绍了重要的驱邪仪式和实施办法，还有许多来自印度和埃及的秘传资料。除此以外，她还发现了几篇摘自《光明篇》的文章，那是一本犹太教的隐秘教材，主要介绍的是卡巴拉[①]课程。文章中描画了恶魔是如何钻进受害者的灵魂中的，怎么通过念诵三遍《圣经》的诗篇91将它驱逐出去；当大主教用羊角号吹奏音乐时，那声音将会"让人周身摇颤"，并且将恶魔的灵魂震散。

即使是穆斯林，也有自己处置游荡恶灵的方法。先知穆罕穆德[②]曾经指引他的信徒阅读《古兰经》[③]的最后三章——诚笃、黎明和人类——并饮用渗渗泉[④]的圣水。

这些信仰中——甚至包括印度教——没有一个会质疑黑暗力量是否真的存在，或它们是否真的可以从一个活体跳到另一个活体身上。

恶魔被视作寄生生物，极容易改变且顽固，寄宿在灵魂当中，西蒙读着读着，发现她的父亲正尝试着用某种方法把这些资料联系在一起，为此他画了很多的箭头，还做了很多批注和交叉引用。仅仅是看着父亲的笔记出现在书中夹着的这些纸片上，就足以坚定她的决心了——要完成父亲刚刚开始的事业。无意间，她注意到自己正牢牢地握着颈间那个圆形的吊坠。

她刚准备开始研究——他写的"封印/萨图努斯[⑤]/牵制"是什么意思？为什么在下面划了三条线呢？——便感觉自己听见走廊上有些声响。

[①] 卡巴拉：与拉比犹太教的神秘观点有关的一种训练课程。这是一套隐秘的教材，用来解释永恒而神秘的造物主与短暂而有限的宇宙之间的关系。

[②] 穆罕穆德：政治家、宗教领袖，穆斯林认可的伊斯兰先知，广大穆斯林认为他是安拉派遣到人类的最后一位使者。

[③]《古兰经》：伊斯兰教一部节文精确而详明的经典。

[④] 渗渗泉：位于沙特阿拉伯王国麦加圣寺内克尔白天房东南侧的一眼清泉。

[⑤] 萨图努斯：罗马神话中的农神，土星和星期六也以他的名字命名。

是图书馆手推车的轮子刮擦着地面的声音。

她之前申请从特藏馆调阅一张二十世纪美索不达米亚[①]的地图,心想图书管理员终于把东西送来了。但那声音却经过了门口,于是她打开门,向走廊上探了探头,但那手推车早已隐入书架之中了。她唯一可以看见的只有一个身着长大衣的背影——矮小而神秘,低沉着头——沿着走道推着手推车。

"停一下!"她叫道,"你那里有没有什么东西要给我?"

那男人推着车消失了,她又叫道:"你那里有我要的地图吗?"

还是没有回答。西蒙有些恼火,穿上桌下蹬掉的鞋子,嘀咕着关上了房间门,也没顾得上密码锁便急急地追了上去。除了她这间房间以外,只有尽头处的那间阅览室的小窗户里透着些许光亮。

当她寻到手推车消失的书架尽头时,早就没了它的踪影了。

她停下来仔细听了听,似乎还能听见手推车的轮子在书架深处的走廊上摩擦的声响。在四十瓦的灯光下,这书架像是没有尽头;实际上,普林斯顿的图书馆是国内最大的开放性图书馆之一,馆藏书有近两百万本,尽管平常她都因此庆幸,但此刻她只希望这里再小一些就好了。每次她觉得自己看到了手推车的一角,它则会又一次地消失在这迷宫之中,为此她不得不到另一条走廊上继续寻找。

那个管理员要么就是聋了,要么就是太迟钝,也有可能两者他都占了。不管是什么原因,她都没有得到回应。她开始怀疑自己是不是在白费力气,也许她应该回去,出门时再重新向主楼层的馆长申请一次。

[①] 美索不达米亚:古希腊对两河流域的称谓,意为"(两条)河流之间的地方",这两条河指的是幼发拉底河和底格里斯河。

一个学生，埋头看着书，头也不抬地走过她的身旁。

接着，就在她即将放弃的时候，那个声音又响了起来，就像在戏弄她一样，但她还是不由自主地靠近了一些。越走越近，就像是在阴暗的地下海洋中潜游似的，从一片光亮处移到另一片，徘徊在死角周围和一排排耸立的书架后。西蒙一边走一边瞟着书名，大部分都是外语。有些书已经非常老旧了，连书脊上的字都已经模糊不清了。他们看上去像在1746年建校时就已经摆在这儿了，现在却依旧被传阅着，真是个奇迹。卢卡斯某次和她开玩笑说，他曾在借阅卡上发现过乔治·华盛顿①的名字。

自从那夜他来过她酒店的房间后，她就一直努力地将自己的注意力转移到工作上。有时她能忘记那件事，就半个小时，或者再久一点点。尽管她已经非常努力了，她还是抑制不住自己去想旅馆的那个夜晚。在此期间，时间会飞快地流逝，而她心里只能浮现出他将她抱起，放在床上的画面；也只能感受到他的手撕碎她的衣服，爱抚着她的身体的感觉。她已经很多年没有过这样的感觉了。不，她心里想，这也不是真的，她根本没有过这样的感觉。

当她转身走向另一个空空的走道时——毫不意外——在那里她隐约闻见了泥土的气息。就像是刚刚被翻过的泥土。

"你好？"她转着身，冲着周遭的空气问道，"能听见吗？"

在书架的尽头，她看见什么东西突了出来，于是匆忙奔去。"啊，原来在这儿。"直到她走近才发现，那并不是手推车，而是图书馆放置在这里的一个踩脚凳，为了方便那些矮一些的阅览者的。

---

① 乔治·华盛顿：美国杰出的资产阶级政治家、军事家、革命家，美国开国元勋、首任总统。

最后她走入了一个死角。地下室到了尽头,她的耐心也是。转过身向回迈去,她似乎看见一个人影闪过。

"你好?"她试探道。那个身影还在移动,却还是没有回答。

她透过书顶看向另一侧的走廊。"你好?"

这次,她依旧没有得到回应,但某样东西阻止了她继续追问下去。

阻止她继续暴露自己的位置。

她尽可能蹑手蹑脚地溜进旁边的走道上。每当确认没人后,再悄悄溜到旁边的走道上去。

但她仍然能感受到另一个活物的存在,而且就在附近。

草皮的味道愈加明显了。

她踩下的每一步都小心翼翼的,但脚后跟还是弄出了些声响。

她甚至听见了他的呼吸声。一阵牙齿碰撞的声音,就像是某个东西嘴里塞满了牙齿一样。她突然想到那幅古老的蚀刻上攻击圣安东尼的野兽。

倚在书架的一端,她脱下了一只鞋子,接着另一只,拿在手中,慢慢地向通往主楼层的楼梯移动过去。

那沉重的呼吸又来了,比之前更近了。她弯下身子,从书堆的缝隙中瞄了一眼隔壁的走道。什么东西在移动着,身影阴暗而模糊,背对着她。

她低伏下身子,深深地咽了一口唾沫——她的嘴突然像在撒哈拉沙漠时一样干燥——她沿着两架书间狭窄的走道,一寸一寸地挪着,在她以为已经离那东西够远以后,她转身又瞥了一眼。

在一叠地图的上面,有一双眼睛正盯着她。脸颊凹陷,表情阴郁,满脸土色。

她拨腿就跑。鞋子也被甩在了身后,她冲到走道尽头,向左转了个弯,经过另一个走道,又拐向了右侧。她还能听见脚步声——还是爪子?——紧紧地追随着她。

她拼命地跑着,急切地寻找着自己的方向。迎接她的会是楼梯还是死胡同?她隐约感觉到自己太过惊慌了,那个追逐者似乎并不是冲着她来的——只是在耍弄她,像猫捉老鼠一样。想要借此把她吓死。

她的手肘突然撞到一卷书册,整个人失去了平衡,衬衫的袖子被金属书架锋利的边缘刮破了,许多书被撞得散了一地。她在一本书上滑倒了,又立刻重新站了起来,她脚底出了太多汗,都黏在了地面上。这时,一个红色的出口标志出现在了眼前,箭头指向楼梯和电梯处。

不知怎的,那追逐者竟超越了她。在看见他若隐若现的影子前,她已经感觉到他就藏在她和楼梯间的某一处。这该死的东西就像有分身术一样。她又改变了路线,开始向阅览室逃去,至少在那里她可以关上门,把他锁在外面。

她突然冲向靠墙一侧更宽一些的走廊中,顺着走廊匆匆跑过一个又一个书架,这些书架怎么都长一个样子,终于到了一处拐角,她的阅览室就在前面,还亮着灯。

但她倏地停下了脚步,一口气都不敢喘。

阅览室里已经有人了。

那东西怎么会无处不在?透过拉门上的窄窗看去,她看见了某个东西在移动,还有纸和书被撕碎的声音。屋内的灯光便摇曳着,因为那个闯入者在放着台灯的桌前徘徊着,完成着他的破坏任务。

转过身,她又向着反方向的楼梯间跑去,料想到那个身影可能再次出现堵住她的去路,但这次没有。她双手颤抖着,推开防火钢门,爬了进去；就在她刚上到第一段楼梯的中间时，身后的门"咣当"一声关上了，她低着头，就像以前见过的那些运球的橄榄球运动员一样，好不容易到达了一处拐角时却迎头撞上了什么人，也可能是什么东西。她抬起头，一脸惊恐，这时那东西抓住了她的肩膀，将她定在了那里。

她刚要叫出声就听见他开口道："等一下！"

她终于看清了对面是谁。

"怎么了？"卢卡斯问，抓她的力道不由得重了些。

她松了口气，整个人重重地倒向他，害得他差点摔下栏杆。

"怎么了，西蒙？"

一个文件夹——蓝色的——从他臂下滑落，纸张散落在了楼梯上。

"你跑什么？"

她回答不上来；她还是没法呼吸。她转过头看了看楼梯下面。

"你的鞋子呢？"

她所能做的只是紧紧地靠着他，等待着防火钢门被再次打开的声音。

但是并没有。

"西蒙，说话。告诉我到底出了什么问题！"

她要怎么解释？她没有说话，反而抓住他的胳膊，拖着他继续向楼上走，全然不顾他的抗议——"等一下，我得把那些纸拿回来"——向着灯光和安全的主阅览室走去。当他们终于安全以后，她在就近的桌子旁的一张椅子上瘫了下来。一些学生因为这样的喧闹有些恼怒，纷纷抬起了头。

卢卡斯在她身旁蹲了下来，握着她的手，低声安慰着。一个图书管理员匆匆赶来询问发生了什么。卢卡斯为难道:"我也不清楚。"

西蒙也是,尽管她已经回过神了,心跳也慢了些了,然而不管自己多么不想承认,但在她心中,某个可怕的想法已经开始成形了。是阅览室里发生的破坏让她想到的。某个人,或是某个东西,似乎想要抹掉自己的印记,想要消灭这几世纪来累积的那些证据。但为了什么呢?难道它要制造新的、更可怕的灾难来进行报复?

第三十四章

整个早上,爱因斯坦都在仔仔细细地阅读奥本海默的秘密情报员送来的最新报告和要求。他不免有些紧迫感。显然,这些从纳粹指挥部高层截获的公报是在布莱切利园[①]解码破译的,除非他们是故意泄露这些来误导同盟国的科学家的(这也不失为一种可能),否则德国的物理学家们的核反应试验应该已经进行到最后一步了吧。这场释放原子空前力量的比赛逐渐加速了,爱因斯坦知道如果第三帝国率先抵达终点的话,整个文明世界将不复存在。华盛顿、纽约、伦敦、莫斯科——所有的城市都将一夜之间消失在炮火之中,毫无疑问希特勒将会成为世界的统治者。邪恶,将用它最纯粹本质的模样来获取胜利。

罗斯福总统那天凌晨在电话里也承认了。"连你的朋友伯特兰·罗素也过来了,还发表了一些有益于战争局势的看法。"

爱因斯坦意识到,世界上最著名的和平主义者这样的举动非常有

---

① 布莱切利园:一座位于英格兰米尔顿凯恩斯布莱切利镇内的宅第。第二次世界大战期间,布莱切利园曾经是英国政府进行密码解读的主要地方,轴心国的密码与密码文件,如恩尼格玛密码机等,一般都会送到那里进行解码。

新闻价值。尽管没有人认同他的看法,他还是认为那次体育馆的靶子是罗素。他们曾互相比较过收到的恐吓信,罗素的胜利完全是压倒性的。

"但柏林的那些杂种们正紧盯着我们呢,"罗斯福解释道,"我想不需要我特别告诉你,如果他们比我们先突破的话,意味着什么吧。"

"当然不需要,总统先生。"

他还听到了另一个声音,提醒着总统该去参加会议了。

"现在我有工作要做,"他说,"但是你有任何需要,阿尔伯特,说一声就行。"

电话挂断了,在爱因斯坦让海伦平静下来后——白宫并非每天都会来电——他便径直回去工作了。现在他能听见她在下面的院子里唤着小猫。

至少那个问题是他当下就可以处理的。

打开窗框,他探出脑袋——秋天的空气很凉爽——说道:"我知道它在哪儿。"

"哪里?我给它准备了新鲜牛奶,但是它碰都没碰。"

"等下,我现在下去。"在院子里走走也许能让自己的头脑清醒一些。

他穿过厨房赶来时,海伦在后面的台阶上,身旁是一碗没动过的牛奶。

"它昨晚去了车库里。"他说。

"车库锁起来了。"

"门闩好像出了点问题。来,让我们把它弄出来。"

地面凹凸不平,潮湿的落叶铺在地上,像一张褐色的地毯。海伦紧挨着他,确保他不会被滑倒。他真不知道如果没了她,他还能做什么。从他刚开始雇她算起,距今已经七年了,那时候的他根本不会想到现在的他竟会如此依赖她,从家庭琐事,到保护他工作时不受侵扰,几乎所有的事情。

当他们走到车库前,门闩又开了,木门上的白色油漆都剥落得差不多了,门附在门框上咯吱叫着。他拉开了其中一扇门,秋天的阳光落在了一堆装着纸张的硬纸盒子上,还有一些他早该丢弃的老旧的办公器具。

令他吃惊的是,阳光下还一根发白且脆弱的股骨。

"那是我想的那种东西吗?"海伦惊异道,她从他身侧挪了过去,将它捡了起来。

现在他可以看到,那根不过是众多散落在泥地上骨头中的一个。难道这里已经成了某个野兽的窝?它把自己的猎物拖到这里来悠哉悠哉地享用?

"哦,天哪。"海伦用一只手捂住了嘴巴,另一只手指向车库更加昏暗的深处。

一双赤脚从一堆纸箱后面伸了出来。爱因斯坦伸出一只胳膊,将海伦拉了回来,自己走上前去。他莫名地感觉到,这个男人,不管他是谁,已经死了。

"把另一扇门打开,"他命令海伦,"我们需要更多光。"

在她推开门时,他走到了箱子周围。

那个男人四肢摊开,头部向下,趴在地上,他双臂张开,像一个在做自由落体的跳伞运动员似的。他穿了一身黑色的长款雨衣,帽子盖在他的后脑勺上。他身后还有一只帆布袋,以及一把锋利的凿子。他已经完全不动了。

蹲下身,他背部的骨骼咯吱咯吱发出声响,爱因斯坦碰了一下那男人的肩膀,轻轻地晃动了一下。除手臂以外,其他地方毫无反应。又晃了一次,不出意外,依旧毫无反应。

"那是谁?"海伦询问道,不敢走近去看。"他……还好吗?"

"不好。"

"要不要我叫救护车?"

"太迟了。我觉得你应该叫一下警察。"

海伦急忙奔向屋子。

是一个流浪汉吗?他想知道,来这里避一晚上?可怜的人,爱因斯坦想……像这样死去,形单影只地,倒在一片泥地中。所有的家当都在那只帆布袋里。

但那些骨头又怎么解释呢?他们看起来有些年代了。他为什么会带着这些呢?

爱因斯坦小心翼翼地揭开他的雨衣帽,下面是一头浓密的暗金色头发,那种只有年轻人才会有的发色。接着,他愈加好奇,于是轻轻地将尸体推向一侧……瞬间就为刚刚的决定深深后悔。

尸体整张脸的皮肤都皱了起来,就像是被吸干了,嘴唇被掀了起来,连牙龈都露了出来,眼睛是睁开的,眼神空洞无物,仿佛在凝视着远方。很难看出他是二十岁,还是两百岁。

"抱歉。"爱因斯坦轻声说道。那个男人闻起来有一股泥沼的味道。"非常抱歉。"他将尸体翻回到原来的位置,一直守在那里,直到海伦带着警察过来。不该再留这个可怜的人独自一人了。他等待时不知道该做些什么,于是轻轻地将一只手搭在他的肩膀上,低下头,默默地念诵着古希伯来人为死者所作的祷词。

第三十五章

各种古怪什么时候才能到头？卢卡斯想道。

他不敢相信那些骨头和遗物又回到了他的手中，那些警察竟愿意将它们交给他来看管。他轻柔地抱着那个布袋，就好像臂弯里蜷着一个婴儿似的。他再也不会让人劫走这些东西。

经过盖特馆屋顶那一排咧着嘴笑的滴水嘴状雕像时，他抬起头用新奇而谨慎的目光欣赏着它们。尽管它们早已被年月风霜侵蚀，但他还是可以看见它们额头那惹人注意的犄角、紧握的爪子、尖利的牙齿和收拢的翅膀，他猛然想到，它们和那晚开棺时拍的影片中的那些形状和影子多像啊。在他的人生中第一次有了这样的想法——一个他从未有过的不受欢迎的想法。有没有可能这些奇异的生物，外表和那些来自世界各地的教堂和城堡里的东西没什么区别，其实它们是模仿什么东西而铸，而并非是那些独立石匠们狂热的幻想？有没有可能它们是由活标本铸成的——或许是这些生物的隔代记忆，深深根植在了每个人类的灵魂中？有没有可能就像瑞士的心理分析学家卡尔·荣格[①]

[①] 卡尔·荣格：瑞士心理学家。创立了荣格人格分析心理学理论，提出"情结"的概念，把人格分为内倾和外倾两种，主张把人格分为意识、个人无意识和集体无意识三层。

提出的"集体无意识",其中潜藏了人们的害怕与恐惧?孩童时期的我们难道不都是畏惧黑暗的吗?

也许吧,他想道,我们是有理由害怕的。

大厅里,一个管理员正蹲在凯斯内斯郡人的展示柜前拧着螺丝刀;转过身看了一眼后,他说道:"要我说,这地方就不该向市民开放,尤其是小孩。"

"怎么说?"

"他们拉断了这该死的锁。"

"有什么东西损坏了吗?"

"你来看看。"说罢,他又转回去替换着螺丝。

卢卡斯走近了一些,看向展示柜里。那个古老塑像的嘴巴和眼睛依旧紧闭着,背部依旧紧紧地贴着柱子,他就是绑在这根柱子上被杀死的。那顶皮帽也在原位,暗淡的颜色混着他风化后的褐色皮肤,竟有些难以辨认。卢卡斯刚要转身,一样东西吸引了他的目光。

一根松掉的线,垂在柱子上。

他倾过身,越过那个管理员光秃秃的脑袋,更加仔细地看了一眼。

"出什么问题了吗,教授?"

"我还不确定。"他又盯向标本的另一侧,那处本该拴着囚徒的线也松开了。无论破坏展示柜的是谁,他的目的都是卸下这个展品,可能是故意破坏,也有可能更糟,为了盗窃。感谢上天东西还在那里,完好无损。但卢卡斯不由得怀疑这次奇怪的犯罪也许和遗物窃取并没有多大关联,反而和那次阅览室里破坏西蒙的研究资料的事情有些联系。

"大厅应该随时上锁的。"管理员一边收拾着工具一边说道。

"但学生和老师们整天都要进进出出的。"

"给他们钥匙。"他缓慢地直起身子说道。

对于给前门配几百把钥匙这种不切实际的事情,卢卡斯并没有做什么评论。他向楼上的实验室走去,有人在等他。

门已经开了,德兰尼从显微镜旁抬起头,直直地盯着那袋骨头,卢卡斯在电话中已经告诉过他了。

"事情太奇怪了,"他认真地说,"我从来没有想过会是勃兰特。"

"我也是。"卢卡斯说着,将包放在了工作台上。

"他到底为什么会做这种事情?"

即使面对德兰尼,卢卡斯也不能将他所知道的全部说出来。"也许他以为自己取得了什么重大发现,想要走捷径得到终身职位吧。"

"通过窃取那些连战略情报局都严密关注的文物?这让我怀疑他是不是有点神志不清了。"

"我可不这样认为。"

"我的意思是,他有的时候还是挺讨人厌的,但我还是希望发生在他身上的事情不要再发生在别人身上了。"

但德兰尼只知其一。卢卡斯觉得没有必要告诉他几小时前,自己在莫色尔大街所见到的那些血淋淋的细节,这非明智之举。是雷·泰勒,那个联邦调查局特工急急忙忙地将他拖出教室,驱车赶往爱因斯坦家的。教授在院子里,穿了一件运动衫以及一条凌乱的裤子,手里握着一根未点燃的烟管。

"这真是一件伤心事,"爱因斯坦说着,"伤心事。"

但直到卢卡斯被领进车库时,他才理解了教授指的是什么。那些丢失的骨头和遗物散落在泥地中,除此以外还有两个东西——一把凿子和一把破旧的榔头。向后看去,两堆摇摇欲坠的硬纸箱中间,他看见了一个穿着标明"验尸官"字样夹克的人蹲在尸体身边。

"是勃兰特那家伙,对吗?"泰勒问。

卢卡斯点了点头,但他已经快认不出来了——这看上去更像是一层人皮,而不是一具真实的尸体。

"这是其余那些丢失的东西吗?从大学里?"

环顾一圈,卢卡斯回答道:"是的。"

"把它们都拾起来,列一份清单,也给我复印一份。帮我一个忙——换一个安全的地方,把它锁起来。"

努力地将视线避开角落里那具死状惨烈的尸体,卢卡斯把东西都捡了起来——包括那个曲柄手杖——并装到了帆布袋中,上一次看见这个袋子还是挂在勃兰特的肩上。在穿过院子回去时,他被爱因斯坦拦住询问道:"你还是会来聊聊天的,对吗?下午就挺好的。"他眼中染上了一层更加忧郁的色彩。"在这种时候,应该谈些别的事情。艺术……音乐……那些高尚的东西。"

"我保证。"卢卡斯答应道。

"也许,"他微微有些不好意思地低声说,"你还可以给我带点你的烟?"

"当然可以。"他回道,爱因斯坦拍了拍他的手臂,点了点头,便缓缓地拖着脚向纱门走去,海伦正为他留着门。

"这里,"德兰尼走向一个绿色金属柜,接着打开了柜门,这个柜子大概是平常柜子的两倍宽,牢牢地固定在墙上。"你可以把那些东西藏在这里,"他说道,"这里是我用来存放那些要交给麦克米伦的报告和放射性碳的实验数据的地方。它上面有一个挂锁,实验室的门锁还连接着它的插销。"

"你是不是还睡在这里?"

"有的时候会。"

尽管本来是在开玩笑,但是卢卡斯对这个回答丝毫不意外。他把包放了进去,那根手杖的曲柄从袋子的一端伸了出来,一直顶到最顶层的搁板。德兰尼重新锁上柜子,固定好铁挂锁后,又拽了一下确认是否锁好了。

"西蒙怎么样了?"

"我今天早上给她打了电话,她似乎还没有平静下来。"

"谁能呢?先是父亲溺死在了浴缸里,现在自己又在图书馆里被一个怪人追。她能撑到现在已经是个奇迹了。顺便问一句,他们查出是谁在她的阅览室里搞破坏了吗?"

"还没有。"卢卡斯原本怀疑安迪·勃兰特,但如今他知道自己猜错了。当泰勒探员意有所指地问他,明明有那么多地方可去,为什么勃兰特偏偏来到——而且被公交车撞了以后,身负重伤——爱因斯坦的家,卢卡斯回答说也许只是运气。

"运气,"泰勒答道,"从这里到华盛顿路有上百个车库,他偏偏选在这里死?"

卢卡斯依旧在内心的怀疑中挣扎着。难道勃兰特也像沃利·格雷格一样,想要攻击教授?还是——这地方和他家也很近——有没有可能勃兰特正准备赶往他的公寓,想要让知道他秘密的卢卡斯·安森永远地闭上嘴巴?

接下来的一两个小时里,卢卡斯和德兰尼检查了一遍最新的数据——放射性碳实验似乎每时每刻都在改善,但这些东西对麦克米伦上校来说有多大用处尚不清楚。这时清洁工走进来清理垃圾篓,并保证会在几分钟后把门锁上,他们又确认了所有重要的东西都锁在了绿柜子中,便下楼去到展厅了。正当卢卡斯停下脚步,将外套的衣领立起来时，他瞥到了凯斯内斯郡人，它被远远地锁在了展示柜中；底座上的低光照亮了它，一刹那间，他那尘封了几个世纪的双眼似乎睁开了一条缝隙。

校园里十分安静，只有礼堂的钟声回响着，简直就像片荒地，除了几个行色匆匆的学生，大概是去食堂吃晚餐，或是去图书馆学习。庆幸的是卢卡斯看到了市区的灯火，渐渐地又看到了纳索旅馆，更感欣慰，窗户中透着琥珀色柔和的光亮，一圈圈的炊烟徐徐地从酒吧的烟囱中飘散出来。

"在你上楼之前，我大概是没办法哄你和我一起喝一杯了。"德兰尼说。

卢卡斯心中已经有了其他计划，笨拙地寻找着婉拒的话语。

"得了吧，老兄，我都看穿你了。"

"也许我们俩可以一起下来找你。"卢卡斯回道。

"我就不作这个指望了，"德兰尼穿过大厅时说道。"希望她已经从图书馆那件可怕的事情中缓过来了。"

卢卡斯也希望如此，老朽的电梯带着他到了顶层以后，他轻轻叩门——两下，接着又两下。这是他们之间的暗号。

尽管如此，他还是听见了猫眼盖滑开的声音，接着门锁才被转开。门只开了一半，她催促道："快点——进来。"

卢卡斯闪进门中，想要拥抱她，但她猛地关上门，旋上锁。接着又瞄了一眼猫眼，扭着头想要看到走廊中尽可能远的地方。

"相信我，外面没有别人了。"卢卡斯安慰她。她看上去，有什么重要的话要说，似乎状态比昨晚更糟了。昨晚送她回房后，他看着她吃完安眠药，只脱了鞋子，和着外衣睡进被子以后才离开。

"你今天出去了吗？"他问。

"为什么这么问?"

"因为你看起来需要一些新鲜空气。"她白衬衫的扣子松开了,裙子皱巴巴的,脸色苍白憔悴。"这房间里也需要一些氧气。"窗户旁那张小小的写字桌上全是资料和图纸,客房服务的手推车靠在暖气片旁边,一只黑色苍蝇——应该是这个季节的最后一只了——在一个脏碟子和一个倒扣的银盖旁边盘旋着。卢卡斯走向窗边推开窗户,这时他注意到原本塞在下面的一张索引卡飘了进来。他从地毯上把它捡了起来,注意到了一个奇怪的标记——一个倾斜的钻石,一道斜线穿过中间——用铅笔画的,并且划了三道下划线。

"不,别那样。"她说着,将卡片塞了回去,拉下窗户,紧紧地压住它。

但他之前是在哪里看到过那个标记?

"你认出来了吗?"她紧张地问。

"那个标志?"接着他记起来了,打了一个响指。"在石棺的盖子上刻的也是这个,就在我们移开的最后一根铁链的正下方。"

西蒙点了点头。"那是个古代标记,我们从坟墓里搬出的那堆科普特卷轴上也出现了这个。我父亲正在研究它们,那时他还没……"

为了防止她顺着想法继续想下去,卢卡斯插了一句,"所以它代表了什么意思?"

"这代表了一种控制的力量。"

"所以这是一个封印?"

"对。"

现在他知道是怎么回事了。"我们打开石棺时损毁了封印。"

"是的。"

环视了一圈乱糟糟的房间,他问道:"除了这个食物手推车的香味,你还想留住什么?"

"我想要留住——想要保护——我们获悉的一切。首先就是我父亲的蓝色文件夹中所收集的一切。"

"你觉得谁会过来抢走它?"

"杀死他的那个东西。"

他知道她对她父亲的死因仍有怀疑,但他从未听过她如此直截了当地说出来。

"在他去世以前,他一直在研究这些资料,"她说,"因此,它们才会被偷走。"

他沉默不语,不想再说出什么话徒增她已有的压力了。

"它们还透露出了凶手的姓名。"

"你父亲写下来了?"他怀疑地问道,"甚至在事情还没发生之前?"

"他不需要写,它就在那儿。"

"什么?"

"吾名群魔,吾等众多。"

尽管他记不起来精确的出处了,但卢卡斯认出了这句话。

"马可福音第五章第九节,"她说,"这一节讲的是耶稣将不洁的灵魂逐出那格拉森疯子的身体,他常常出没于坟墓旁,用锋利的石头砍伤自己。"

"嗯,我知道那一节。"卢卡斯说。

"但你记得被耶稣逐出那疯子体内的魔鬼怎么样了吗?"

"就我所记得的来说,他们好像进入了猪的身体。"

"恶魔是能够这样做的。"

"附在猪身上?"

"他们可以附在任何东西身上。他们可以像虱子一样，从一个宿主跳到另一个宿主身上。我父亲正试图证明这一点。事实上，他们不得不那么做。为了能在这世上活动，他们必须找到一些物质形态来依附，否则他们脱离了躯体就发挥不了作用了。"

推车上的苍蝇慢悠悠地在茶杯边缘打着转儿，接着落在了另一只刚从茶托下爬出来的虫子的旁边。

"那些猪被他们搞疯了。"西蒙继续说着。

"整群猪冲下了悬崖，溺死在了海里。"卢卡斯想起了剩下的故事，接着讲了下去。

"圣安东尼是一个猪倌，"西蒙说道，就像在陈述一个无可辩驳的推理一样。"我们打开的棺材正属于他。"

卢卡斯有些难以跟上她的思维，也猜不到她想说的是什么。他随意地挥了挥手，驱赶一旁的苍蝇，它们很快便飞走了，不一会儿就又折了回来。现在变成了三只。它们到底是从哪儿来的？

"我们已经把这些恶魔——不管它是什么——放出来了，"她直直地望着他说道。"除非冲下悬崖，溺死在海洋中，否则它们会一直逗留在世间，直到把它们过去的痕迹全部抹掉。"

"好吧，"卢卡斯说道，他的语气十分审慎，"但它是怎么做到的？"

她皱着眉头，就像一个老师，教了一个连简单课程内容都理解不了的学生。"通过偷回自己的骨头，这只是个开始，"她竖起一根手指。"通过烧毁那卷胶卷，"说完竖起第二根，"通过除掉一些人，比如我父亲"——第三根——"还有杀死自己的宿主，在他们失去用处以后。"

安迪·勃兰特。

"最后,把我引出阅览室,在图书馆里追着我跑,想要借此吓死我,再把我收集在那儿的所有证据撕毁。"

卢卡斯觉得大脑都有点分裂了。一方面来说,他一直以来都只相信合理的事物、那些他认为符合自然和宇宙规律的事物、一切经验主义可证明的事物。他从来不是那种相信超自然现象的人,也不相信透视、心灵遥感、占星术,以及一切与所谓的神秘学相关的东西。

但另一方面,西蒙累积了越来越多实质性且有说服力的证据。如果他愿意的话,他还可以补充更多,比如说,勃兰特的尸体——整个被吸干了,就像是被丢弃的水果一样。(这个细节他并没有告诉西蒙。)除此以外,还有他在储藏室里看到的一切……和从那个莫名其妙自焚了的胶卷中看到的。

"暂且先接受你的假设,"他说,"是什么让这只恶魔,这个不洁的灵魂留在了这里?在这么一个偏僻的地方,一个小小的大学城里?"他自己有了些模糊的想法,但还不想说出来。他不想让自己的观点影响西蒙。"这里有什么东西?"

"与其问这里有什么,还不如问问自己谁在这里。那样就简单多了。"

确实。

"沃利·格雷格攻击的是谁?"她说,"勃兰特死的那晚去的是哪里?"

现在他知道了,她确实和他的思路相同。"但为什么是爱因斯坦?"

"这正是我一直在问自己的。"她手指飞快地翻阅着桌上的几页纸,好像答案就在那上面的某处,而她忽略了似的,她又问:"你为什么会派自己的手下去杀一个所有时间都花在研究那些没几个人看得懂的公式上的老教授?"

卢卡斯想到自己第一次拜访爱因斯坦那天,在他的书房卢卡斯看见过一封信,是用白宫的信纸写的——那封信来自总统,上面警告道:"我担心他们快要成功了。"不用费多大脑筋就能猜到爱因斯坦,一个智慧绝不止于当下那些重大发现的人,一个更大程度上被视作偶像而非科学家的人,是根本不可能退休,停止所从事的工作的。也许他参与战争的程度比人们预想得要高得多?有没有可能有人在隐秘地利用他的天资,意图扭转美国的劣势?

只有那些最高级别的政府圈子——比如总统办公室——才了解实情吧。但如果这是真的,有没有可能正是因为这样,德军才会想在第一时间得到石棺?他们知不知道那里面暗藏了一个幽灵,强大到可以作为终极武器——他们可以用它来对抗地球上唯——个可以阻碍他们统领世界计划的人?难道这从始至终都是他们的计划?他们会不会是故意发的那些电报,将石棺留给希特勒,因为知道这些信件会被破译,知道战略情报局会不惜一切代价地夺回这个石棺,然后他们就可以顺藤摸瓜,找到美国会在哪里利用刚刚起步的同位素研究来证实它的真伪?勃兰特来到这里,难道不正是为了将实时发现传送回去的吗?难道这里不正是它最有可能被打开的地方吗?借此,恶魔正好被放了出来,留在了敌方阵营。

卢卡斯的脑海中萦绕着各种可能的计划和场景、问题和难题,就像他小时候曾去过的科尼岛上的镜屋一样,令人摸不着方向。

"我想找到这杀死我父亲的东西,"西蒙平静而坚定地说,"我要找到它,不论它藏在哪里,我都要杀了它。"

她乌黑而炯炯有神的眼眸中隐现出一丝坚决的寒光,卢卡斯觉得一些故事书的女主角大概就是这种眼神吧,一个阿拉伯公主,跨坐在一匹高贵的骏马上。

"我需要你的帮助,卢卡斯。"

他能提供什么帮助,他不知道。你要如何擒住,甚至杀死,一个如时间般久远的灵魂?但他并不想阻止她——现在不会,将来也不会。他不声不响地将她搂在了怀里。"任何事情,"他说,"你要我做什么,我都会去做。"

最初,她就像一个哨兵似的僵硬着,无动于衷,依旧沉浸在自己的气愤和决心当中。

"我会在你身边的,西蒙。"他向她保证道。

他感觉到怀抱中的人放松了下来。

"永远都会。"

她几乎快融化在他的怀里了,头倚在他的胸口,所有的力气很快消失殆尽,她就像在自由落体的过程中被他接住了似的。

"我需要你,卢卡斯。我太需要你了。"

她说的并不只是那个石棺,他知道,因为这也正是他的想法。他需要她。他关掉了床边的台灯。

这一次,他们做爱的过程中不再只有炽热,更添温柔。这一次,他不再扯掉衬衫的纽扣,不再撕扯丝袜,也不再用他的须茬刮擦她的脸颊。这一次他让自己慢慢地脱下她的衣服,去亲吻并欣赏每一寸裸露的肌肤。天哪,他想,她真是一个奇迹。从未有过一刻像此刻一样,让他渴望摘掉那黑色的眼罩,让他渴望拥有两只眼睛把她看个遍。当他倚在她身上,亲吻着她的乳房,她紧紧地捏着他的手臂,以至绷带都要崩开了。

"噢,卢卡斯,我刚刚是不是弄痛你了?"

"没有。"

"你确定吗?"

他用一个吻让她安下心来,接着又一个,让自己迷失在了这纯粹的刺激中。在这里不需要追捕恶魔,没有装着骨头的石盒,没有关于地雷、战争和流血的恶梦。所有的那些——他亲眼见证的恐惧,那些徘徊在他身侧的——都消失了。现在只有这些,她黄褐色的手臂与他的交缠在一起,她的头扬着,闭着双眼,双唇微张,头发铺散在洁白的枕头上,她的呼吸如他一般灼热地起伏着。只有这一刻——他想要的都在这一刻了。

结束后,西蒙将双唇贴近他的喉咙,低声说了些阿拉伯语。

"这是什么意思?"

"明早再问我吧。"她说完,翻了个身,便进入了安稳沉寂的梦乡。卢卡斯躺在她的身边,他的身体就像卖力运转的引擎一般冷却了下来。除了暖气的咝咝声和楼下大厅隐约传来的关门声外,整个屋子都十分安静。他的手指在她背后微微隆起的地方上下轻抚着,思绪也四处飘散着。身上的汗水蒸发着。他一定是睡着了,因为之后——他也不知道过了多久——他隐约感觉到脸上痒痒的。把它拂开时,他听到一阵苍蝇的嗡嗡声。

几分钟过后,他又感到发痒,又一次把它拂开。

又一次,他知道如果自己不起来把这该死的苍蝇拍死,他是绝对睡不好的。

他睁开眼,但眼睛睡得有些迷蒙,只有外面的路灯发散着点点光亮。在尽量不打扰西蒙的情况下,他摸向床头灯的开关。他的手胡乱地摸了一圈,依旧找不到它,但当他摸到后,他立刻抽回了手指。那按钮的触感就像丝绒一样柔软……而且是活的。

他惊醒了,坐了起来,腿伸下床边。

屋子里嗡嗡声不断,在睡梦中他一直误以为这是宾馆周围的噪音。

走向窗户,他猛地将窗帘掀开,外边的光能让他看清灯罩的轮廓了,他再次把手伸下去摸索开关——一下子就找到了,于是打开了台灯。

灯光照亮了一些,却让事情更糟糕了。他的脑子甚至没法跟上他所看见的场景:整个房间像一锅开水一般沸腾着。墙壁和天花板被众多爬来爬去的苍蝇覆盖,黑压压一片,中间透着几缕蓝绿色的光芒,它们汇集成了一大片起伏的表面。桌子也被一大群苍蝇包了个严严实实,像铁砧一般乌黑厚重,甚至连桌腿和抽屉都看不见了。

蝇群似乎不喜欢光亮,变得有些不安,翻腾着,涌动着,嗡嗡乱撞着。

卢卡斯悄悄地推了推西蒙裸露在外的肩膀。

她睡得太沉了,竟毫无反应。

他更用力地晃了晃她,悄声说道:"西蒙,醒醒。"

"怎么了?"她咕哝着。

"快起来,去浴室里。"同时他也祈祷着那里别有那群苍蝇。"锁上门。"

"为什么?"她说着,头微微抬离了床垫几英尺。

"照做就是了。"

接着环视一圈,她一定看清了周围可怕的景象。他听见一阵急促的吸气声,发现她的脊背因为恐惧有些僵硬。

"别发出声音,快去。"

她挪到床的另一侧,但被撒落在地上的衣服绊倒了。接着整个苍蝇群就像一个有机体一般,齐刷刷地飞离了墙面和天花板,袭向西蒙裸露的身躯,她尖叫着。

THE EINSTEIN PROPHECY 277

卢卡斯跨过床。她整个趴在了地上，想要拼命地拍打着它们，但它们太多了，而且太顽固了。一只胳膊夹着她，他拖拽着她向浴室走去，把她推了进去。她双手捂着头逃到立柱盆下面，就在他刚准备跟进去时，门重重地甩在了他脸上，几乎快弄断了他的鼻梁。

"卢卡斯！"

回答她几乎是不可能了——现在那群苍蝇已经攀上他了，附在他的脸颊和嘴唇上，并迫使他闭上了自己那只完好的眼睛。他什么都看不见，只得在床脚边摇晃着后退，摸索着通向过道的房门。但整面墙都被苍蝇占领了，他根本摸不到把手。就在他张嘴喘气的瞬间，嘴就被一大群苍蝇堵住了。他把它们吐了出来，抹了把眼睛，低下头，跟跟跄跄地穿过房间，无意间撞到了客房服务的推车，便用力把它推向了床头柜。尽管灯光依旧亮着，但台灯翻到了地上，沿着它参差不齐的边沿滚来滚去，还散发着不祥的光亮。

那把木头写字椅也没能幸免，但卢卡斯拿起了它并扔向窗户，玻璃都被砸碎了。椅子"吧嗒"一声掉落到了安全出口处，窗帘被夜风卷得上下翻腾着。

窗框下压着的那张索引卡片打着旋飞走了，仿佛一只拍打着翅膀的蝙蝠。

风并没有吹进屋内，反而一阵漩涡似的抽走了屋内的空气，把原本包裹着卢卡斯，在他的肩头、头顶、臂下以及两腿间翻涌的那群苍蝇像一阵黑色旋风一样卷走了。他所能做的只剩下保持直立的姿势。一到沐浴在月光下的街面上，那群苍蝇不约而同地离开了大部队，四散了开去。

卢卡斯将头埋在膝盖之间，费劲地深吸了一口气。他听见浴室门被用力地砸开了，接着他便感觉到西蒙的手臂环住了他。

"你还好吗?"

窗帘沙沙作响,翻倒的台灯发散着异样的光亮,他们就这样待着,紧握着彼此的手,赤裸的,凉飕飕的,孤寂的,一如当初被驱逐的亚当和夏娃一般。

蓝色文件夹残破的部分被风吹落到地板上,停在了西蒙的脚踝边上。

尽管彼此都未发一言,卢卡斯依旧知道西蒙在想什么。就像她所预言的,他们古老的对手穿上了它无数伪装之一,并拜访了他们。他还知道,这并未结束。

第三十六章

在马里兰州①的米德堡②接受训练时,雷·泰勒曾经有过一个绰号"鹰眼"。他的视力超群——他在步枪射击场上的成绩是最高纪录——他的听觉也十分敏锐。即使在睡觉的时候,比如现在,他也能注意周遭的情况,甚至比那些完全清醒的人还要了如指掌。

就在外面传来一阵熄火声时,他立刻从枕头上抬起了头。穿着汗衫和裤衩就走向窗边,他蹲了下来,将窗帘拉到了一边,看到出租车的后门打开,卢卡斯走了出来。不一会儿,有一个女孩跟了出来——正是那个出现在勃兰特拍的好几张照片上的埃及女孩,那个在大学里工作的女孩。西蒙·拉希德。总部已经给他发了一份关于她的详尽报告,他也读了两遍了。真是一份令人印象深刻的履历,更别提还是这么一位绝代佳人。

然而她此刻看起来却不那么迷人。现在的她看上去就像是在勉强地支撑着自己。

---

① 马里兰州:美国大州之一。
② 米德堡:位于美国马里兰州,是美国国家安全局总部所在地。

在他们从出租车后备箱中卸下两个行李箱并留在了路边后，卢卡斯用一只胳膊圈住她，摇摇晃晃地护着她走上前阶。他们进来后尽可能轻地带上了前门，当他们顺着楼梯爬上卢卡斯顶层的房间时，泰勒还能听见他们经过自己房间前的脚步声。当卢卡斯折下楼取他们的行李时，泰勒套上了一些衣服并跟着他走到外面。习惯使然，他还是将枪和枪套吊在了肩上，藏在防风夹克的下面。那出租车早就已经走远了。

外面又冷又黑，还刮着潮湿的风，在卢卡斯意识到之前，泰勒走到了他身后，把手搭在了他的肩上。当他转过身时，紧握着拳头，低着头，似乎已经准备开战了。

泰勒举起双手并后退了一步。"噢，老兄，我是来帮你搬那些行李的。"

卢卡斯半信半疑地挑了挑眉毛。

泰勒拎起其中一只包的把手——从重量上看，应该是装了些书而不是衣服——并提到前阶前。卢卡斯提着另一只走了过来，在进门前泰勒喊住了他，低声说："所以，你准备告诉我到底怎么了吗？"

"西蒙在宾馆里遇到了问题，她今晚要待在这里。"

"什么问题？"

"房间被预订一空了。"

"嗯，对。"他明天会去宾馆前台确认一下的。还有什么更重要的事情。"那些骨头呢？你找到安全的地方存放它们了吗？"

"是的。"

"哪里？"

"德兰尼的实验室里。他有一半的时间都会睡在那里。"

泰勒曾经在校园里看到过那家伙蹒跚的身影，所以他相信。"你没有别的想告诉我的吗？在我自己发现之前？"

卢卡斯耸了耸肩，迈上台阶，然后转过身。

"有，"他说，"密切监视爱因斯坦的房子。"

"我已经这么做了。"

"要更近。"

"为什么？"

"你询问我的意见，"卢卡斯说着便拉开了门，用脚抵住门，费力地将行李箱搬了进去，"我现在只是告诉你而已。"

他身后的门关上了。

泰勒现在没心情回去睡觉了，而且他绝对不会相信那条警告是凭空而来的。卢卡斯仍然误以为泰勒是来保护爱因斯坦的。约翰·埃德加·胡佛派特工来普林斯顿的本意一定不是保卫工作。胡佛希望泰勒能够时刻监视着那个人，挖出他能找出的任何丑闻。

"那家伙是个共产党，"胡佛在他巨大的办公桌后咆哮道，"一旦让他知道或了解了我们的秘密计划，他一定会泄露给莫斯科方面的。"

"但是俄罗斯是我们的盟军。"在胡佛大发雷霆之前，泰勒正准备离开。

"如果你相信那个，就等于你相信复活节兔子，那你就没资格在这间办公室里工作了。"

泰勒沉默了；为了这份工作，他努力了太久，付出了太多了。

"一旦我们处理完纳粹这事儿——相信我，我们就会——我们就会处理苏维埃的事儿了。"他停下对着对讲机吼了几句后，又接着刚才的话继续说道。"我们还要解决他们隐藏在美国的支持者，我在十年之前就已经收到了名单。"

泰勒从不怀疑这一点，因为怕自己也上了胡佛那个狗屁名单，他不得不潜伏在莫色尔大街爱因斯坦家对面的寄宿公寓中。他每时每刻都待在那里，但他见到的唯一有些可疑的地方就是一辆载着疑似尤利乌斯·罗伯特·奥本海默的车。胡佛也不信任奥本海默，办公室里的每个人都知道那一点。泰勒有时候会想这是不是因为他们俩都是犹太人的缘故。但无论如何，他都尽职尽责地将车牌号逐级上报了，但他们俩从未给过他机会让他验证自己的猜想是否准确。

拉上了防风夹克，泰勒穿过街道，避开路灯投射下来的那片微弱的光亮。外面比他想象得冷得多；他应该随手抓一条围巾或是手套的。但他并未打算在外逗留太久；他就想快速地绕着爱因斯坦家转一圈，确认一下车库是否锁好，就回去继续睡觉。

越过低矮的木栅栏，绕过房屋的一侧，他没有想到的是楼上书房还透着几束台灯黄色的光亮。他本能地退到树影里，不断靠近房屋以便观察。

他看见一个身影经过窗前，又折了回头。是爱因斯坦，嘴上还叼了一根烟斗。

泰勒悄悄爬近了些，从他这个角度，透过半掩的窗户可以看见，一张黑板上涂满了公式，就算他再活个一百年也看不懂。感谢上苍，联邦调查局更看重的是射击而非数学。

他尽可能蹑手蹑脚地穿过庭院，到了车库前，确认了一下门闩是不是完好。就在他准备离开时，他听见后门嘎吱一声打开了，爱因斯坦穿着一身破烂的睡衣，趿着一双莫卡辛鞋走了出来。他一只手握着一只倒着的烟斗，并没有点燃。另一只手则端了一碗牛奶，并搁在了门廊上，接着一只手扶着后腰直起身来，泰勒立马躲进了灌木丛中。

"晚饭已经放好了，"爱因斯坦对着黑暗中说道，"出来吃吧。"

然后等了一会儿便进屋了，泰勒如释重负一般舒了一口气。要是爱因斯坦看到了他，他得为自己躲在人家的院子里编个理由，也许还会被革职，或者他的命运任由胡佛随意摆布。

与其冒这样的险，他还是选择了从小道回去。

他还没走远就开始后悔了。小路实在是太暗了，他被一路的坑坑洼洼绊得东倒西歪的，中途还有三四次，那些被圈在后院的狗冲到篱笆旁，冲着他狂吠着。还有一个男人吼着："闭嘴，你这该死的狗杂种！"

接着他注意到一件很奇怪的事情。这些狗会突然停下，和他们开始吠叫时一样突然。在他经过时，他们就会停下，甚至有一两次他还听见他们退回狗舍时的哀鸣声。以他的经验来说，一旦狗在夜晚突然暴躁地开始吠叫，它们能停下来就是奇迹了。

它们看起来就像是在害怕他……或是其他什么东西。

他停下脚步，一边是一排垃圾罐头，另一边是一间废弃的车库。

某种直觉告诉他转身；但同时另一种直觉又警告着他不要这么做，让他拼命地跑出这条巷子，跑到有路灯的地方，别再回头。

他转过身。

他长舒一口气。没有人跟踪他，除了空荡荡的巷子，别无他物。

噢，一只虎斑猫，静静地坐在一个路坑的中间，昂着头，摇动着尾巴。

"快走吧，"他说，"有碗牛奶正等着你呢。"

那只猫却一动不动。

"要是谁家的狗跑了出来，你就死定了。"

他继续走着，但他经过第二家后院时又发生同样一件事——一只杜宾犬狂吠着冲到篱笆前，却又很快溜了回去——当他转过头时，他发现那只猫正悄无声息地跟在他身后。

284 爱因斯坦的预言

一只杜宾犬会怕一只野猫?

但你不得不承认——每次泰勒回头时,那只猫都紧跟在他身后。但看上去它并非在陪伴他。

反而像是在跟踪他。

"我有什么能帮你的吗?"泰勒打趣道。月夜走在这样一条小径上,纵然是自己的声音也让他不由得紧张了起来。

还有那只猫看他的方式,也比其他所有的猫或动物都要专心。它幽绿的双眼闪着光,似乎一点也不害怕他。要说他曾想过自己某天会受到一只野猫的威胁,那么就是现在了。

这念头多么疯狂?他可是一名训练有素的联邦调查局特工,在巷子里遇到一只野猫,他准备做什么?让步?逃跑?

相反,他将手伸进防风夹克里,解开了肩上的枪套,掏出枪。只要指着那东西就可以了;动物们早就知道枪炮意味着什么了。泰勒一直弄不清楚他们是如何做到的。一只动物要如何向其他动物传递或灌输对枪这类难以描述的事物的恐惧?是心灵感应吗,还是群体心理,例如一群居住在同一个蜂窝里的蜜蜂?还是说它们是天生的,像人类一样,对危险的地方有与生俱来的判断,以及当你面对一样你所不理解的事物时,最好的选择就是转身逃命?

不管答案是什么,这只诡异的猫显然没有领会。

泰勒晃了晃手中的枪,然后将枪口直直地对着它的脑袋。

那只猫盯着枪管,依旧纹丝未动。

"好吧,你是对的,"泰勒退让道,"如果我开枪射死你,这整个该死的城市都会醒过来,然后第二天我就会被降职。"他一边将手重新伸向夹克,一边说,"然而……还有其他方法。"

他拿出了一截短短的圆筒——一个消音器——接着拧到了枪

管上。

猫饶有兴味地看他谋划着，却没有一丝恐惧。

泰勒不知道自己到底在烦扰什么。他是准备用一个消音器来吓退这只猫吗？他为什么不撇下这只猫，回到自己温暖舒适的床上去呢？在此之前，他只在一次执行任务的过程中开过枪，那是在费城追击一名敌方特工的时候；他只用了一发子弹，目标就倒下了。

那这个呢？这想法真愚蠢；根本毫无意义。

然而，出于某种原因他生气了。这只动物不知道哪里惹到他了，它身上某处似乎显得异常聪明且具有侮辱性。这感觉无异于某人把他推入一场酒吧斗殴当中。泰勒有些疯狂，并且奇怪得很，他还十分害怕。害怕什么，他也说不清楚。空气中的危险似乎蓄势待发。

好吧，他又一次准备用枪了，话说回来，谁会过问小路上的一只死猫呢？如果他再把尸体扔进垃圾桶里，又有谁会注意到呢？

他取下了枪的保险，一听到这个声响，猫警觉地竖起了耳朵。

"怎么，"泰勒说，"现在你知道了？"

猫仍然不动。

"最后一次机会，走开。"

他将枪口对准猫，但那猫并未离开，反而拱着脊背，嘶嘶地叫着，缓慢地向他踱了过来。

泰勒非常意外，他后退着。

"你当真这么蠢吗？"他说。

那猫步步紧逼，泰勒突然被倒在路中央的一个果筐绊住了。他趔趄了一下，而后将脚从筐中拔出来，当他再次回过头时，那只猫却不知怎地变得⋯⋯更大了。

那不可能。

当它张开嘴巴时,他甚至能看见亮白色的牙齿,就像匕首一样锋利,它发出了激烈的嘶嘶声,甚至让他觉得自己的裤腿边泛着阵阵温热的气息。

他扣下了扳机,子弹嗖的一下射到了垃圾桶上。

不知道是月光和阴影的障眼法,还是他自己的异想天开,那猫竟成了豹一般的大小,带着置他于死地的企图小心翼翼地靠近他。

泰勒加快了退后的脚步,当他看见它眼中再次一闪而过的绿光时,他便知道了,他遇上了一个无从估量的对手。甚至子弹也解决不了。他转过身,小路的尽头,亮着一盏路灯,大概只有五十码的距离。他开始狂奔,耳内血液的冲击声太大了,他几乎听不见自己的脚步声了。他仍能感受到那东西的存在。当他感觉自己的裤脚被什么东西拽住时,他挥着枪对着周围胡乱射着。一次,两次。他听不到子弹射中时"噗"的声响,但感觉到手中的枪突然后搓了一下,接着他的裤子就被扯裂了。

前面只有不到二三十码了——他能看见洗衣店的卡车轰隆隆地驶在街道上——他祈祷着自己一旦能够逃出去——去到光亮的地方,去到人行道上——这场追逐战就可以停止。他已经气喘吁吁了,并不是因为距离,而是惊慌与恐惧完全笼罩着他。

他跌跌撞撞地想要跨过路面上散落的垃圾,正当他准备起身最后冲刺时,什么东西砸到了他的背上,就像一袋从顶楼扔下来的水泥那样沉重。他头朝着前方,摊在了坚硬的路面和松散的砾石上,手中的枪也滑落了。空气在他的肺中震荡着,他的门牙磕掉了一半,而他身上的重物,非但没有起身,反而加重了力道压向他,将他碾进了地面。炽热的呼吸灼烧着他的后脖颈——就像是从焊枪中喷出的烈焰一般——它的爪子深深地刺进了他的皮肤,将他的肩膀直直地钉在了地上。他再也无法呼吸,也无法翻过身亲自看一眼,是什么东西把他生命中的最后一线希望,无情地挤压了出去。

第三十七章

一道曙光照到卢卡斯的脸上，他醒了过来。越过熟睡的西蒙的肩膀，他抓到了床头柜上的腕表，举了起来，发现现在已经差不多八点钟了。

他闻见了楼下厨房飘来的煎饼、咖啡和平底锅里炸着的培根的香味。

他又躺回西蒙身边，她只穿了一件他的法兰绒衬衣，在被窝中紧紧地依偎着他。她的行李堆在门边。昨晚的事情让他俩震惊非常，以致他们希望在不惊动卡普托太太和艾米的情况下悄悄上楼，好一进房间就能立马冲进彼此的怀抱。狭窄的小床嘎吱嘎吱地呻吟着，但它的狭窄反而让他们很自在；他们不想让彼此之间空出哪怕一丝丝的空隙。当卢卡斯给了她一个晚安吻后，西蒙的胳膊环上了他的肩膀将他压倒，让他保持着那个姿势。他的眼罩松开了，在他笨拙地想要重新系上时，西蒙悄声说："随它去吧。"

"不，这样是最好的，如果你不……"

"我知道怎样最好，"她说，"而不是你。"

她将一只手指伸进眼罩带下面，将眼罩推到他的头顶，一把扔在了被子上。

他痛苦地意识到她现在看到的是什么——暗棕色的玻璃眼珠,尺寸还有些不合,而且总是无神地盯着前方。

"那儿,"她说。

"那儿怎么了?"

"我已经知道了你最糟糕的秘密。"

她抬起头轻柔地亲吻了一下他的额头。

"并且想听你亲口诉说。"她说道。

这是他人生中第一次,分享秘密的渴望席卷了他,想要以一种从未有过的方式向她敞开心扉。作为交换,他也想了解她。他想安慰她,抱着她,保护她不受恶魔的伤害,不像从前一样,他如今也相信那些恶魔的存在了。他都不确定对面那位大名鼎鼎的邻居,自牛顿以来的科学家没有人比他的思想再深远了,是否能解释自从那古石棺出现之后他的种种恐怖经历。但卢卡斯知道,西蒙也知道,并且都认识到没有任何东西能像这东西一样,将他们紧密地联结在一起。他想询问她所有的事情,然后听她用混合着英语和阿拉伯语的迷人又轻快的语调回答。

在她还没睡着前,他对她耳语道:"所以,在宾馆的床上你对我说的究竟是什么?"

"什么?"

"你知道的,就是在那恐怖的事情发生之前。"

她的脸羞得通红,在她开口之前,卧室门口突然传来砰砰的敲门声,艾米叫着,"起床啦!起床啦!该吃煎饼了。"

西蒙惊慌地瞪大了眼睛,就在她扯着被子遮住脸颊时,门打开了,艾米探了个头进来。"妈妈想知道你要多少?"

就在艾米与西蒙的眼神相遇的那一瞬间,世界仿佛静止了。

"艾米,关上门,"卢卡斯说道,"我马上就下去。"

但她并没有移动。

"这是我的朋友,西蒙。现在赶快离开吧。"

艾米重新关上门,他能够听见艾米下楼梯的脚步声。她以最快的速度一路蹦跳着冲到了楼下。

"希望我没有破坏这里的规矩。"西蒙担心道。

"我们马上就知道了,"卢卡斯说着,向前挪了挪越过她向浴室走去。当他一边从浴室中走出来,一边将上衣塞进裤子中时,西蒙依旧愣在床上——在这么小的房间里,还有哪儿可以去?——呆呆地盯着窗外。恐怕她正在回忆宾馆里发生的那些恐怖的事件。"我马上下去看看情况。"

她转过头对着他。"我需不需要离开?"

"去哪?"他蹲伏在她身旁反问道。"我要你待在我的身边。"

"我也是。"

"你用阿拉伯语说的是不是这句?"

"差不多。"她说。

他等着她说完。

"那是一句贝都因古语。"

"给我粗略地翻译一下吧。"

"就算予我一千只山羊换你,我也绝不答应。"

卢卡斯笑了。"很高兴听到这句话。"然后他倾过身,吻了她一下,说道,"注意——热水一般不会持续超过两分钟。因此准备一下吧。"

在下楼途中,他停在二楼泰勒房间的门口,听了听里面的动静。

毫无声音。厨房里也没有声音了。艾米坐在胶木桌边切着盘子中的煎饼,她母亲则边抿着咖啡边读着报纸。

"早上好。"

卡普托太太起身,嘴巴紧闭,给他装了一盘煎饼和培根。她将盘子放在艾米的对面,这时艾米抬起头看了他许久才将糖浆罐推给他。"那个女孩是谁?"她叉了一块煎饼问道,"她是不是也要和我们一起住?"

"艾米,"她母亲呵斥道,"还不上楼去把床铺好?"

"我已经铺好了。"

"我和卢卡斯要谈些大人之间的话题。"

这次艾米不情不愿地照做了,当只剩下他们两人时,卢卡斯开口说道:"我可以解释。"

卡普托太太顺着咖啡杯的边缘看向他,眼神中也并非完全不留情面。"我并不想太严肃,卢卡斯——"

"我知道。"

"但是你知道怎么回事,我不想给艾米带来什么不好的影响。"

"我知道,"他说道,就在他准备继续解释时,他们被前阶那儿传来的一阵沉重的脚步声打断了。

"会是谁呢,"她有些疑惑,"这个时候过来?"

卡普托太太在围裙上抹了两下手,便打开了前门,卢卡斯看见法雷尔局长身后跟着两名警察,他们手中还抱着几个空的硬纸盒。法雷尔将几张官方证明塞到她手中说道:"我们接到命令,让我们将雷蒙德·泰勒先生房间里的私人物品都搬走。"

"什么?为什么?"

"是哪间房间,太太?"

"二楼，第一间。"

两名警察在她身边顿了一下，双脚礼貌地大厅的地垫上蹭了蹭，接着走上楼。

"怎么了？"卢卡斯问。

"也许你能告诉我，"法雷尔说着，示意卢卡斯跟着他到外面的走廊上去。刚把他带到了一旁后，他便说道，"是关于和你合租的那位的，雷·泰勒。"

"他怎么了？"

"他死了。"

卢卡斯一时间惊愕得说不出话来。

"就在几个小时前，我们发现了他的尸体，在街对面的那条小路上，最近镇上那块地方变得非常危险。"

寒风挟着落叶滚过前院。

"他怎么了？"卢卡斯问，却畏惧听到答案。

"你的问题相当于问那个年轻的教授安迪·勃兰特怎么了。"法雷尔回答道。"或者为什么那个清洁工，也是你们大学的，举着小刀袭击爱因斯坦的那个。我的朋友，我所知道的只有——只要有坏事发生，你都莫名其妙地牵涉其中。"

卢卡斯已经有些不安了。为什么是泰勒？难道他也阻碍了他曾在西蒙房间里见到的那个邪恶的力量？

"所以说，作为你笔录的一部分，你昨晚在哪里？"

"纳索旅馆。"

"和那名叫拉希德的女士？"

在这件事上撒谎根本无益，就算告诉他此刻她就在楼上也帮不上什么忙。"是的，"然而他还想知道另一件事情，"泰勒是怎么死的？"

法雷尔久久地打量着他。"那是个好问题，过来自己看吧。"

当卢卡斯取回外套时——同时发现西蒙又睡着了，蜷在被窝里——法雷尔已经站在路边了，还在笔记本上记着些什么。他们一起走过一处拐角，又走了一小段路程便到了那条小路。

运送泰勒尸体回太平间的救护车还没有开走，正停在小路上，后门敞开着，周围围着两块黄黑条纹的锯木架。验尸官掀开了裹尸布，卢卡斯看到了一具伤痕累累的尸体。

"杀死勃兰特和泰勒的是同一个凶手。"法雷尔说。

验尸官正准备重新盖上裹尸布，却被卢卡斯制止了，他想仔细检查一下泰勒的脖子和肩膀，那上面有清晰可见的爪印。

法雷尔记下他注意的地方后说道："是啊，这家伙有爪子，或者牙齿，又或者是尖牙。管它是什么鬼呢。但我最近核实过，新泽西附近并没有太多的狮子和老虎。"

卢卡斯更加不愿去想他们这里有的反而是什么。

"我们找到了一些子弹壳，"法雷尔说，"但谁知道他有没有打中那该死的东西。"

卢卡斯看向小路上，除了几个破旧的垃圾桶和坑洞，他注意到这里很靠近爱因斯坦家的后院。他愈加担心了，同时也愈发自责——可不就是他建议泰勒密切关注这里的吗？

又盘问了几分钟以后，法雷尔总觉得其中有什么可疑之处，但他却找不出来，卢卡斯请求离开后便向小路走去，一副要抄近道回家的样子。

一路上，他都在留心是否有泰勒经过的痕迹。然而，找到脚印之类东西的几率十分渺茫，一直走到了爱因斯坦家的车库，他也没找到一丁点线索。他又看向罪案现场，确认警察局长在看别处以后，他飞快地闪进了教授的后院。

　　草坪很久之前就已经枯萎了，他看见车库门前已经挂上了一把新锁。他还能看见楼上的书房中，爱因斯坦弓着身子坐在书桌前，涂写着什么，看起来并无大碍。卢卡斯心想，至少他最大的担心可以放下了，他正准备收回视线时，教授似乎因为思考什么问题停下了，抬起头正巧看见他站在院中。

　　他们对视了一会，接着爱因斯坦头向一边歪了歪，举起手招呼他从后门进来。

　　现在再想利落地逃跑已经来不及了。

　　卢卡斯走到台阶前等着，一分钟后，海伦·杜卡斯满脸疑惑地打开了门。

　　"你在外面干什么呢？"她说着，侧过身让他进来。

　　卢卡斯纠结着，他要怎么回答呢？

　　"让他先进来吧，"厨房里传来教授的声音，"之后再问他的来由吧。"

　　海伦关门的时候，卢卡斯和爱因斯坦握了握手，他穿了一件老旧的毛巾布浴袍、睡裤，赤着脚踝穿了一双莫卡辛鞋，鞋上还绣着红黄色串珠。爱因斯坦也看到他正在注意他的鞋子。

　　"礼物，是纳瓦霍部落[①]的礼物，"他骄傲地说道，扭了扭自己的脚趾头。"纳瓦霍部落。"

　　"他都不愿意脱下来，"海伦说，从厨房餐桌旁抽出一张凳子，请卢卡斯坐下来，"我想他大概睡觉都穿着它们吧。"

　　"这鞋超舒服。"

[①] 纳瓦霍：美国西南部的一支原住民族，为北美洲地区现存最大的美洲原住民族群。

THE EINSTEIN PROPHECY

爱因斯坦也抽出一张椅子，海伦给他们倒了茶，还端了一盘小松饼放在了桌上。"是罂粟籽的，"她说，"昨天吃的。"

出于礼貌，卢卡斯拿了一块——松饼实在太干了，他猛喝了一口热茶才把它咽了下去——爱因斯坦在一旁满意地看着。尽管卢卡斯只这么近距离地看过他几次，爱因斯坦今天看起来格外活泼开朗。也许他很高兴能休息一下吧，或许他是在期待卢卡斯能给他偷偷带些烟草过来。

"他整晚都在楼上，"海伦说，"来回地踱步。"她无奈地叹了口气。"也许你能劝劝他偶尔休息一下。他可不是年轻人了。"

"但是当灵感来了，你必须抓住它们，"爱因斯坦说着，攥紧了拳头，"他们有时就不会再出现了呢。"

"你睡个好觉以后也会有灵感的。"海伦反驳道。

他们真像老夫妻斗嘴呢，卢卡斯想。

"昨晚，"他对他们的客人说道，"灵感来得很顺利。是啊，我这老朽的脑袋都重新年轻起来了。"

"您在研究什么？"卢卡斯问道，尽管除了最浅层的回答以外他什么也听不懂。

"这是一个实际的问题，不是很理论化，"他说，"是我承诺过要研究，但一直没法解决的问题。我试过好多次。几周下来了，我还是没办法解决。"

"希望你现在已经解决了。"海伦一边将碟子沥干，搁在架子上，一边说道。

"是的，"他说道，语调十分欢快，"我已经把答案写下来，装进信封里了，现在我该放松一下了。也许我该乘 Tinef 去卡内基湖兜兜风。庆祝一下。"

"今天不行,"海伦说,"天气预报说今天会下雨。"

"新泽西的天气预报时时刻刻都说要下雨。"

"今晚我们要去库尔特和阿黛尔家里玩桥牌。"

"我今天下午要和他一起散步,我们可以之后再玩牌。"

显然,他们喜欢这样反复地争辩,要不是门铃响了,他们大概会一直争下去吧。

"他们已经在那儿了,"海伦说,"他们可不等人。"

看向门厅,卢卡斯看见海伦从大厅桌子上拿起一个信封,打开了前门,将信递给了一个一身制服的结实的男人。在前面的路边上,卢卡斯瞥见一辆吉普车在徘徊着,尾气飘散在秋空之中。

这和大学工作没有关系;这就像教授自己说的一样,是某种实践。某种重要到需要军队紧急派遣情报人员来收取结果的实践工作。他想起了在爱因斯坦书房里看到的那封信,来自白宫的那封。

爱因斯坦也坐在自己的椅子上专注地,尽管不露声色,注视着这一场交接。他脸上的皱纹十分深刻,还有他花白的头发,总看上去像是用打蛋器作出的造型似的。很多人说和他在一起的时候,他们感觉像面对着另一个世界的人一样,一个有些许不同、境界比任何人都高且平和的人。他的眼界,就像卢卡斯最近读到的一本杂志上说的,"延伸到了永恒的边界"。是啊,他是一位老者,带着搞笑的口音,长着一圈浓密的胡须,但奇怪的是,他某种意义上也像那位古老的苦行者,那些隐士或圣人之一——圣安东尼——历经许久孤寂,居于山顶,并因此得以看见别人无法企及的事物,完成他人无能为力的事情。即使身着一件破旧的袍子,穿着一双珠串莫卡辛鞋,他依旧透着刚毅、智慧和仁慈。

正是因为这样,这件事才会显得十分奇怪,情报员关上门后,他重新转向卢卡斯时，紧皱着眉头，有那么几秒，他看上去甚至像一个从噩梦中醒来的人。他在座位上如坐针毡，卢卡斯觉得他有意要从椅子上跳起来，叫回那个士兵并收回那封信。

"您还好吗，教授？"卢卡斯关切道。

爱因斯坦只是抖了抖，又把手放在眼前晃了晃，海伦看到他哆嗦了一下说道："我早就告诉你穿上袜子。你又要得流感了。"

"哈，我从1938年就没得过流感了。"

她将牛奶倒进一个小碟子里，放在了火炉旁的地板上。"那好，你得了以后可别跟我抱怨。"

当她举起茶壶准备为卢卡斯添茶时，他伸出一只手制止道："我真的得走了。"

这时他看见一只小猫徘徊在前阶的栏杆处，接着从容地走进了厨房，走到那碟等待着她光临的牛奶前。当它看见他，它突然停了下来。爱因斯坦坐在椅子上转过身，说道："啊，她来了——我的小缪斯。"

但那只猫一动不动。

"小猫，小猫，这里，"海伦唤道，"来吃早饭吧。"

"昨晚，"爱因斯坦继续说道，"这只猫一直陪着我。真不知道她是怎么爬到我的窗前的。她挠着玻璃，于是我就让她进来了。她一定是知道我睡不着。"

"温牛奶，"海伦告诉他，"今晚你睡觉前喝一杯温牛奶。"

"有时候，"爱因斯坦说，"她就看着我在黑板上涂涂写写，有的时候她就坐在我的膝上，帮我看那些公式。"

"来吧，"海伦蹲下来，拍着手掌唤着。"来吃吧。教授说这是你应得的。"

小猫走向碗边,轻闻了一两下后,开始舔食牛奶。

"那些解答办法,"他说,"它们涌向我,就像我又回到了二十岁一样。"

猫的耳朵抽动着,似乎知道自己被提及了似的。

卢卡斯起身,感谢他们提供的茶点,爱因斯坦说道:"以后你一定要过来和我一起划次船。"

"我很荣幸。"他回应道,尽管他早对教授的航海技术有所耳闻,但还是觉得全程套着救生衣比较保险。

打开门后,他看见罪案现场的救护车开离了小路,车灯闪烁着却没有鸣笛。

"快点——那些草稿。"海伦嚷着,示意他快关上门。

他最后看见的一样东西是那只猫,满足地舔着自己的胡须,目送他离开,那眼神看起来就像,他是一只幸运的得以存活的老鼠似的。

第三十八章

　　关于热水那一点，他还真说对了，西蒙心想。她才刚打完肥皂，水就变凉了，再一会儿便完全冷掉了。但她想知道，卢卡斯是如何在这样一个狭窄的、屋檐下临时搭建的房间里生活的。她迅速地冲洗完毕，换上衣服，想让自己尽量看上去得体一些，才好下楼。但这并不容易，因为除了一个药柜以外，这里根本没有镜子。她尽力将头发梳理整齐，同时很高兴地发现，多睡了几小时以后——时钟上显示现在已经将近中午了——她的皮肤颜色已经差不多恢复正常了。

　　现在除非她可以清除自己的记忆，否则她根本无法忘记在纳索旅馆发生的那场磨难。

　　关上卢卡斯房间的门，她在外套的翻领下围了一条围巾，停顿了一会儿听着楼下的声响。之前她觉得自己好像听见了男人的声音——在她睡梦中，她听见了直升机在头顶盘旋的声音——但现在只剩下了楼下吸尘器的呜呜声。当她走到楼下后，看向起居室，她看到了房东太太，她用蓝色的碎布将头发绑了起来，在地板上来回地推着吸尘器。书桌和化妆台的抽屉都打开了，里面空空如也，衣柜也是一样。除了钢丝衣架，西蒙什么都没看见。床上的罩单也被撤下了。

"您好，"西蒙打了个招呼，但是吸尘器的声响完全盖过了她的声音。于是她又说了一遍，还加了一句，"您一定是卡普托太太了。"

这次房东太太听见了，她抬起头，关掉了吸尘器说道："噢，你好。"

"我是西蒙……拉希德。"

"嗯，我知道。"

这两个人就这样尴尬地站着，不知道谁先开口。

最终卡普托太太打破了沉寂，"你和卢卡斯一起工作吗？"

"是的，在大学里。"

"你也是那儿的教授？"她问道，似乎有些惊讶，也许是因为一个女人——而且还是一个年轻的女人——竟能担任那种职位。

"噢，不是的，我只是暂时在那里——帮助完成一个项目。"

卡普托太太紧张地点了点头，环顾一圈，似乎在找除了那只大象雕像之外可以讨论的话题。

"看起来好像有人搬出去了。"西蒙说。

"是的，就在今天早上，"她的目光闪躲着，说道，"非常突然。"

"我是想来感谢您昨晚愿意让我待在这里。委婉点来说，我最近遇到了些事情。我知道这点并不足以让我继续留下来。"

"不，没问题的，只是我担心，"卡普托太太同意了，"只是你知道的，城市的准则里有涉及未婚男女住在一起的问题，而且我还要考虑我的女儿。我不想让她受到坏的——"

"不用说下去了，"西蒙安慰她道，"我完全理解的。"

"我很抱歉，但是——"

"我确信我能在市里找到住的地方的。"

"我也相信你可以的。其实，我可以推荐——"接着她顿了一下，她的手还握着吸尘器，就在这时西蒙也产生了同样的想法。在那一两秒钟里，那想法就像蜂鸟一般盘旋在空气中。"当然，如果你想住得离这里近一些——"

"我想。"

"——如果对你来说，住得离卢卡斯近一些更好的话——"

"是的。"

"那样的话，好吧，也许，"卡普托太太说完，环视了一圈房间，一切还在整理中。"你想租下这间屋子？现在这里已经清出来了，等床单熨好以后，今天下午我会把床铺整理好。"

对于西蒙来说，一种强烈的放松感突然袭向她。"当然，"她迫切地回答道，"好的，我会租下来的。您真是太好了。"

"一周十五美元可以吗？"

"完全可以。这间屋子太棒了，而且对我和卢卡斯来说，商议工作也方便多了。"她不知道自己最后一句话是不是画蛇添足了。

显然卡普托太太也很高兴听到那句谎话。"是啊，我想如果你住在楼下，他住在楼上的话，所有事情就都解决了。礼节之类的问题也就没有了。"她笑着对她的租客说道。"欢迎来到新家。"

"谢谢您。"

"我得去做几把新钥匙了。"

"不急，我可以先让卢卡斯配一把前门的钥匙。"

"当然可以，这样真是帮了我大忙了。"

"是啊，但前提是我得先找到他。顺便问一下，他有没有说他去哪里了？"

"噢，恐怕没有。学校的办公室？"

"我去看看，"西蒙说道。和房东太太愉快地握完手后，她走下剩下的几层台阶,出了前门。五分钟之前,她还在寻找一个可以让她安然度过一晚的避难所——或者对她来说能和避难所一样安全的地方——现在她已经找到了……和卢卡斯只有一节楼梯之隔。简直太完美了。

今天的天气也很完美,非常凉爽。阳光突破重重雪白的云层,强风卷着落叶。她不是唯一一个借着这么晴朗的天气出来散步的人——在街的另一边,她看见了一个熟悉的身影,爱因斯坦教授穿着破旧的皮夹克,双手背在身后,和另一个戴着一副大眼镜、穿着长长的冬季大衣的男人走在一起。他们似乎在紧张而热烈地交谈着,接着他们拐到了那条通往卡内基湖畔树林的街道,她看见爱因斯坦向后仰头大笑着。他拍了拍他那骨瘦如柴的朋友的背,说了几句难懂的话,一定是德语。

她很想知道他们在讨论什么。

在她穿过费兹兰道夫门后,便直奔卢卡斯办公室,但当她经过艺术博物馆时,她注意到一架与周遭丝毫不协调的军用直升机——长长的,还刷着绿褐色的保护色——停在正门前空旷的广场上。

所以那架直升机并不是她梦中的——是真的。

一个她认识的校园警卫站在门口,当军队的哨兵拦住她,不许她进入时,那个警卫却挥手放她进去了。进到里面,她发现画廊中空无一人,倒是储藏室里传来了许多声响。音调又提高了些,榔头在敲打着什么,还有车轮滚过水泥地的声音。当她停在门口时,她看见了一名全副武装的矮壮的军官,他帽子上装饰着金属片,袖子上还别着V形臂章,正对几个在平台上忙活的士兵大喊大叫,而那石棺正在那平台上。

"先生们,直升机可不等人。这就意味着你们想要完成任务,可得加快速度了。"

"如果他们加快速度,上校,就会留下永久的损害,"她听见卢卡斯的声音从石棺的另一端传过来。他一只手上拿着一卷耐用的牛皮胶布,另一只手上攥着一只码尺。"我们可不是在搬一个冰箱。我们搬的是一个贵重的艺术品,有几千年的历史了。"

"我们真是自作自受,"麦克米伦骂道,"我们搬这东西还不是因为你和你的同事没办法保护好它?"

"但我们的工作还没有完成。"西蒙急忙道。

上校和其他人突然注意到了她。

"你们要把它运到哪里去?"她问。

"我猜,您是拉希德小姐?"上校说道。

"是的。"

"我准备把它运到一个只有我和战略情报局知道的地方去。"

石棺的下半部分已经被塑料布裹起来了;还没系上的编织绳正垂在棺盖上。一架钢模台车已经在石棺所在的斜坡底端准备就绪。

"首先,你们得注意一点这些绳子的位置,"她说,"无论它们接触到石棺的哪里,你都冒着可能会损毁一部分不太明显的雕刻的风险。"

"是的,"卢卡斯说着,小心翼翼地用手掌轻轻地拍了拍棺盖的中间,他的眼神瞥了瞥,指引着西蒙看向他摸的那个地方。"我正是这么告诉他的。"

她可以看见,雪花石膏上有几处割痕和凿痕,像是被某人用凿子和钉子撬过。

"那个钻石标记,"卢卡斯嘀咕着,"没有了。"

"你刚刚说什么?"麦克米伦责问道。

"我说，我们得在绳子下面再垫些东西。"

西蒙点了点头。将牵制它的封印去掉意图已经很明显了。恶魔将石棺摧毁掉是为了确保自己不会再被关进去。

上校向身边最近的人伸出手说道："物品清单。"接着一个写字板便拍到了他的手中。他看着上面附着的纸。"我们已经有了石盒了，但我看我们还有一堆东西要运——骨头、一个十字架、一根棍子之类的东西。我们还需要那些东西。"

他们当然需要了，西蒙想。石棺本身只是一个容器，用来封存那些亦正亦邪的力量。没有了那些，它只不过是一个雪花石膏制成的盒子，有一个三角顶，还有一堆符号和铭文雕刻在上面。尽管为了它，许多人付出了生命，其中包括她的父亲，对此她十分后悔。只要上校注意到这里，她和卢卡斯的机会就来了，他们就可以把事情弄糟。一旦它被装上了直升机，她就再也见不到那石棺了。谁会见到呢？她有些好奇。

"所以，"麦克米伦说道，环视了一圈其他杂乱堆放在储藏室里的木箱、板箱和画架，"它们在哪里？我们该搬哪个箱子？"

"你想要的不在这里。"卢卡斯说着将胶布和码尺放在了工作台上，掸了掸手上的灰尘。"但我可以帮你拿到。"

"那你还在等什么？我想要这单子上的所有东西，"他说完，用指关节叩了叩写字板，"我希望在我们把石棺运上货舱的时候，你就拿来了。别让我再折回头了。"

在麦克米伦命令副官将石棺包裹起来的时候，西蒙和卢卡斯一同顺着幽暗的画廊走到了日光下。在她进去之前天还是明亮清朗的，现在已经乌云遍布了；就她在新泽西的这么短的时间里，她已经发现这里的天气变幻无常了。

"我已经竭尽所能了,"卢卡斯解释道,"但将它运走的命令还是下来了。我们根本无法控制。"

"这其实也无妨。"西蒙说。

"我从没想过你竟会这样说。"

"我自己也没想到。我从没想过有一天我会在这儿,以及我会在码头边上抛洒我父亲的骨灰。就让战略情报局把这石棺埋在盐矿里或藏在银行金库里,或者随他们怎么计划吧。"

"那那些遗物呢?"他问,他们顺着蜿蜒的小径走到了盖特馆。

"也就那么回事。"

"你怎么变得这么听天由命了?上次我们谈起这件事,你还发了脾气。"

"我没变。但不管盒子里曾有什么,现在都已经不在了。如果我们研究完这一部分,就我个人而言,整个任务也就完成了。"

"如果盒子里的那些东西不是它看上去的那么简单呢?"

"那么它可能在某处等着我们。它可能就藏在那只松鼠体内,"她指向一只正在搜寻松果的蓬尾松鼠,"或者是树上的那些鸟。这些天魔鬼总是无处不在,却又无处可寻。你仅仅需要阅读那些资料就可以知道,这点无法否认。"

当他们抵达盖特馆时,她听见了乌鸦粗粝的叫声,发现一大群都伏在栏杆旁那排咧着嘴笑的滴水嘴雕像上。大楼看上去还没被占领,尽管窗户打开了,德兰尼实验室的灯也亮着。

"感谢上帝,他在这里。"西蒙说道。

"他一直都在这儿。"

和往常一样,展览厅依旧很暗,就在他们走到半路时,卢卡斯倏地停住了,他非常吃惊。

转过身，西蒙看见一个陈列柜被破坏了，门挂在铰链上，来回晃荡着。

"别，可别来第二次。"他小声嘀咕道。

跟着他走到陈列柜的旁边，她看见两根绳子软绵绵地垂了下来，就像两条牛肉干一样。然而这一次，那个破坏展柜的人不仅在玻璃上留下了血印——对西蒙来说，这就像是谁用爪子疯狂地抓挠着锁——还将凯斯内斯郡人整个从木桩上割了下来，然后匆忙拖着它一起逃跑了。

第三十九章

"但正如我所证明的,如果一个神能够在任何一个宇宙中出现的话,那么他必然存在,"哥德尔说着,"并且存在于所有宇宙当中。"

他解释自己的证明时实在太投入了,要不是爱因斯坦把他拽回路边,他可能就要在华盛顿路上被一辆斯蒂庞克①撞飞了。一般来说,爱因斯坦才是那个需要被提醒看路的人;事实上,他曾经因为过于沉浸在自己的想法中而掉进一个巨大的检修孔,爬出来以后,还请求一个过路的摄影师千万不要把自己的照片散布出去。

"所有的宇宙都在旋转,对吗?"

"当然了,"哥德尔回答道,又将自己的羊毛围巾往衣领里塞得紧了些,"我以为在那一点上我们已经达成一致了。"

"难道不是你的上帝把我们绕晕了吗?"爱因斯坦只好采取往常的策略,用玩笑来将哥德尔的注意力从他反复唠叨的话题上移开。他知道的,哥德尔只是想把他对精神领域,主要是来生这一方面的痴迷,转化为一种智力上的消遣而已,但爱因斯坦太了解他的朋友了——哥

---

① 斯蒂庞克:美国汽车品牌。

德尔是一个担心无处不潜藏着死亡的人,从没捂住的喷嚏到金枪鱼三明治。死亡的想法于他而言太重大了,他甚至能够花上无数个小时——这些时间本可以用在纯粹数学的研究上——去证明生命没有终结的一天,它只是到了另一个平面或空间中去了。爱因斯坦并不认同他这种乐观。(如果这能叫做乐观的话。)他早就向海伦表达过自己明确的要求,大意就是在他离去以后,将他火化后再把骨灰撒向风中。"为什么要浪费世间一块好地方,"他这么说,"那块地方可以留给阿黛尔这样的人种些土豆的呀。"

当他们离开主干道,走向一条通往森林和卡内基湖岸的乡道上,他的思绪忽然转到了昨晚他带着莫名热情完成的工作上。就好像他曾在四十多年前,在构想从相对论到光电效应那些理论时拥有的全部才智,都一股脑回到了他的脑海中。他所能做的只是跟上他脑海中出现的一串想法和等式,并把它们记在黑板上,一旦解决以后,转而再誊抄到笔记本上,再派情报员送给新墨西哥州焦急的奥本海默。就好像一个声音,一个听不真切的奇怪的声音,在他耳中低声回答着他,鼓励着他。

甚至有些时候他感觉自己的双手也被某种看不见的力量指引着,一个无形的存在,一个天使,但考虑到这工作的实质,也可能是一只魔鬼,它的任务就是确保最后一个棘手的问题也被解决,人们想象的最致命的武器能够充分发挥它的作用,毁灭性的作用。他是这样一个反感战争的人,甚至在听到军乐队的军事演奏时都会不自主地哆嗦,却不知不觉间为这类事情奠定了基础,可真是够讽刺了;他竟然暗中为创造出它做了贡献,这个事实真是令人惊骇。

"阿黛尔告诉我,我们今晚要在你家里打桥牌。"爱因斯坦说。

"没错,是这样的。"

"我要把钱包留在家里,"爱因斯坦说,"上次我输了差不多两美元。"

"正因如此我们才能交上房租。"哥德尔说完，爱因斯坦哈哈大笑。库尔特很少开玩笑——他今天一定非常高兴。

一阵微风将几片叶子扬到了小路上，哥德尔又将他的长风衣裹紧了些。"你穿得不太保暖啊，阿尔伯特。"

"我没照着现在的天气穿，而是照着它本该是什么天气来穿的。今天也本该是一个适宜在湖边划船的天气。"

"今天的话，我可不会陪你。"

爱因斯坦笑着说："不，我的朋友，我可不会再让你受一次折磨了。再也不会了。"

"我可以在船屋等你。"

"那主意不错，你在那儿舒服、保暖又干爽，"他说道，"而且你也知道毛巾挂在哪里了。"

"希望我这次不会再需要它们了，"哥德尔说完仰头望向天空，"尽管你可能会需要。"

爱因斯坦也看到了——东面远远地飘来大团的白云。"在天暗下来以前，我们俩应该已经回到我的书房，享用海伦泡的茶了。"

当他们看见船屋时，爱因斯坦已经迫不及待地想要拖着 Tinef 下水了，库尔特则看起来更加急切地想要躲开这寒风。在船屋里面，库尔特找到了一张老旧的摇椅，旁边是一个橱柜，里面摆着双目望远镜、发令枪和急救箱，于是他便坐了下来。从他外套的众多口袋中摸出了一本书——爱因斯坦猜应该是他那本破旧的康德的《纯粹理性批判》[①]——那本书正合他的观点，并且准备让自己同往常一样沉浸在高深的

[①]《纯粹理性批判》：公认为是德国哲学家伊曼努尔·康德流传最为广泛、最具影响力的著作，同时也是整个西方哲学史上最重要和影响最深远的著作之一。

思想当中。

爱因斯坦觉得自己看见窗前闪过什么东西，联想到这片森林里偶有黑熊出没。但他并没有和库尔特提这些，免得他被吓晕了过去。"我不会去太久的，"他说着走向窗边瞧了瞧。但他只看见了一只灰色的猫头鹰，低着头，翅膀拢在两侧，静静地、若有所思地踞在一处高高的枝头上。"你和我，我们是同类，"他轻声说道，并未打搅到正在读书的库尔特，"一对机智的老鸟。"接着把自己的钥匙留在了桌上——船晃悠的时候，它们不止一次滑出了他的口袋——又问道："你现在舒服了，库尔特？"

"非常。"

关上船屋那嘎吱作响的门后，他走向木质码头查看自他那次出游以后，Tinef 又被拴在了哪里。从那紧紧系着的结来看，在他之后一定有人来过并且又认真地加固了一遍，想到这儿，他扬起了嘴角。有时候似乎这里的所有人——大学、学院和市民们——都对他十分关切并且照顾有加。当他第一次从知识、文化动荡的柏林搬到这个不算大的小镇上，他以为自己会感到窒息——一开始确实是这样的，而且非常强烈——但随着时间推移，他逐渐在这儿越来越轻松自在，开始体会到与外界隔绝的个中魅力了。

踏上船，将船推离码头，他差点失去平衡自船上跌进水中。如果库尔特看见他一副落汤鸡的样子站在船屋门口该会觉得多好笑啊——就像他们刚好碰见下雨的那次一样，浑身都湿透了。

船一走远，他便放下了船中板，拉开黄色的帆，在升帆中途，他注意到船的一侧凌乱地堆着另一张帆布。是他自己留在那儿的吗？他明明记得没有，而且那个帮助他的神秘人，就是帮他重新扣了一个结的人，也不太可能就让它凌乱地堆在那里啊。它甚至看上去并不属于这条船；它看上去像是保护那些桨手的船的帆布罩中的一张。

谁会把它放在这儿呢，况且还占用了那么多地方？

一阵寒风吹鼓了船帆并带着他飘向灰蓝色的湖面深处。爱因斯坦将拉链一路拉到了喉咙口——归根结底，比起他的打扮，还是库尔特的穿着更适合这天气——一只手握着舵柄，另一只手抓着绳子。一如既往，他感觉自己将俗世和日常生活中那些令人烦恼的问题都抛之脑后了，进入了另一个世界，那里没有电话铃声，没有敲门声，没有跑得上气不接下气的情报员伸着手，索要装着最新图表和计算结果的包裹。

他望向东面的天空，浮云仿若一块倾斜的婚礼蛋糕；接着又看向岸边茂密的森林，有些树的叶子已经掉光了，其他树上还点缀着红黄相间的树叶，在午后的阳光下闪闪发光。岸边有两个男孩，提着一只小桶和鱼竿，向他挥手，于是他将舵柄放好后，也挥手回应。他的蓝色小船和黄色船帆在这湖上可有名得很。

起风了，船侧的帆布被吹得皱了起来，沙沙地摩擦着。他早该把它收进座位底下放救生衣的地方，但现在已经晚了。尽管他一生驾船许多次，但他知道自己依旧是个拙劣的航手——他某次走神的时候驾着小船撞上了浅滩，还有一次是浮标——更糟糕的是，他完全不会游泳。他一直想要学习，但都没有时间。

让他意外的是，帆布又响了一次。朝下一看，他发誓那布绝对是胀了起来，就像底下藏着的东西移动了似的。会不会是码头上的老鼠？帆布又动了一下，他现在完全确定了，那布的下面一定藏着什么东西。有那么一瞬间，他想要调头回岸，但他想到，如果是老鼠，一定会极力避开他的。也许是其他什么亲人的动物，也许是一只花栗鼠，在抵达码头之前一直躲在里面。

小船歪向一边，他不得不拉紧船帆。水拍打着船侧，溅到了船板上，打湿了那堆帆布。躲在那底下的东西对湖水的侵入有了反应，猛地扯开了帆布，接着自顾自地坐了起来——比任何老鼠或金花鼠都要高得多——惊得爱因斯坦后一下撤坐到了座位上。

天哪，该不会船上的是只熊吧？

在它整个坐起来以后，他有了第一条线索——接着在他的震惊中，湿漉漉的帆布下伸出一只厚实的手，血迹斑斑，满是伤痕。

过了一会儿，它猛地将帆布整个拉了下来，甩了甩脑袋又正了正肩膀，直勾勾地盯着他，就像一只鼬鼠在看被它逼入角落里的兔子一般。

第四十章

"过来!"卢卡斯朝西蒙叫道,他绕开空展览柜,向楼梯冲去。他像一匹冲刺的骏马一般三步一台阶地跨上楼,不过几秒便到达了顶楼。他看向大厅,发现德兰尼实验室的大门大敞着,日光灯的光线洒向亚麻地板上。

他感觉有些不妙,随着他走近并闻到一股黏湿的泥炭沼泽气息时,这感觉变得愈加强烈了。

"你在吗?"他大叫道。整间屋子就像被飓风侵袭过一样——显微镜和其他一些器材散落在地上,纸张撒了满地,大敞的窗口袭来的一阵风吹得它们乱飞。

"天啊!"西蒙跟在他身后,不由得惊叫。

那个巨大的绿色铁质储物柜——里面装着石棺里的艺术品——被从墙上的螺栓上扯了下来,摔在地上。上面尽是凹痕,而且已经弯曲得不成形了,柜门也被扭松了——但在那柜子底下,卢卡斯好像看见了一具尸体,那沉重的物体下面伸出了一只指头泛紫的手。

"德兰尼?"他问道,俯下身想要看一眼这残骸的下方。

但他什么也看不见,就算他想用肩膀将这柜子推开,恐怕只会加重他的伤势。

"我们需要一根杠杆。"他说,于是西蒙看了一圈,抓起一块钢板,那本来是个门,将它塞进了柜子的边缘后斜压在上面。柜子好像稍稍抬高了一些,卢卡斯鼓励道:"对——继续!"并伸了一只胳膊进去,想抓住德兰尼。柜子又上升了几英尺,卢卡斯拉得更用力了些,将头朝前的尸体从重物下面拖了出来。

就在整具尸体都快出来时他意识到了自己的错误,猛地松开了手,就像手指触碰到了滚烫的锅炉似的。

西蒙也看到了,于是储物柜"砰"的一声重重地坠回了地面,重新压上了她之前努力想要救出来的那东西的小腿和双脚。

躺在那儿的是凯斯内斯郡人,依旧是一具僵尸,他深褐色的四肢像树枝一般扭曲着,身体也是。脸偏向一侧,露出了他鹰钩状的鼻子、凹陷的脸颊和一条毫无血色的裂痕,那是他的嘴。

当然还有他喉咙上的那道狭长的口子,为了保险起见割的。

卢卡斯蹲坐下来,研究着这个标本是否有任何生命迹象,之后才想到自己这行为有多么可笑。它不是自己上来的,它只不过是博物馆的一件展品,一个石化体,被绑在木柱上杀死的,然后被埋进了沼泽中。为什么有人会打破展柜并把它一路拖到了这里?

而且它是怎么倒在一个破烂不堪,且无疑被盗的柜子下面的?

"帕特里克去哪儿了?"西蒙问道,卢卡斯心中也正疑惑着这个问题。

有一件事可以确定——他不在实验室里。但这里种种迹象都表明他曾在这里进行过一场激烈的争斗。卢卡斯视线飘向了敞开的窗户。德兰尼从那里逃跑了?他走向窗台,探出身体——这里根本没有逃生通道,只有一根攀附在墙上的常春藤。尽管其中几根松松垮垮的,在

THE EINSTEIN PROPHECY 315

风中晃动着,似乎是刚被扯松的。德兰尼的块头很大——它们能承受他的重量吗?下面的灌木十分茂密,除非是他看走眼了,否则他一定应该看见它们上面有一处凹陷,那是最近有某个重物掉落上面的痕迹。

难道在卢卡斯和西蒙上楼时,德兰尼从窗户爬了出去?

他为什么要那么做?根本毫无意义。

他转向西蒙,然而她眼神坚定地说道:"现在,它就在他身体里。"

"什么?"

"它需要一个宿体——它经常这么做——所以它借用了凯斯内斯郡人。现在它转而利用德兰尼了。"

"去哪儿?"他问。"做什么?"

西蒙仔细检查了一遍空空的柜子。"它已经把它存在的最后一点物证偷走了。我们再也见不到了。所以我猜它现在正赶去消灭那些还活着的人证。"

勃兰特已经死了。泰勒特工也是。清洁工沃利·格雷格也是一样。还有拉希德博士。所以只剩下他,还有西蒙了。

还有另一个目标——它曾经袭击过一次的目标。

"我得赶回莫色尔大街,"卢卡斯着急道,"爱因斯坦家。"

"他不在那儿。"她回答道。

"那他在哪儿?"

"我看见他去往卡内基湖了,还有一个朋友。"

"什么时候?"

"大概一小时前。"

他只需要几分钟就能跑到湖边。"你知道警察局在哪儿吗?是不是在威瑟彭斯大街?"

"知道,父亲死后我在那里填了一份报告。"

"找到法雷尔局长,让他派一辆警车到湖边。然后就待在警局里,那里比较安全。"

"你准备做什么?"

"赶在德兰尼之前,找到爱因斯坦。"说这句话的时候,他觉得有些对不起自己的老朋友。

在他离开前,西蒙叫住他,"等一下,"接着将手伸向衬衫下,解下了父亲给她的五边形挂坠。"拿着它。"她说完,将它绕上他的脖子,并塞进他的衬衫中。

"做什么?"

"保护你。"

"你说什么,就是什么。"他说完,轻抚着她的脸颊像是给她最后的祝福,接着小心地绕过摊开的凯斯内斯郡人。他不想留她一个人在这里,况且情势如此危险,但他知道自己没有时间了。他穿过房间,冲下楼梯,跑到院中。一群学生聚在那里,他就像一个中后卫一样挤过人群,东拐西拐地穿过了校园里哥特式的拱门和寂静的回廊,随后他到了华盛顿路,横冲直撞地穿过了马路,害得一辆运奶卡车不得不急刹车避让,司机还怒骂道:"喂,哥们——没长眼吗?"

树林里又冷又暗,他踩在落叶和大片大片潮湿的苔藓上,跌跌撞撞地向湖边跑去。他偶尔还得跨过一堆朽烂的木头,而且他总是迷路,然后又不得不重新回头。但他知道只要他一穿过树林,沿着小斜坡下去,最终一定能够到达湖边。因为只有一只眼睛的缘故,他不得不来回摆动脑袋来确保自己不会撞上什么东西。尽管如此,他的脸还是一次又一次地,被低矮的树枝打中,还有几次他差点被突出地面的岩石绊倒。就快到达的时候,他在一些光滑的树叶上滑倒了,一屁股重重地跌了下去，在光滑的枯枝落叶上滚了将近十五码，最终停在了一丛繁茂多刺的灌木丛中。

从稀稀拉拉的叶子中望去，他看见了正前方，一面橘色的信号旗高高地扬在树顶上。拨开灌木，他连滚带爬地冲下剩下的斜坡，直到最终抵达船屋旁，那里的架子上绑着几只划艇和摇桨，上面还罩了一层保护用的油布。最底下一层的划艇被揭开了罩子。

"爱因斯坦教授！"在他冲进门时他大喊道。一个戴着一副大眼镜的男人显然受到了惊吓，转过身来，因为震惊，他的脸色惨白，随后一本书掉到了地板上。

卢卡斯认出了他，是那位数学家，库尔特·哥德尔。

"教授在这里吗？"他喘着粗气问道。

"在。"

"在哪里？"卢卡斯问，环视了一圈，这个木屋里面摆满了桨和木板，还有一堆散着的救生衣。"哪里？"他吼道。

哥德尔颤颤巍巍地抬起一根手指指向湖面。"他在划船。"

卢卡斯不知道这应该算是好消息还是坏消息——这是意味着他已经脱离了危险，还是正落入危险之中？他跑到窗边，依稀可见一片黄帆飘扬在大概半英里远的地方，那是爱因斯坦的小船上的。视线转回屋内，他发现了一副比赛时工作人员使用的双筒望远镜，便抓了起来；上一次他举起双筒望远镜的时候，还是在斯特拉斯堡郊区一处被轰炸过的荒废教堂里，为了监视一个狙击兵——那时候他的两只眼睛都能用。此刻他调整好镜头，聚焦在那艘在疾风中掠过湖面的小船。它正逆着风航行，让他欣慰的是他还可以看见爱因斯坦熟悉的身影——穿着那件褐色的皮夹克和那圈白发——笔直地坐着，操纵着舵柄，看上去一个人好好的且掌控着局势。

就在他准备放下望远镜时，那艘蓝色的小船又出现了，船帆飘动着，让卢卡斯震惊的是，他看见了另一个身影坐在船的右侧。

一个大块头的男人，裹着德兰尼那件与众不同的大衣。

卢卡斯又举起镜头，但他却什么也看不见了。"他是和德兰尼教授一起划船的吗？"

"不，没有其他人。我们是一起来的。只有我们两个。"

每过去一秒钟，卢卡斯不好的预感都会更强烈一些。那晚他和另一名文物复员委员会成员一同落入学校外的埋伏时，他也有这样的感觉，同样的还有那天他在地下洞穴发现石棺后，那个德国小男孩踩到地雷时。他担心的某件不好的事情——非常糟糕——就要发生了。

然而，他在这里又能做些什么呢？

"是不是阿尔伯特遇到什么危险了？"哥德尔非常关切地询问道，"我现在需要做什么吗？"

"去外面帮我个忙。"

温度降了下来，晴朗的天空也变得黯淡且灰蒙蒙的。卢卡斯知道自己唯一能做的事情就是——把划艇从架子上搬下来，赶在可怕的事情发生之前，追上那艘小船。尽管哥德尔是帮助他把船搬出去最不合适的人选，但他周围没有其他人了；尽管他有些虚弱，但还是一路抬着划艇的一端，和他一起将它放入水中。

当卢卡斯爬进去时，小艇不住地左右摇晃着，他坐在了那块当作座位的木板上，随后拿起收在横梁下的划桨，对哥德尔说道："推我一把。"

哥德尔一反常态，勇敢地迈入冰凉的水中，蹚了一两步后便推走了划艇。在船飘远后，卢卡斯叫道："现在，就在那里等着警察过来！"

"警察会过来?"

"他们肯定会的。"

哥德尔挣扎着爬上了岸,而卢卡斯自从新兵训练营那次远足以后,再也没有挥过船桨,尝试着划了一下。在他尝试了十几下以后,他终于记起来该怎样划了。保持水平,将船桨放低,然后用力均匀地将桨拉回到肩部,接着再将湿淋淋的桨从水中升回时,将桨持平以减少风的阻力。每划几下就要变换方向,这样可以保证小艇沿直线行驶。但他要怎么靠近爱因斯坦他们呢,尤其还在这种大风天气下?他现在已经可以看见东面密集的乌云正朝这里飘来。

湖水随着一分一秒的流逝变得湍急起来,划艇的船头上下颠簸着。他的鞋袜早已经湿了,他的羊毛裤腿已经贴到了他的皮肤上。小船被水浪冲击得左右倾斜着,他常常被迫停下手中的桨,降慢船速直到不再摇晃,重新平稳地浮在水面上。他忘记带救生衣了,并且船上也找不到一个。

小船正在向湖中心,可能是水最深的地方进发着。尽管还有很远的距离,卢卡斯还是觉得自己看见了德兰尼,或者说他的躯壳,探出了船侧一两次,并且将什么东西丢进了水里。想要猜出他丢弃的是什么简直轻而易举。

东边的天空越来越暗了,湖水由蓝转黑。就连岸边的树叶也从金红色变为了暗铜色和淡淡的玫红色。就好像一幅图画中的所有颜色都被水冲洗了一遍似的。每划一次桨,他的外套就会卡在他的肩膀上,为此他不得不再次停下来,费力地将外套脱下来,丢在船底。尽管空气很冷,而且越来越冷了,但由于使劲的缘故他依旧冒着汗,于是他用袖口抹了抹额头。两艘船之间的距离越来越近了,幸运的是他正顺着东风行驶着。在汹涌的水流中前行,卢卡斯紧盯着那面黄帆,还有航手,他正坐在船尾,一只手握着舵柄。他的乘客又探身出来,向湖中抛了什么。

他将包中的东西丢完以后,接下来又会把什么丢下船呢?

卢卡斯使劲将桨插入水中,用尽全身力气划动着。

第四十一章

  在帆布袋底部又翻找了一次,他的偷乘者找到了另一件遗物——一根泛黄的长骨头,教授发誓他曾看见过它散落在自己家车库的地上——举起它仔细检查了一遍,接着把它像一根咬过的鸡腿一样扔进了水中。
  爱因斯坦听见水花溅起的声音,但视线依旧定在这位不速之客身上。他看上去笨重而粗暴,眼神幽深而空洞,行动的样子也很奇怪。他所有的动作和手势都很不连贯,就像是患有多发性僵化病,或其他什么神经方面疾病一样。不管原因是什么,都让他看着像一个傀儡似的。爱因斯坦觉得自己曾经见过这个男人,不是在高等研究院里,而是校园里其他某个地方。他还是想不起来,当他询问他的姓名时,这个男人却开了一个糟糕的玩笑,他用粗哑的嗓音回答道:"叫我别西卜①。"
  蝇王。人类古老的敌人。这个男人绝对是疯了——疾病一定已经感染了他的大脑和身体——但他显然是一个致命的威胁。他就像一只

---

① 别西卜:在拉比的文献中,别西卜指"苍蝇王",它被视为是引起疾病的恶魔。

冬眠后的熊一样从帆布下面钻出来，身后还拖着一只帆布袋。他身上闻着有一股尸体的味道。坐在船的一侧，他嗅着空气，就像第一次闻见似的，研究着躁动不安的天空，眼中没有一丝感情，这让爱因斯坦想起了新闻报道中的那些褐衫党暴徒们，他们趾高气扬地走在柏林的街道上，开着敞篷轿车驶过德意志国会大厦的废墟，那片被他们烧毁的废墟。

东面的雷暴云逐渐逼近，但他意识到，和他面前这个男人比起来，在湖中央被暴雨淋湿的危险根本算不上什么。他举起一根粗壮的手指，指甲上面血淋淋的，指向一个方向，接着另一个方向——一言不发地——看起来是想要指引小船远离岸边。爱因斯坦，最多算一个中等水平的舵手，只能尽力顺从他的指示来避免惹怒他。但他要怎么设法安全回到陆地上去呢？

在查看打开的帆布袋时，那位乘客总是低着头，将一个又一个骨头和艺术品掏出来，又仔细检查一番，便将它丢到一旁的水里去了。爱因斯坦，永远抱着极大的好奇心，想要一问究竟，但他知道无论如何，还是不要去挑战他为好。疯子总是像硝酸甘油一样不太稳定——就连他那个曾进过精神病院的儿子，爱德华，也会像瓶装火箭一样突然爆发——他最好的选择就是顺着他，直到能够重新驾船回到码头。要是他听从了爱人玛丽·温特勒，还有生命中其他那些求着他学习游泳的人的意见的话……

现在已经都迟了。

显然袋子已然被清空了，那个男人将它揉成了一团，也抛进了卡内基湖内。爱因斯坦看着它飘远，在汹涌的湖水中上下浮沉着。船上还剩下一样东西——一根长长的曲柄木棍。一根牧羊手杖，和他在瑞士的村庄里看到那些农夫用的没什么两样。然而这疯子似乎对此极有兴趣；他拿在手中转来转去，掂量着它的重量，手指一路抚摸着棍杆，用各种各样的方式握着那部分弯曲的手柄。

"暴风雨就要来了。"爱因斯坦大胆地说了一句。

那个男人嘟哝了一声，就好像是他召唤来的似的。

"我也算不上什么好船长，趁着还有时间，我们得掉头回去了。"

"没有任何意义。我们都完成了。"但是，为什么这个男人和他嘴里发出的声音会有一种奇怪的分裂感呢？不仅仅是他的动作不自主，他的每一句话也都像从别人口中说出来似的。

"什么完成了？"爱因斯坦问道，他当下又疑惑又害怕，"我们完成什么了？"

那个男人抬起头，佯装惊讶。"我们的任务啊，我们已经完成我们的任务了。"

现在他终于听出来那男人的声音了。他昨晚听见过这个声音，就是他在办公室里工作的时候，还有一只猫趴在他的膝盖上。他抚摸着小猫的后背，专注地思考着原子弹制造方面的最后一个未解决的问题，但一直有某个神秘的对话者在他耳边低语着，指引他的思绪，揭示出一个又一个解决方案，帮助他最后完成。他现在意识到了，他曾经视作灵感的东西可能比想象中要糟糕得多。他的双手曾毫不犹豫地，将那些等式涂写在办公室的黑板上，或是笔记本上，就像一个进行记录的抄写员一样。

然而他的那些灵感是从哪儿来的呢？核裂变是一个非常困难且危险的尝试，根据一些物理学家的计算，人们甚至可能引燃大气层。这是一个邪恶的计划，也是他一直以来所提防的，要不是考虑到一种不堪设想的可能性，即它可能会先落入人类公敌的控制中的话，他可能都不会想这个问题。现在他需要思考一下了：他自己的双手是不是已经被魔鬼掌控了?

那个男人笑了笑,俨然一副看透他想法的样子。正是这个时候,爱因斯坦意识到了自己最大的错误——他不是一个普通人,而且很有可能根本不是人。他在自我介绍的时候不是也说到了这一点吗?

别西卜。

船头溅起一阵冰冷的水沫,打湿了爱因斯坦凌乱的白发和浓密的胡须。他的双手滑极了,还剧烈地颤抖着,甚至要握不住舵柄了。"所以,你还想从我这里得到什么?"他问道,竭尽全力将声音维持在一个平稳的音调上。

"什么都不要。"

天空中划过一道闪电,就在那一刹那,就像是记者照相机上发出的炫目的闪光灯一般。短短几秒之间,爱因斯坦在那张冷血的脸下瞥见了另一张更加恐怖的脸——深陷的黄色双眼、突出的额头和一张尖牙交错的嘴。他曾在古典画作中见过这张脸——丢勒[1]、多雷[2]和博斯[3]的作品。地狱的兵士正是这副嘴脸。

不过一会儿,太阳便完全被翻腾的乌云遮盖住了。船帆被狂风吹得像鞭炮一样噼啪作响。

在那个乘客茫然的神色中,爱因斯坦意识到一个可怕的事实。在这怪物邪恶的协助下,他竟促使了世界末日大决战的来临。一阵雨落在了甲板和他的头顶上。

但他这样做,不是帮助了同盟军赢得了战争吗?这个恶魔,或是

---

[1] 阿尔布雷特·丢勒(1471~1528):德国画家、版画家及木版画设计家。
[2] 古斯塔夫·多雷(1832.1.6~1883.1.23):十九世纪法国著名版画家、雕刻家和插图作家。
[3] 耶罗尼米斯·博斯(1450~1516.8):尼德兰画家。

恶魔的部下究竟为什么会帮助他们除去第三帝国这样残暴的祸害呢？难道希特勒这种怪物不是撒旦最喜爱的子民吗？

"对我们来说，胜利并不重要，"他又开口道，又一次凭直觉戳中了他的想法，"只要有了工具，你们人类会借此自相残杀的。"

那天早晨爱因斯坦寄去洛斯阿拉莫斯的包裹正为此铺好了道路——只剩下一个可怕的问题悬而未决了。一个老迈、浑身冰凉且愈加虚弱的物理学家还有什么用处呢？

尤其，当他意识到，这个人还看清楚了人类最古老的敌人的样貌，他的恐惧又加深了。

如今在一片灰蒙蒙的雨雾的遮蔽下，这个东西开始打量他，就好像他就是下一个需要解决的无关紧要的小问题一样。

"并不是我们忘恩负义，"他说着便从座位上站了起来，一步步向他逼近，"没有你，我们照样也能完成。"

爱因斯坦向后逃去，但除了这条船他还能逃去哪里呢？就算他会游泳，在这样湍急的水中他也不可能游到岸边。但他已经准备冒险跳入湖中——他还有其他选择吗？——这时他听见后方的呼喊声。

"躲开，教授！躲开！"突然一根湿漉漉的船桨掠过他的头顶，勾住了船帆处的绳子，并猛地向后拉去。

只听见船尾"砰"的一声撞上了什么东西，当他鼓起勇气转过身时，他看见了卢卡斯摇摇晃晃地站在一艘剧烈晃动着的划艇上，手中握着一根浸满水的桨，努力地拉拽着那根绳子。

片刻之后，就在那艘划艇翻倒入水中时，卢卡斯跃到了帆船上，重重地撞上了爱因斯坦，竟把他从位置上撞飞了。他湿漉漉的双手还没来得及抓住舵柄或其他什么东西，教授便跌下了船，胡乱挥舞着手臂、蹬着双腿，掉进了寒冷的湖水中。

第四十二章

摔在了甲板上,手中的桨依旧缠着绳子,卢卡斯挣扎着想要抓住爱因斯坦的裤子,但为时已晚。当他抬起头时,他看见帕特里克·德兰尼岔着双腿站在倾盆大雨之中。他手中,握着圣安东尼的手杖。

"帕特里克!"卢卡斯吼道。"你在做什么?"爱因斯坦快速地消失在船尾的方向。"我们得赶在他溺死之前调头回去。"

但德兰尼——或那个现在正顶着他身体的人——无动于衷。

"救生衣!有救生衣吗?"卢卡斯看了看周围狭窄的船板。在那块帆布下面的角落里,他看见了一个褪了色的黄色织物。他趴在地上艰难地够着,终于把救生衣拽了出来,随后将手臂缩了回来,尽可能地将它向远处丢去。根据那条长绳判断,它大概飞了二十几英尺,便"扑通"一声掉进了水中,离卢卡斯看见水浪中教授上下扑腾的白色脑袋还远着呢。

他现在唯一能做的就是跟着他跳下去,再努力拖着他回到岸上。那可不容易。他踢飞了自己的鞋子来减轻不必要的重量,但就在他准备跳入湖中时,他感觉到一根铁钩绕住了他的脖子,将他拽回了船上。他的背狠狠地磕在了地上,头砸在了木头横梁上,就在他重新恢复意识后,一只靴子用力地踩住了他的胸膛。

德兰尼站在他的身上,就像一个征服者在新的领土上插上旗帜一样。

"你在干什么?帕特里克,你得帮我!"但即使他在呼唤着他,他也知道那是徒劳。尽管那张脸还是德兰尼的,身体和衣服也是,但他却是一个完全不同的东西——某个古老、不可调和且邪恶的东西,某个压制着帕特里克·德兰尼的东西。

并且它丝毫不关心爱因斯坦会不会溺死。

卢卡斯抓住了那东西的脚,并将它从自己的胸膛处掰开,掀到了一边去。他感觉到那只靴子在蹬他的肋骨,他吓了一跳,接着又踹了它一脚。当他准备爬起来时,那东西使出惊人的力气,猛地劈向他的肩,他讶异自己的肩膀竟没有断成两截。或者说他没有被劈成两半。

时间一分一秒地过去了,教授在汹涌的水流中幸存的机率也随之减小。

德兰尼举起棍子准备进行第二次攻击,却停了几秒钟,突然盯住了卢卡斯弯曲的脖颈处挂着的什么东西。

是西蒙给他的那个挂坠。

这段间隙让卢卡斯缓了口气,逃向船头,他的肩膀疼痛着,脑袋也一阵阵抽痛着。

但仅仅是片刻而已。他的敌人轻哼一声,接着用力地在桅杆周围来回扭动着,那张帆跟着疯狂地摆动,在船上来来回回地转动起来。卢卡斯捏住脖子上那根皮质的细线,将那古老的五边形挂坠提到了面前。他不知道它究竟蕴藏了什么力量,但他别无选择了。他挑衅地晃了晃手中的吊坠,就在那棍子再次挥过来时,他便知道了它什么保护的作用也没有。这一击把挂坠击松了,掉进了湖中,和其他的遗物一同消失在了湖水中。

一声惊雷劈过天际，如炮鸣般振聋发聩，接着暴雨倾盆而下。

"住手！"卢卡斯叱道。他感觉自己起码有一根手指被打伤了。"你听不见我说话吗？帕特里克，我知道你在那儿！"

就那么一瞬间，他觉得自己看见了，一张仿佛沉在池塘底部的蒙蒙胧胧的人像盯着他，是属于他老朋友的那张脸，他无措的双眼中尽是哀切的表情。

"我能看见你在那儿！帕特里克，回来！"

接着人像消失了，就像被湿布擦抹干净的画板一样，卢卡斯的面前什么也没有了，只有那个一心进行着毁灭事业的敌人。他脑中突然传来一阵声音，就像用无线电波传送的似的，得意地说道："他再也不会出现在这里了。"这甚至都不是德兰尼的声音。"而你，早该死在那个矿井中的。"

突然间一切又出现在他的眼前——汉塞尔伸手拿过那条巧克力、扎在图森特身上的弹片、那场爆炸中死去的小男孩，还有他失去的一只眼睛。现在只有那一个念头盘旋在他的脑海中。

他必须得杀了它，那占据了德兰尼身体的该死的东西，他必须现在就把它杀死。

船帆又向后挥来，本来缠在绳子上的船桨松开了，跌落到了他的脚边。抓住它以后，他狠狠地将扁平的桨叶拍向那怪物的头，但它巧妙地用铁柄手杖挡开了。在这样晃动的小船上，他的敌人竟没有失去平衡。

卢卡斯尽他所能地重新找到平衡；船体内的积水已经没过了他的脚踝，来回搅动着。他将船桨像棒球棍一样拉回肩膀上方，用尽剩余的全部力气重新挥了出去。船桨击中了僵硬的木头棍子，立马断裂开来,船桨上裂开了一条宽缝,卢卡斯的手臂不由地颤抖了几下。

一道闪电划过天空。

剩下的这一截桨最多只够一击了,于是卢卡斯拿着它,但是这时桨杆断成了两截,桨叶就如同一只螺旋桨一般被呼啸而过的狂风卷走了。卢卡斯攥着剩下的半截,它的尾部就像小刀一样锋利,向前一刺,船桨的尖头戳进了德兰尼湿透了的外套布料中,却卡在了那里。卢卡斯想要把它拽回来,但事与愿违,他惊恐地看着那个古老的木杖,还带着弯曲的铁质手柄,被高高地举在空中,悬在他的头顶,准备一击了却他的生命。动作即将发生的时刻。

手无寸铁、虚弱无力,甚至都要站不住了,卢卡斯突然想起圣安东尼被戴克里先的军队包围时的做法——他举起了手杖,召唤了天堂的力量。没有闪避那一击,也没有弃船逃跑,相反的,卢卡斯向他的敌人扑去,双手攥住那个木头手柄,尽管他的脸与那怪物熏人的口气近在咫尺,但他依旧紧握着不放手。下一秒,他就可能死去,或……

一片灼眼的蓝色闪光炸了开来,锯齿状的闪电落下,就像上帝的一根手指一般触碰到了拐杖的铁柄。一股巨大的电流点燃了空气,猛地将卢卡斯弹到了桅杆上。

那个东西,双手好像和木杖的顶端焊在了一起,从头到脚都在颤抖着,下颌紧闭,脑袋"啪嗒"一声向后折了过去,它整个身体都笼罩在了一片电光火花之间。

天降之火。

数十秒后,它努力地维持着身体笔直,四肢不停地抽搐着,皮肉都被灼伤了,双眼鼓起,还闪烁着可怕的金色光芒,接着这折磨才结束。闷燃殆尽后,那根木杖依旧黏附在它的手上,木杆扭曲着,而那魔鬼没有了一丝气息,从船的一侧倒了下去。

卢卡斯,全身上下传来阵阵麻刺感和抽搐感,向船外看去,只看见了一具烧焦的尸体——颜色乌黑,还像热碳一样发出咝咝的声响——缓缓离去了。它不再是德兰尼的模样了——它看上去谁也不像了,只不过是一只被烧成灰烬的野兽的骸骨罢了。

接着它身上湿透的衣服的重量让它沉入了水中。

将完好的那只眼睛上的雨水抹去,卢卡斯转过身,看了看船后方的湖面。令他沮丧的是,他看见那件救生衣,依旧被一根长绳拖在船尾,却是空的。

"教授!"他呼喊着,希望出现奇迹。另一个奇迹。他双手颤抖着摸向舵柄和绳子,想要调头。从未有过划船经验,只能看天意了,当他终于调过头时,对于营救爱因斯坦他已经不抱任何希望了。

一截断裂的桨叶飘过,接着他看见,在它的一旁,那个翻倒的划艇像一个软木塞似的,在湍急的水流中上下浮沉着。

将船开近些,想要寻找教授的踪迹。卢卡斯感觉自己的心脏袭来一阵再熟悉不过的疼痛感……那种疼痛感他在矿井中幸存后有过,在探望重伤后躺在医院病房中的图森特下士后有过,在发现拉希德博士毫无生气的尸体时也有过。

然后他看见了一只手臂,紧紧地抓着倾覆的小艇底部。

他还听见了一阵微弱的呼救声。

他猛地将舵柄推向一边,又差点把小船弄翻了,他叫道:"坚持住!坚持住!"

小船开到了附近,他已经能认出教授的头了,花白的头发贴在他的头皮上,就像淋湿了的鹅毛,接着靠向那条小艇。抛出绳子和舵柄,在船经过的时候卢卡斯伸出一只手,抓住了爱因斯坦皮夹克的领子,一路在船尾拖着他。又过了一两分钟,他才终于挣扎着将教授拉上了船,他上船后便像一只被钓上来的比目鱼一样,向外喷吐着水花。

"又一次,"爱因斯坦喘着气说道,"你又一次救了我。"

"不,还没呢。我们还得回到岸上呢。"

风似乎也在推着他们回到船屋,不一会儿,在离码头几百码的地方,小船摇摇晃晃地停下了。卢卡斯跳下了船,水依旧漫过他的大腿,他向爱因斯坦伸出了一只手。

"我们安全了?"

"只要你下了船,我们就安全了。"

头顶上,一阵低空飞行的飞机的轰鸣声传来,他抬起头看见了一架军用直升机——毫无疑问那石棺已经安全地堆装在了它的货舱内——穿过狂风暴雨,向南飞去。

就在他帮着爱因斯坦踏上泥泞的浅滩时,一群警察向他们跑了过来。就连库尔特·哥德尔也将谨慎抛之脑后,张开双臂沿着湖边向他们走来,就像一个走钢索的艺术家似的。

然而走在这些人前面的,领先了将近一英里的,是西蒙。

第四十三章

1945年8月6日
十个月以后

"你看起来真美！"艾米叫道。

西蒙站在主卧的落地镜前，卡普托太太又一次从上到下检查了一遍，确认裙边盖住了丝绸衬裙。

"感觉怎么样？"卡普托太太问道，站在她的身后望着镜子中的西蒙。她没有选择传统的白色长裙，反而穿了一件夏季洋装，奶油色，雪纺材质，上面还点缀着小巧的紫色和白色的丁香花，还有一双配套的缎面鞋——皮革依旧很难弄到——还是最流行的鱼嘴样式。

"感觉棒极了，"西蒙回答道。最后朝给裙子做了些裁剪的卡普托太太绽开了笑容。

"还没完呢，"她说着，从桌上拿起一顶拖着蕾丝面纱的白色头冠。小心翼翼地将它戴在西蒙的黑发上以后，她最后一次用手摸了摸裙子扇形的袖口，抚平上面的褶皱。"我从没见过这么漂亮的新娘。"

西蒙脸颊泛起了红晕——这些称赞让她更紧张了——但她必须得

承认的是，她从未有过这样被人宠爱的感觉。奶油色的衣服完美地衬映着她黄褐色的皮肤，她还知道自己的深色眼眸中一定闪烁着喜悦和对这一天的期待之情。"我现在该做些什么呢？"她盯着墙面上的钟表问道，"距离婚礼开始还有一个小时呢。"

"把蜜月旅行的东西收拾好吧。"

"已经收好了。"西蒙说完，指了指门后的那个破旧的棕色行李箱。她和卢卡斯准备在曼哈顿待上一个多星期，她一直想要去那里看看。

"好吧，那接下来，就站在那里好了，"卡普托太太笑着说。"不可以坐下，也不可以过度地伸展四肢，什么都不能做。就假装自己是个雕像。"

"那我可以到前廊上去假装雕像吗？"

"待在阴凉处就行，"卡普托太太提醒道，"你不想把自己搞得汗流浃背吧。"

外面不光阳光明媚，而且十分炎热，新泽西一如往常，又闷又湿，时不时穿插着几声蝉鸣。在莫色尔大街的对面，婚礼举行的地方，她可以看见爱因斯坦屋前的篱笆上用鲜红的玫瑰作了装饰——毫无疑问这些花是海伦的点子——她还可以听见小提琴的旋律，在这夏日的微风中飘荡着。

这一切都像梦境似的。

如果一年前谁告诉她，她会嫁给一个退伍的美国教授，而且还是在阿尔伯特·爱因斯坦在美国的家中举行仪式，她是断然不会相信的。即使是现在，她也很难相信，但现在她就在这里，看着一辆黄色的出租车停在了街对面，放下了卢卡斯的父母和姐姐。她之前只见过他们两三次——在昆士兰到他们家中拜访时——但他们完全由衷地拥抱了她。尤其是他的妈妈，非常同情这个如今失去双亲，且独居异乡的英埃混血女孩。

卢卡斯最后一个下车，安分地将视线避开寄宿公寓，领着他们走过人行道，迈上前廊的台阶。他昨晚和家人一起住在了纳索旅馆，这样可以避免在婚礼前见到新娘。前门打开了，西蒙听见了海伦欢迎他们的声音。最后一个词"柠檬水"也随风飘散了。一只苍蝇"嗡嗡"地围绕在她头旁边，在驱赶它的时候，她的心也不禁烦躁了起来。

自从那夜旅馆发生的噩梦之后，她就对飞虫有一种莫名的恐惧感。

唯一一个可以理解去年秋天发生在她身上的那些事情的人就是卢卡斯。他是她的倚靠。他是唯一一个愿意理解——能够理解——那些事情的人。除此以外，还有谁会相信呢？

而那个石棺……自从它被装进直升机的货舱运离校园后，她就再也没有见到过了。

她生命中最重大的发现——一个可以使任何一个考古学家声名远扬的发现——如今已经是一个掩埋在撒哈拉沙漠之下某个坟墓中的秘密了。然而就它目前造成的伤亡来看，既使它消失了，她也丝毫不会难过。

"你好！"街对面传来一声招呼声，接着她看见了阿黛尔·哥德尔。她穿了一身亮紫色的裙子，戴着一对金色的圆形耳环，正和库尔特悠闲地向教授家走去，同时向她兴奋地招着手。既使今天这样的天气，库尔特都要在脖子上围一圈围巾。"Du bist schoen！"阿黛尔大声地夸赞着，"你看起来真美！"

西蒙挥了挥手回应过她后，便转过了身，这时纱门突然打开了，艾米穿着白色无袖连衣裙，系着一根粉红色的腰带，一蹦一跳地跑进了门廊。

"慢一点,"卡普托太太斥道,"花童要保持干净整洁。"最后又看了一眼西蒙后,她说道:"也许我们该走了。"

西蒙惊讶地发现,自己并没有挪动脚步。她似乎在等,在等着某样让她这一天变得完整的东西,但她知道这一刻永远不会来的。她想要她的父亲环着她的手臂,护送着她走过阳光斑驳的街道,将她送进另一个她深爱的男人的臂弯中。尽管她非常幸福,她心中仍然有一块空缺着,而这一块,只有他才能填补。

"怎么了?"卡普托太太问。

"真希望我父亲也能在这儿。"

"我确信他如果知道你嫁给了卢卡斯这样的男人,一定会非常高兴的。"

"我知道,我真的非常幸运。"握住她的手臂,西蒙说道,"托尼这周给你回信了吗?"

"昨天我收到了一封信,是从太平洋的某个小岛上寄来的,信件审查员还把名字涂掉了。但他在信中说了,他很好,在地勤组工作。"她深吸了一口气,望向半空中。"德军已经投降了。日本人为什么还不呢?"

"他们会的,"西蒙安慰着她,"我敢保证不会太久的。"

"希望如此吧,"她说,"别谈战争了。今天的主题只有和平、爱与和谐。"

"为了和平、爱与和谐。"西蒙说,勾着她的手臂走下前廊台阶,穿过安静的街道。

屋内,海伦将西蒙带到了前厅,那儿爱因斯坦摇摇欲坠的乐谱架立在巨大的钢琴旁,期间卡普托太太则跑去了后院,确认艾米没有制造出什么混乱。西蒙聆听着宾客的谈话——只有十几个人是他们的朋友和同事,其他的则是卢卡斯的家人——这时爱因斯坦拖着脚走进了屋内。他身穿一件凌乱的泡泡纱套装,翻领上别着一支歪着的红色康乃馨。脚上,依旧没有穿袜子套着那双莫卡辛鞋,还有他那蓬松的白发,就像被搅成了泡沫的棉花糖。

对她来说,他简直就和电影明星一样英俊。

"是我的荣幸,"他说着,握住她的两只手,"能够由我将这么一位美丽的新娘交给新郎。"

他的皮肤就像麂皮一样柔软,在他隆起的额头下,那双垂下的黑色眼睛中充满了和蔼与慈爱。

"应该是我的荣幸,教授。"

海伦把头探出门外说道:"时间到了。"接着帮她将薄纱拂下,盖住了西蒙的眼睛。

她听见花园传来婚礼进行曲的旋律,是那群总聚在前厅的弦乐团表演的。爱因斯坦弯起了胳膊,她便勾住了。途中他们经过了厨房,那里摆着一盘又一盘的食物,上面还盖着蜡纸,烤箱里好像还在烤着什么。时钟滴答作响。海伦拉住敞开的门,他们小心翼翼地走下了台阶,接着穿过了宾客中间的走道,现在他们所有人都站在了那些从学校里借来的白色木头椅子旁边。普林斯顿大学的校长和他的妻子正站在最后一排微笑致意。

牧师的声音响起:"是谁将这位女士托付给这位男士的?"爱因斯坦清了清嗓子,郑重地回答道:"是我。"松开自己的手臂,他又重复了一遍,"是我。"海伦轻轻在一张座位上拍了拍,他便退到了那里。

就在卢卡斯走到她身边时,她感觉自己找到了避风港。阳光可能

THE EINSTEIN PROPHECY 337

会被阴翳掩盖，但只要卢卡斯在她身边，她就有了安全感、满足感……和爱。她抬起头看着他，尽管她发现他的领带依旧歪着，她也只能忍着不去把它理正了。还有一生的时间可以沉溺在这种冲动之中。

牧师开始赞颂这段神圣的婚姻，"这是上帝创立的一个光荣的时刻，向我们宣告着一个神秘的结合……"

但她根本听不见他在说什么；她的耳朵就像被棉花球塞住了似的。他继续念着——细说着爱的结合，婚姻的责任，夫妻相互间的爱与理解——西蒙继续享受着这地方带给她的温暖而舒适，这片让她被爱包围的神圣的地方。感觉到卢卡斯的双手正摸索着她的双手，她将手指穿过他的指缝之间，她透过头纱朝下望了一眼，看见手边根本没有任何东西。他的双手依旧在他身前交叉着。

那一刻，她感到非常疑惑，但奇怪的是她并没有受到惊吓。那一下触碰非常柔软，微风飘荡，拂动着头顶的罩篷，她敢肯定自己闻见了那熟悉的味道，是父亲那淡淡的带着土耳其烟草味和那甜茶的香味。尽管她知道其他人一定会说那不过是她在做梦，可能是花园里各种各样的花香，但西蒙自己清楚极了。

她的父亲就在那儿，他在祝福着她的婚礼。

泪水在她的眼眶中打着转，接着她轻声说了一句："我爱你。"

听见了她的低语，尽管那牧师还在啰嗦着，卢卡斯握住了她的手，取代了那双无形的手。

在牧师的要求下，卢卡斯向前跨了一步，拿出一个粉色缎面软垫，戒指被一根安全别针固定在了上面。伴郎将它们拆下，艾米则在一旁前前后后兴奋地转着圈。

"这两只戒指，"牧师宣布道，"它们将见证你们婚姻的誓言，代表了永恒和持久的爱的承诺。"转向卢卡斯,他又说道:"请跟我念。"

接着她听见了那句亘古流长的誓言——"永远"和"无论贫穷或富有,无论健康或疾病"——当戒指戴上她手指的那一刻,她甚至有些不敢相信。

在牧师向她重复了一遍誓言后,她拿起了另一只戒指,将它戴在了她的新郎的小指上;他的无名指受了伤,再也无法恢复了。仰起头看向他,她永远忘不了那束穿过头顶蕾丝的阳光,他的脸沐浴在光影之中,他眼罩的丝绸表面闪着光,他蜷曲的黑发在头顶迎风招展,还有鬓角自那次雷暴天的袭击后长出的些许白发。他的脸颊上有一处微小的伤痕,一定是早晨自己刮胡须时留下的。她想要吻一吻那处伤痕。

"祝愿上帝使之结合的人,"牧师念道,"没有人可以将他们分开。我以新泽西州授予我的权利宣布,你们正式结为夫妻。"接着停顿了几秒,补充道,"你可以吻你的妻子了。"

卢卡斯掀起了她的头纱,弯下身子,快速且矜持地在她的唇上啄了一下。

阿黛尔·哥德尔起哄道:"诶哟——你可以做得比这更好的!"

于是他这么做了,这一次他的手环住了她纤细的腰肢,将她勾向自己,下面响起一阵哄笑声和稀稀拉拉的掌声。在她迈上走道时,她听见弦乐团开始演奏了。就在他们十指紧扣,转身面对着宾客时——爱因斯坦在鼓着掌,浓密的胡须下是浓浓的笑意——许多轿车横冲直撞地穿过小道,一路喇叭轰鸣,伴着一声刺耳的摩擦声停在了车库门前。一群手中抓着纸笔的闯入者挤了出来,有些人脖子上还挂着相机,冲进了花园中。他们所有人都有记者证,有些粘在他们的软呢帽上,有些则夹在他们被汗水浸湿的西装夹克的翻领上。

她的婚礼？这些记者要来破坏她的婚礼？

他们就像一群吵闹的橄榄球运动员一样向爱因斯坦袭去，用胳膊肘将宾客推开，急躁地将凳子踢开，他们所有人都叫嚷着原子弹，和一些她从未听过的奇怪的地名。

"我们在广岛投射了一枚。"一个记者喊道。

"您是什么反应？"另一个人询问道，他的纸笔早就已经就位了。"您事先知道吗？"

闪光灯猛地闪了一下，教授愣住了，摇摇晃晃地向后倒去。海伦本能地冲过去保护他。

"如果没有您的发现，它是不可能被制造出来的，"第一个人又问，"听到这种说法，您是什么感觉？"

"看这里！"一个摄影师高声叫道。

"不，看这里，教授！"

"您有什么想说的吗？"

爱因斯坦看上去有些手足无措。

"您是不是想着我们终于打垮了小日本？"

"五角大楼说我们可能杀死了近十七万五千个日本人，就那么一击。和你想的一样，对吗，教授？"

人们都困惑了。音乐停了，宾客散了，一整排的椅子像多米诺骨牌一样被他们挤倒了，他们向爱因斯坦靠近着，围在他的身旁。

"您认为他们什么时候会投降呢？"

在西蒙的眼前，她只看到她的婚礼毁了。就连婚礼的罩篷也被推搡的人群挤撞得松开了，随风飘走了。

卢卡斯握着她的手，手臂环住她的肩膀。

爱因斯坦低着头，他的红色康乃馨掉在了地上，踩在了那群记者的脚下,海伦将他护送回了屋内,狠狠地将门甩在了那群记者的脸上……但这根本阻止不了他们,他们跑向窗边,大声地喊着自己的问题。一个摄影师甚至爬到了后院的树上,想找一个拍得到屋内景象的角度,但树枝折断了,他摔到了地上,痛苦地呻吟着。没有人注意到他。其他人回到了小路上的车内,打开了收音机,她和卢卡斯就站在那里,在一片混乱中,他们俩都被无视了,她听见了杜鲁门总统的声音。

"日本人在珍珠港挑起了战争。如今他们必须加倍地偿还。一切还没有结束。"

卡普托太太蹲在草坪上,目瞪口呆,紧紧抓着艾米,认真地听着广播。

"武器就是原子弹,"杜鲁门继续说道,"它利用了宇宙间最基本的力量。"

西蒙看见厨房窗户旁的人影被猛地拽开了。

"太阳的能量正是从中汲取的,而这种能量已经被释放出来了,用来对抗那些将战争引向遥远东方的那些人。"

释放了,西蒙心想,就像恶灵,再也不会被控制。

"愿主保佑我们。"卢卡斯说完,手臂拥她更紧了些。

教授楼上办公室的窗帘也拉得紧紧的,整座房子都像是为葬礼做着准备,而不是婚礼。

西蒙也突然有这样的感受。

隔壁房中的收音机中放着"星条旗永不落",她还能听见他们狂喜时的喊叫声。狗吠叫着。某个人哭喊着,"他们活该!"不可否认,这会终止战争——哪个国家能站出来与太阳的力量抗衡呢?

卡普托夫人,依然蹲着,她搂着自己的女儿,高兴地抽噎着。

THE EINSTEIN PROPHECY 341

第四十四章

1945年8月14日

在被称为"国家剧院"的无线电城音乐厅的巨幕上，吉恩·蒂尔尼[1]，似乎演的是一个西西里女孩，正要被约翰·霍迪亚克[2]吻上，他演了一位美国少校，被委托为教堂换一个新钟，因为原先的那个被法西斯偷走了。这部电影名字叫做《钟归阿达诺》，改编自约翰·赫西的畅销小说，西蒙在纽约时报上一看到这个广告，便坚持要来看。

"对于一个前文物修复委员会的成员来说，还有比我更适合看这部电影的人吗？"那天早晨晚些时候，他们在宾馆用完早餐时，她这样说道。出于种种原因，他们的所有早餐都吃得很迟。"除此以外，我还想在回家前看一看这里著名的音乐厅。"

卢卡斯是无所谓的；这是他们蜜月旅行的最后一天了，卢卡斯已

---

[1] 吉恩·蒂尔尼：美国女演员。
[2] 约翰·霍迪亚克：美国男演员。

经带她领略过每一个他能想到的旅游景点了。他们爬上了自由女神像的顶端，还乘了102层电梯到了帝国大厦的观光平台上。他们逛过了中央公园的动物园，也走过了格林威治村的羊肠小道，他们穿过了布鲁克林桥，在黑人住宅区的夜店里享受了一场爵士表演。还有几天，他们几乎快住在大都会博物馆了，在那里他俩对艺术和文物的热情都得到了满足。不出所料，西蒙果然对画廊里展出的埃及展品尤为着迷，但同时她还有些生气，她自己国家的那么多瑰宝都被偷走了，如今陈列在这一片陌生的土地上。

午后场演出将近满场，不光是因为电影刚刚上映，更是因为相对于外面的燥热来说，凉快的礼堂更合人们的心意。温度一定达到了八十华氏度了，而且没有降温的意思。门厅突然响起"嘭嘭"的敲门声时，西蒙正蜷在自己的座位上，肩膀靠在卢卡斯的肩膀上。

观众席中有一个人怒吼道："住手！我们在这里看电影呢！"

敲门声越来越大了。两扇门打开了，一个穿着红色套装、带着编织帽的引座员低着头走了进来。那一瞬间，卢卡斯以为着火了，但接着他便听见引座员兴奋地大叫道："战争结束了！战争结束了！"

其他放映厅的门也打开了，那些引座员也纷纷宣布着同样的消息。

当话传到观众耳中时，人们兴奋地蹦了起来，有些人高兴地欢呼着，另外一些人抹着眼泪，与邻座毫不相识的陌生人拥抱在了一起。

西蒙直起了身板，看着卢卡斯，"你觉得是真的吗？"

一周以来，关于日本准备投降的谣言四散。炸毁广岛的原子弹后紧跟着另一个，这一枚投射在了一个叫长崎的地方。然而天皇依旧拒绝接受《波茨坦公告》①，于是战事一直拖延着。美国面临着对太平洋各岛发起猛烈地面攻势的抉择，而这一战一旦发起，必然会造成大量的伤亡。

成百的，接着上千人都涌到了大礼堂的走道上，几近人踩着人一样慌忙地跑出礼堂庆祝这一消息。卢卡斯和西蒙也加入了他们，像湍急的小溪中的叶子似的跟随着人流。

第六大道上，每处的火警警报器都在响着，出租车们狂摁着喇叭，职员们纷纷从高层的窗户中探出身来，将纸张撕碎，把纸屑抛进了风中。

"现在我觉得是真的了。"卢卡斯抱着西蒙说道。

每个人都从他们身边经过，向时代广场的方向跑去，那里有一幢高高耸起的新闻大楼，三楼装了一个电子收报机，它会证实这个消息是否属实。卢卡斯搂着她，穿过人群，走到拥挤的人行道上，接着再到大街上——那里所有的轿车和公交车都突然停住了，人们在巷子里面高兴地起舞——最终才到达了广场上。

作为军人常常集合的地点——那里每个地方都有军人守着，就连百事可乐中心也有，休假的水手们经常在那里剃须、洗澡或给家里写信——那地方此时看起来就像航空母舰的甲板和一场狂欢节之间的纽带。水手们将自己的白色水军帽抛向空中，其他人则抓住身边的漂亮女生就冷不防地吻上去。露天广场上，其中一个人抓住了一个穿着白色制服的年轻护士，而旁边一个正好带着莱卡相机的矮个子男人拍下了这一幕。好久以后，那个水手才结束了那个吻，差点让那女孩喘不

---

① 《波茨坦公告》：发表于1945年7月26日，全称《中美英三国促令日本投降之波茨坦公告》，这篇公告的主要内容是声明三国在战胜纳粹德国后一起致力于战胜日本以及履行开罗宣言等对战后日本的处理方式的决定。

过气来。那个摄影迷还在继续拍着,周围几个旁观者为他们俩热烈地鼓着掌。

然而多数人的目光还是聚集在收报机上的。

那几个大写字母在大楼上滚动着,"VJ！VJ！VJ！"击败了日本。接着为了防止还有人怀疑。"东京日本政府已经接受了盟军的投降条件。"这条公告后面还跟了六个星号,分别代表了武装力量的六个分支。

"艾米的爸爸要回来了。"西蒙说道,已经可以预见卡普托太太和她的女儿会有多么欣喜。

"还有很多像艾米一样的人。"

"你敢相信吗？"一个人拍着卢卡斯的肩说道,看到他的黑色眼罩后又加了句,"兄弟,你完成了你的责任！"

一群小女孩在地铁入口处高歌着,非常和谐,"美丽的美利坚。"

一个穿着卡其裤的士兵,一手吊着路灯,另一只手疯狂地挥舞着一面旗帜。

一位老太太抽出怀中的郁金香花束,赠予各人。

广场附近的每个酒吧内——这周围有许多酒吧——门一打开,便会爆发出一片欢呼声。

"纽约今夜可要闹腾了。"卢卡斯说。

"就连弥散着困意的普林斯顿小镇,今晚也会度过个不眠之夜吧。"

"我们最好现在就回去取我们的行李,"卢卡斯盯着表说道,"我们的火车五点就要开了。"

他们手挽着手,回头向利顺德酒店走去,他们因为有退役军人的身份,在预定酒店时还享受了特殊优惠,再挤过庆祝的人群向火车站走去。从那个握住卢卡斯的手不放的售票员那里买完票,他们终于挤到了仅剩的两个位置边。不知道是谁遗落了一份叠好的《纽约时报》。即使在车上,狂欢依旧持续着,狂欢者们穿行在过道上,高声大笑着、欢呼着,将雪茄和几瓶银色的威士忌分给众人。直到火车离开了城市,逐渐驶入新泽西那片平坦的工业腹地,人们才回到了本来的位置上去,喧闹也归于了平静。车内的空气变得有些压抑,于是卢卡斯尽力将那扇积满灰尘的窗户推开了几英尺。

西蒙解开衬衫上面的几颗扣子,扇动着领口想使自己凉快一些。"感觉回到了开罗,"她的头靠在他的肩上,开口道,"到了叫醒我。"

打开丢在车座上的报纸,卢卡斯在第一页就看见了长崎爆炸的照片,读了一遍对几天前在那座城市上空的升腾起的蘑菇云的详述。"初步估计,"报纸上写道,"死亡人数达到了四万人。"置身那场毁灭性的爆炸中,他想着,应该是什么样的感觉?被这样的人间炼狱所吞噬是怎样的一种恐怖?"核爆点升起了一根巨大的火柱,火烧过一般的云朵占满了天空,甚至蔓延到了五公里之外的区域。"然而这些文字有些眼熟,几分钟后他终于想起了原因。圣安东尼曾经作过同样的描述,罗马军队的溃败正是因为一束"巨大的焰柱,空中绽开了一朵红玫瑰似的火烧云。"曾有一晚,西蒙读给他听过,那时候听上去像是无稽之谈,完全是凭空想象的,但是现在,这里就摆着一张那东西的照片,它根本不是无稽之谈,也不是凭空的想象。

他想知道爱因斯坦会作何感想。在广岛被炸毁的那一天,教授退回了他的书房,一直待到黄昏,那群记者离开后,他才鼓起勇气走到街对面,为搞砸了卢卡斯和西蒙的婚礼而道歉。西蒙早已在楼上睡着了,还穿着婚纱——他们明早就动身去纽约——卢卡斯则刚走到门廊前,准备抽支烟。

他从未见过他这样心神不宁过。他递给教授一支香烟，他欣然接受了，但他还是希望能边散步边抽，这样就不用担心海伦看见了。

"我想在今天这种情况下，抽根烟也情有可原。"他说完，两个人便沿着街道散起了步。尽管还是黄昏，但头顶浓密的阴翳依旧给所有事物罩上了一层浅绿色。

"日本人快要投降了。"卢卡斯说。

"为什么？"

"如果他们不这样做，就是疯了。"

"但战争就是这样子的。它本身就是疯狂的。"爱因斯坦用两根手指夹住香烟。"根本不亚于疯狂。"

卢卡斯完全同意——他亲眼见过太多了，因此有直观的了解。残忍的屠杀并不仅限于欧洲，也绝非只存在于遥远的东方。在帕特里克·德兰尼的追悼会上，轮到他致悼词时，他曾想将他称为战争的牺牲者。一个真正的英雄。但德兰尼所做的研究工作仍然是机密，也没有人能想到，他竟是被一道突降的闪电劈死的。

当然爱因斯坦很清楚这点。自发生那可怕事件的秋日后，卢卡斯和爱因斯坦便成了密友，而他们在卡内基湖畔那艘小船上共同见证的事情就成了他们情感的纽带。他们对此都守口如瓶。爱因斯坦曾含沙射影地说过自己瞥见了"恶魔的脸"，尽管卢卡斯曾发誓会保密——事实上，他仍然感觉到自己被麦克米伦上校监视着——他还是和教授分享了许多石棺的信息，来找出那古老的恶魔的起源。爱因斯坦沉浸在奇妙的故事中，问道："莎士比亚的那句台词是什么来着？'天地之大，赫瑞修，比你想象得要多出更多。'① 是的，就是这句。比想象得

---

① 出自《哈姆雷特》第一幕第五场。

要多得多。"教授满是皱纹的脸上露出了严肃的表情,卢卡斯知道就连教授的宇宙论也因此受到了些令人不悦的打击。

放下报纸,卢卡斯靠向脑后皮质的靠枕上,闭上了那只完好的眼睛。不知不觉间,车内的温度和火车有节奏的摇摆让他很快进入了梦乡。他的思绪又飘回了斯特拉斯堡的铁矿井中,那个让他身负重伤的矿井,那个跟随他走遍了大半个地球的石棺,还有那个因此而出现在他生命中的女人。梦中不知道在哪里,他感觉到,有一个图案,一个设计图,就在他的眼前,但又无法看清。他在睡梦中正准备抓住它,正准备参透他在这巨大的宇宙中不知不觉所扮演的角色,这时一只手轻轻地将他摇醒了,梦境也消失了。一个身着制服的年轻而纤弱的女人开口道:"请出示一下车票。"

卢卡斯从上衣口袋中掏出了票,在售票员打完孔后,他注意到,一只嗡嗡作响的肥大的绿头苍蝇,张着彩色的翅膀,落在了他们前面的椅背上。他想要在不吵醒西蒙的情况下把它赶走,但失败了。

"怎么了?"她蹭着他的肩膀,咕哝道。

"没什么,"他回答道,那只苍蝇却依旧懒洋洋地在他们头顶盘旋着,于是他将报纸卷了起来,当作武器。"继续睡吧。"

那苍蝇又绕了一圈,接着又回到了原来的位置,搓着自己的翅膀。就是这个时候,卢卡斯拍了下去。

"打中了。"他得意道。但当他看向报纸,寻找自己拍中它的证据时,那儿却什么也没有。

尾声

1955年4月18日凌晨1：15，阿尔伯特·爱因斯坦，因腹部主动脉瘤破裂住进了医院，突然从普林斯顿医院的病床上坐了起来，喃喃了几个德语单词。遗憾的是，值夜班的护士中没有人理解这种语言。接着，他喘了两口气，便与世长辞了。享年76岁。

按照他的要求，他的尸体被火化了，但他的大脑事先通过手术取了出来，以供深入的研究。人们将他的骨灰撒向了风中，以及普林斯顿的高等研究院的树林中。

数日后，英国哲学家伯特兰·罗素收到了爱因斯坦离世前寄给他的最后一封信函。信中授权罗素将一份公文公之于众，并允许他附上自己的名字，这就是著名的罗素—爱因斯坦宣言[①]。这份宣言于1955年7月9日在伦敦发表，其中明确地指出了热核战争未来将会引发的威胁，同时表明如果世界人民不寻求一种和谐共处的方法的话，将会

[①] 罗素-爱因斯坦宣言：罗素在冷战中的1955年7月9日于伦敦发表的一个宣言。宣言对核武器带来的危险深表忧虑，并呼吁世界各国领导人通过和平方式解决国际冲突。宣言的签字者包括十一位著名的科学家，除奥波德·英费尔德以外，其余十人均为诺贝尔奖得主。爱因斯坦也位列其中，他于4月18日逝世前在这一宣言上签名。

出现何种惨状。在最后,爱因斯坦呼吁人们坚守自己的人性,呼吁世界忘记差异和争吵,转而追求智慧与幸福。"如果你们能做到,通往新天堂的路将畅通无阻,"他作出预言,"反之,摆在你们面前的就只有世界的共同灭亡。"

致谢

一如既往，我亏欠我那耐心的代理人——辛西娅·曼森太多了，在这漫长的写作过程中，是她一直鼓励着我。

在此我还要感谢我出色的编辑——凯特琳·亚历山大，以及给予我支持的出版商——詹森·盖尔，在出版这本书的过程中给予了我许多帮助。同时，我还要向我的翻译——克里斯托弗·哈斯·海耶，表达由衷的感谢。

尽管这本书中大部分内容都有真实史料依据，但其中仍有一部分是我妄加猜测的——尤其是爱因斯坦参与到原子弹制造的那一部分。他的发现可能为原子弹的制造奠定了基础，他也确实就核武器的危害这一点警告过罗斯福总统，但之后在一次安全调查中，他否认自己参与过曼哈顿计划，而且并没有证据可以证明他在原子弹的实际制造中起到了推动作用。纳粹的原子弹研究也并没有那么深入；尽管他们的确开了个好头，但当希特勒的科学家警告他核反应可能招致反作用，甚至整个第三帝国可能都会因此牺牲时，他便决定还是使用老办法——坦克、飞机和战舰作战。

我还随意虚构了一部分内容——时间上和地理上——包括普林斯

顿校园、欧洲的战情，还杜撰了文物复原委员会；它的原型是古迹卫士，而我书里所写的这种组织并未真实存在过。

总而言之，我想强调的是，这本小说只是笔者的一段幻想（而且还是有些暗黑的幻想），这也许可以解释书中出现的一些遗漏或谬误，与此同时，我也非常感激你们，伴我一路同行的读者。

图书在版编目（CIP）数据

爱因斯坦的预言/(美)罗伯特·马斯洛著；史笑译；蔡君梅校译.
-上海：上海文艺出版社.2017.8
ISBN 978-7-5321-6370-0

Ⅰ.①爱… Ⅱ.①罗…②史…③蔡… Ⅲ.①长篇小说—美国—现代

Ⅳ.①I712.45

中国版本图书馆CIP数据核字(2017)第168561号

©This edition made possible under a license arrangement originating with Amazon Publishing, www.apub.com.
Simplified Chinese edition copyright:
2017 SHANGHAI LITERATURE AND ART PUBLISHING HOUSE
All rights reserved.
著作权合同登记图字：09-2016-562

书　　名：爱因斯坦的预言
作　　者：(美)罗伯特·马斯洛
译　　者：史　笑
校　　译：蔡君梅
出　　版：上海世纪出版集团　上海文艺出版社
地　　址：上海绍兴路7号　200020
发　　行：上海世纪出版股份有限公司发行中心发行
　　　　　上海福建中路193号　200001　www.ewen.co
印　　刷：崇明裕安印刷厂
开　　本：890×1240　1/32
印　　张：11.125
插　　页：2
字　　数：222,000
印　　次：2017年8月第1版　2017年8月第1次印刷
ＩＳＢＮ：978-7-5321-6370-0/I·5088
定　　价：49.00元
告 读 者：如发现本书有质量问题请与印刷厂质量科联系　T:021-59404766